Elise Fischer

TROIS REINES POUR UNE COURONNE

Roman

Production Jeannine Balland
Romans Terres de France

PRESSES DE LA CITÉ

ISBN 2-258-05527-X

A maman,
A Christiane et Zouquet,
A toutes celles et tous ceux qui firent de ce bout de terre un lieu où le bonheur s'est écrit entre rire et larmes.

Si les lieux et l'histoire de la brasserie sont vrais, ils sont le décor d'une fiction.

Selon la formule consacrée, toute ressemblance de près ou de loin avec des personnages ayant existé ne peut qu'être le fruit d'un merveilleux hasard.

Toujours on vous a dit que le travail est une malédiction et le labeur une infortune.

Mais je vous dis que lorsque vous travaillez vous accomplissez une part du rêve le plus lointain de la terre, qui vous fut assignée lorsque ce rêve naquit.

Et en vous gardant unis au travail, en vérité vous aimez la vie,

Et aimer la vie à travers un travail, c'est être initié au plus intime secret de la vie.

Khalil Gibran, *Le Prophète*

PREMIÈRE PARTIE

Adèle la sage

1

Frouard, fin juin 1898

Le ciel s'était couvert bien avant l'heure du goûter des enfants. Lise leva les yeux, regarda au loin vers Pompey, puis vers la colline de Bouxières. Avant la nuit tombée, l'orage serait là. Elle attrapa la grande corbeille d'osier, retint un cri. Elle s'était baissée un peu vite et une douleur qu'elle connaissait trop bien vint lui rappeler qu'avant l'Assomption le petit qu'elle portait vagirait dans le moïse déjà installé dans la chambre à coucher. Edmond irait alors dormir dans la chambre d'Adèle. Lise sourit et, d'un pas tranquille, descendit au jardin pour ramasser le linge qui pendait sur les fils. Au loin, le tonnerre faisait entendre des roulements inquiétants. Elle songea à Baptiste, occupé à la forge à vérifier que Vincent cerclait correctement les nouveaux fûts pour un prochain brassin. Courageux Baptiste. Il tenait sa parole : « Aloïs, si vous me donnez la Lise, je vous promets de ne pas faire son malheur, mais de la rendre heureuse. »

Oui, Baptiste la rendait heureuse. Il disait qu'il avait épousé la plus jolie fille de Brumath, la plus jolie houblonnière d'Alsace, un rossignol dans la maison. Lise chantait tout le jour et berçait ses enfants comme personne quand la nuit tombait. Et Lise faisait son bonheur. Elle l'aimait, son Baptiste. Quand il était venu aider son père, cette année-là, à Brumath — quel âge avait-il ? à peine vingt-cinq ans ? plus ? —, Lise avait dit à Margritte, sa cousine :

« C'est lui que je veux pour mari.

— Le petit-fils de Rose ! Mais il a au moins dix ans de plus que toi et c'est un garçon élevé « à l'intérieur », puisque Joséphine, sa mère, est partie vivre en Lorraine.

— C'est lui que je veux, et je l'aurai, père ne me le refusera pas. Tu as vu ses yeux et son courage...

— Alors tu partiras, toi aussi, tu quitteras le pays ?

— Le pays d'une fille, c'est celui de l'homme qu'elle épouse. D'abord, je veux être française et tu sais bien qu'ici, depuis 1870, notre sort se décide de l'autre côté du Rhin. »

Au soir de la Saint-Jean, Lise et Baptiste avaient dansé, seuls au monde, sous l'œil de Margritte, qui n'en finissait pas de secouer la tête de gauche à droite. « Le pays d'une fille, c'est celui de l'homme qu'elle épouse. » Lise avait toujours été très déterminée sous des apparences de jeune fille sage et obéissante.

A seize ans, elle savait déjà ce que serait sa vie. Entre quelles mains elle la remettait. Alors que le feu embrasait le bûcher, Baptiste la dévorait de baisers. Elle avait bien tenté de se défendre, cela ne se faisait pas de céder trop vite à l'ardeur d'un garçon.

Mais Baptiste ne ressemblait pas aux autres. Lise en avait eu l'intuition dès qu'il l'avait frôlée.

Bien que le ciel se fît toujours plus menaçant sur Frouard et Bouxières, Lise resta la main suspendue sur le fil d'étendage au milieu du pré. Son regard se perdait dans le lointain. Elle inclina la tête jusqu'à ce que son front touchât son bras et elle ferma les yeux pour mieux revivre les sensations d'un soir de Saint-Jean. Baptiste ne voulait pas seulement passer le temps avec une jolie jeune fille. Lise avait lu dans le regard du jeune homme cet éclair, cette promesse.

« C'est trop tôt, avait-elle murmuré dans un souffle, c'est trop tôt, Baptiste. »

Sous son corsage, son cœur battait si fort qu'elle crut que les lacets allaient craquer. Baptiste s'était reculé et avait vu le désarroi de la jeune Lise. Il avait desserré l'étreinte.

« Je te demande pardon, Lise, mais tu es la plus belle ce soir et toujours, et tu me rends fou. »

Dans le pré, alors que dans son ventre elle ressentait les coups de pied de la vie, Lise songeait encore à la première danse autour du bûcher et à celles qui suivirent... Dans le pré, les draps volaient au vent. Des draps de chanvre et de lin mêlés que Rose, la grand-mère de Baptiste, avait filés sur le rouet qui trônait sur l'immense coffre à linge de la grande salle à manger de la demeure. Les draps maintenant claquaient au vent sous un ciel lourd, mais le soleil inondait le cœur de Lise dans la plaine d'Alsace.

Il y avait eu ce soir de Saint-Jean, il y eut tant de promenades à la nuit tombée avec Baptiste sur le chemin qui bordait le petit bois avant les marais. Mon Dieu, qu'elle l'avait aimé, ce jeune homme qui lui disait qu'elle avait la peau douce et le regard tendre ! Attendre jusqu'au jour du mariage avait été un supplice pour Baptiste comme pour elle. Le dernier mois pourtant, malgré les menaces de la mère de Germain, qui l'avait élevée, malgré les souvenirs des sermons du vieux curé du village, il y eut plusieurs soirs de fête, ou de folie, dans la grange familiale.

« Puisqu'on se marie dans un mois », avait murmuré Baptiste à son oreille en délaçant doucement son corsage, tandis qu'elle tentait de se défaire de lui, en souhaitant n'y point parvenir.

Quelques gouttes de pluie firent se ressaisir Lise dans le pré. Elle reprit sa tâche. Ses doigts couraient d'une pince à linge à l'autre pour décrocher les langes que les vieilles femmes de Frouard appelaient lurelles, les brassières et les petites chaussettes d'Edmond, les jupes d'Adèle. S'il pleuvait, l'orage serait moins fort. Lise les redoutait, ces orages qui déchiraient le ciel et parfois détruisaient tout sur leur passage.

Mais la pluie cessa. Les lourds nuages semblaient glisser vers Lay-Saint-Christophe, au-delà de la Meurthe. Elle secoua la tête et ressentit une vague angoisse. Joséphine, sa belle-mère, disait toujours : « S'ils partent au-delà de la Meurthe, c'est pour revenir plus gros d'humeur et tout briser ensuite. »

Le linge était rentré et le ciel avait retrouvé sa clarté. Les pleurs d'Edmond obligèrent Lise à penser à autre chose qu'à l'orage. Il fallait préparer la soupe. Elle était déjà cuite. Elle sortit la moulinette, la campa par-dessus le chaudron, attrapa la louche suspendue au-dessus de la cuisinière et commença sa besogne. Juchée sur une chaise, les coudes sur la table et la tête posée sur ses petites mains, Adèle observait sa mère.

— Ze n'aime pas la soupe, lança la gamine.

— Tu en mangeras quand même si tu veux du dessert.

Baptiste rentrait de l'atelier.

— L'orage revient, dit-il en reposant son verre. Ça tourne depuis deux jours. Mauvais, il sera mauvais. L'orge germée a du mal à sécher. Si tu as un peu de temps, il faudrait aller aider le Germain à tourailler. Il s'est proposé pour rester plus tard ce soir. Il ne faudrait pas qu'on rate les prochains brassins. Je veux garder notre réputation, avec ce qui se prépare de l'autre côté du pont sur les terres Hinzelin.

Baptiste s'était approché de Lise, qui n'avait pas cessé de tourner la manivelle de la moulinette. Ses lèvres lui effleurèrent le cou. Dieu qu'il l'aimait, sa Lise ! Toujours le sourire sur les lèvres et cette lueur de bonheur qui noyait ses yeux d'azur.

— Tu parles de la nouvelle brasserie qui se construit ? Mais, Baptiste, Champigneulles, c'est bien à quatre kilomètres d'ici ! Et puis, tu as des équipements modernes.

— Ils en ont aussi, et bien plus que moi.

— Mais tu brasses comme personne.

— Trampitsch aussi sait brasser, c'est un gars qui a roulé sa bosse de la Bohême jusqu'à Châlons.

— Toi, tu es passé par chez nous, l'Alsace.

— Lui aussi, justement...

— Tu t'inquiètes trop, mon Baptiste, dit Lise en lui offrant son joli minois où perlaient quelques gouttes de sueur qu'elle essuya prestement.

Baptiste respira. Il voulait croire Lise. Si tout marchait bien, maintenant que sa machine à faire du froid était arrivée, il allait pouvoir produire sa bière tout au long de l'année. La préfecture lui avait accordé l'autorisation de brasser cinq mille hectolitres par an. Une broutille en comparaison des objectifs que s'était fixés Antoine Trampitsch. On disait que le premier brassin avait permis de remplir pas loin de cinquante foudres de deux cents litres dans une cave géante. Cependant, Baptiste ne voulait pas céder au désespoir. Avec Bella attelée à la carriole des jours de fête, il avait fait le tour des cafetiers des environs. Tous avaient déjà passé commande. On connaissait Baptiste et son savoir-faire. Depuis la fabrication des tonneaux pour accueillir le précieux breuvage jusqu'au produit fini. Il choisissait le houblon au dodu des cônes. Il distinguait ceux riches en lupuline, les pressait délicatement contre ses narines pour en respirer l'arôme. L'amertume, rien qu'une pointe d'amertume pour le goût. Sa bière avait une jolie brillance dans le verre et laissait au palais une fraîcheur pétillante qui redonnait le sourire et la vaillance au plus ramolli des hommes. Oui, Baptiste avait fait ses armes en Alsace. A Lutterbach d'abord, dans le Haut-Rhin, puis chez Hatt, à Strasbourg, où le patron en personne lui avait promis un bel avenir, à lui, le tonnelier-malteur-brasseur. Mais il ne pouvait l'embaucher définitivement. Depuis 1871, l'Allemagne freinait l'activité brassicole de l'Alsace. Honte suprême, la plupart des bières vendues en Alsace étaient bavaroises. La brasserie Hatt brassait encore mais n'avait plus le droit d'exporter sa bière. La famille Hatt rongeait son frein et attendait des jours meilleurs. Tout comme les Alsaciens, qui se demandaient quand le drapeau de la France flotterait joyeusement sur la cathédrale de Strasbourg.

Aloïs, le père de Lise, avait proposé à Baptiste de rester à Brumath et de s'installer sur les terres de la *mamama*[1], déjà bien malade.

« C'est gentil, mais je veux être mon patron. J'aurai mon affaire. »

Alors Aloïs avait évalué l'héritage de la mamama. Tout revenait à Lise, puisqu'elle était fille unique.

« Ce sera la dot de la Lise, j'ai confiance en toi, Baptiste. Tu réussiras en Lorraine. Embrasse bien tes parents, dis à la Joséphine, ta mère, qu'elle sera toujours la bienvenue ici. »

Vingt-cinq ans plus tôt, Joséphine Muller était partie au bras d'un Thouvenelle. Et vingt-cinq ans plus tard, dans la maison d'à côté, Lise Feldmann allait faire de même.

« Mais, dis-moi, Baptiste, les petites Lorraines, sont-elles si vilaines que les Thouvenelle viennent nous chercher nos demoiselles ?

— Ah ça non, Aloïs ! Elles sont charmantes, mais pour moi aucune ne peut égaler la Lise. »

1. Grand-mère, en alsacien.

Et Baptiste était reparti en Lorraine peu après son mariage. Lise était très contente. Elle allait vivre à l'« intérieur ». Chez les Français. Son cœur s'était serré pendant qu'elle embrassait les siens restés au pays. Seul Germain, un petit cousin du père de Lise, avait voulu les suivre. Il ne pouvait pas supporter l'Alsace sous la botte allemande.

« Ch'feux pas travailler pour les casques à pointe, avait-il dit en faisant ses adieux aux uns et aux autres. Ch'feux rester français. »

Un violent coup de tonnerre fit vibrer les murs de la malterie pendant que Lise et Baptiste aidaient Germain. Lise tendit l'oreille et Baptiste voulut la rassurer.

— Cesse de t'inquiéter, les enfants dorment. Maman est là.

— Justement, c'est elle que j'entends, j'y vais.

Elle lâcha sa pelle, la posa sur le côté et essuya ses mains sur son tablier de coton noir bordé d'un liseré rouge.

Dans la cuisine, Joséphine était assise près de la cheminée ; sur ses genoux, Edmond tremblait.

— Il a peur des coups de tonnerre et l'Adèle est tout effrayée, occupe-t'en. Je rassemble les papiers et sors les cierges de la chandeleur. Ce temps ne me dit rien de bon.

Les deux femmes se comprenaient. L'Alsace était leur terre maternelle. Les cierges, l'eau bénite trônaient à présent sur la table de chêne tandis que

Joséphine entamait à voix basse la récitation du chapelet. Baptiste rejoignit les femmes dans la grande cuisine...

— Avec tout ça, j'espère bien que le Bon Dieu nous épargnera. Ça tonne et craque de partout sans que tombe une goutte d'eau. C'est mauvais, tout ça, si...

Baptiste n'eut pas le temps de terminer sa phrase. Un éclair d'une violence inouïe déchira le ciel en même temps qu'il le vit s'embraser par la petite fenêtre de cuisine qui n'avait pas de volets. La foudre était tombée au-delà de la cour.

— C'est sur la malterie...

Il sortit précipitamment pendant que Lise hurlait :

— Non, non, Baptiste !

Une seconde fois, l'éclair frappa sur le côté gauche de la propriété, non loin de l'écurie. Ce fut Germain qui se mit à crier :

— La malterie, vite, de l'eau pour la malterie !

La malterie était déjà la proie des flammes quand on entendit Bella et les deux autres chevaux hennir. L'écurie aussi avait été touchée. Les larmes dans les yeux, Baptiste les détacha et les laissa aller jusque dans le pré. Les plus proches voisins arrivaient avec des seaux. Quelques employés du chemin de fer les rejoignaient avec des pelles pour tenter d'étouffer le brasier.

— Rassemblez ce que vous pouvez dans la carriole de la Bella, ordonna Baptiste à Lise et à Joséphine.

Les deux femmes n'avaient pas attendu et s'activaient. Les enfants avaient été roulés dans une couverture et assistaient à un spectacle désolant.

— Doudou, pleurnichait le petit Edmond, j'ai perdu mon nounours.

— Je te donnerai ma poupée.

La petite Adèle réalisait que la bonne volonté des hommes ne viendrait pas à bout du feu.

Les pompiers avaient été prévenus et la cloche de la chapelle de Montataire, de l'autre côté du canal, sonnait désespérément le tocsin pour alerter les habitants des cités qui accouraient pour prêter main-forte aux pompiers. Si l'on ne pouvait sauver la brasserie de Baptiste, il fallait éviter la contagion : la scierie était proche ainsi que les habitations. Les flammes menaient une telle danse qu'on les apercevait depuis la route nationale et jusqu'à la lisière de la forêt des Rays.

Lise, malgré son état, ne voulait pas rester inactive. Elle allait et venait dans la maisonnée cherchant à sauver le petit mobilier, le linge, la vaisselle, quelques bibelots ici et là. Elle n'écoutait pas Joséphine, sa belle-mère.

— J'ai encore pu attraper deux chaises. Donnez-moi une couverture pour traverser la cuisine, je voudrais bien récupérer la petite console qui me vient de ma grand-mère. Vite, belle-maman, elle est juste à l'entrée de la grande chambre !

Mais quand Lise pénétra dans la cuisine envahie d'épaisse fumée, les flammes s'attaquaient déjà aux poutres. Lise allait à tâtons sur la gauche, cherchant la porte qui s'ouvrait sur la grande chambre. Elle avait mis un mouchoir sur sa bouche, ses yeux la brûlaient. Le plafond tombait par endroits et Joséphine s'époumonait à hurler.

— Reviens, Lise, reviens, c'est trop dangereux !

Ce fut Germain qui la tira dehors et frappa sur sa jupe, à mains nues, pour étouffer les flammes qui s'attaquaient déjà à sa cote[1].

— Non, cousine, le feu est trop fort pour nous.

Alors, elle pleura sur son épaule. Elle pleura et appela secrètement sa mère et sa grand-mère. Elle vit son père au milieu des champs de houblon. Et dans ses oreilles monta doucement le chant du *Hans*[2], tant de fois entonné avec Margritte, Germain et tous leurs amis, les soirs d'été, dans les prés qui bordaient les marais quand ils jouaient à la chandelle. Elle se ressaisit. Elle était femme à présent, femme et mère. Adèle serait bientôt en âge de jouer dans le pré. Le pré... Mais lequel, puisque les flammes ne voulaient pas céder ? Tout le travail et les espoirs de Baptiste réduits à rien, à un brasier dont il ne resterait que de la cendre au petit matin. Lise chercha longtemps quelle faute la famille avait bien pu commettre pour être ainsi punie. Baptiste était droit. Un homme juste et bon avec son personnel et qui ne manquait pas la messe du dimanche ou la prière du soir avec les enfants.

— C'est moi, murmura-t-elle, c'est sans doute moi qui ai offensé Dieu.

Germain l'entendit.

— On n'a pas besoin de chercher le mal, cousine, il vient tout seul et quand on ne l'attend pas.

1. Jupon chez les paysannes.

2. Personnage d'un chant populaire alsacien *Der Hans im Schnokeloch*. Petit garçon rebelle qui ne veut pas ce qu'il a et qui veut ce qu'il n'a pas.

Elle se laissa choir contre la roue de la carriole et pleura à gros sanglots. On entendait le bruit de l'incendie, le crépitement du brasier, la chute d'un pan de toiture ou d'un escalier. On voyait des gerbes d'étincelles s'élever et retomber sur des hommes qui luttaient pour gagner sur le feu avec des lances, des seaux et des pelles. Préserveraient-ils la cave de garde dont Baptiste était si fier ? Les pompiers puisaient l'eau directement dans le canal.

Joséphine avait conduit les enfants chez Adrien, son autre fils, demeurant place Nationale. Hortense avait ouvert sa porte et ses bras pour rassurer les deux petits, qu'elle berça et coucha dans le lit en alcôve de la salle à manger après leur avoir fait boire un bol de lait chaud sucré au miel.

— Mon Dieu donc, soupira-t-elle, le ciel est bien injuste ces jours-ci !

Baptiste resta sur place toute la nuit à taper sur les dernières flammèches, sur les cendres encore chaudes. Il allait et venait d'un lieu à un autre, tantôt la tête penchée en avant, accablé par le sort, tantôt la redressant et inspectant l'horizon au-delà de la colline de Bouxières ou vers les Rays, en direction de Frouard et Pompey. De la malterie et de l'écurie, il ne restait que quelques pans de murs noircis. Quant à la maison d'habitation, il ne subsistait qu'une moitié de la salle à manger et de la grande chambre. Toute la partie attenante à la grange et à l'écurie n'était que cendres fumantes. Les nouveaux bâtiments avaient été gravement endommagés. Baptiste n'était pas certain que l'installation frigorifique achetée au début du printemps fût encore en état. Il s'approcha des cuves fermées, poussa la petite porte et secoua la tête. Il savait bien que les quelques hectolitres prêts à être filtrés étaient maintenant à jeter.

Le cœur las, il se dirigea vers la place Nationale. Il était fatigué mais n'avait pas sommeil. Il n'avait qu'une idée en tête : passer chez l'assureur et le banquier, obtenir des délais et quelque argent. Auparavant, il fallait faire un brin de toilette. Etre présentable. Honorable.

C'est un homme abattu que Germain rejoignit au comptoir du café A la Bonne Franquette, chez Jules, place Nationale.

— Tu es assuré quand même ? questionna Germain.

— Pas pour tout, hélas ! Pas pour les nouvelles installations, je n'avais pas eu le temps de voir ça avec le cabinet d'assurances Schneider. J'en viens.

— Alors ?

— Monsieur Schneider père a promis d'examiner ma situation. Il a été plein de prévenance. Il n'arrêtait pas de caresser sa barbichette que ça m'en énervait. Il comprenait, disait-il. Tu vois, Germain, j'avais l'impression qu'il voulait que je lui graisse la patte, car il parlait de petits gestes.

— Peut-être espérait-il que tu lui fournirais la bière à vie, ça s'est déjà vu.

— Pour ça, il faudrait déjà que je redémarre. Mais, moi, ça m'étonnerait qu'il fasse un papier antidaté pour que je sois remboursé. Je suis fini, Germain, fini. Tu peux t'en retourner à Brumath dès que je t'aurai payé.

— Tu me connais bien mal, Baptiste. J'avais décidé, quoi qu'il arrive, de rester en France. Du moins, tant que l'Alsace ne serait pas redevenue française. Si tu as besoin d'aide, je suis toujours là. J'irai voir vers Champigneulles ce que donne la nouvelle brasserie. Il paraît que c'est immense comme chantier...

— Je sais, je sais tout ça. La première bière est même plutôt bonne, je l'ai goûtée il y a quelques jours. Antoine Trampitsch n'est pas né de la dernière pluie. Je l'ai un peu connu quand j'étais tout jeune, avant de monter à Brumath. J'avais fait un petit séjour à Mulhouse et à Lutterbach. On a même quelquefois bu un coup ensemble. Ce gars-là avait une sorte de revanche à prendre sur la misère qu'il avait fuie. Il disait qu'un jour il serait son propre patron.

— Ben, comme toi. On devrait aller le voir. Ne fais pas cette tête, le temps de remplir un peu nos poches, en attendant que tu répares tes installations. Moi, en tout cas, j'irai. Rien que pour te dépanner, et puis pour tes petits, pour Adèle, Edmond et le futur...

Germain aurait dit n'importe quoi pour meubler le silence accablé de Baptiste. Il n'aimait ni son regard perdu dans le lointain, ni son front plissé et encore moins ses épaules affaissées. Il avait connu Baptiste plus conquérant qu'en cet instant.

Il se demandait bien quel saint invoquer pour que Baptiste retrouvât son allant. Saint Arnould, peut-être… Le faiseur de miracles dans les choses de la bière. « O grand saint, pria doucement Germain, donne-lui soif et remplis tout autant sa cruche que sa tête et son cœur ! »

Germain sursauta lorsque Baptiste s'anima soudain au comptoir du père Jules.

— C'est toi qui as raison, Germain, dit Baptiste en lui tapant dans le dos. On va retrousser nos manches jusqu'aux coudes et on s'en sortira puisque Schneider pense pouvoir me dédommager en partie. La banque Prévost a bien promis de ne pas m'étrangler, mais, avec ces gens-là, la prudence est mère… Quand une banque t'offre son aide, c'est qu'elle est sûre d'y trouver son compte. Les Prévost savent que j'ai quelques terres sur la route de Liverdun. Des terres qui touchent celles de son père.

— Ce que tu es méfiant, Baptiste !

— Tu crois peut-être qu'un banquier compte avec les sentiments ! Ces gens-là naissent, la plupart du temps, avec un portefeuille à la place du cœur.

— Oui, mais les Prévost, du peu que j'en sais, sont des honnêtes gens.

— Ouais, tant que les affaires marchent ! Ils appliquent le règlement, ni plus ni moins.

— Ne désespère pas, Baptiste. Ta réputation n'est plus à faire. Tu t'en sortiras.

— Alors, à nous ! dit Baptiste en levant son verre.

2

La petite Adèle vit partir son père et Germain endimanchés, sur une carriole rutilante, astiquée de partout. Bella avait été lavée, brossée, pomponnée. Est-ce l'anxiété qui avait rendu Baptiste hésitant ? Par trois fois, il avait embrassé Lise, sa mère, sa belle-sœur avant de grimper sur le siège d'où il allait tenir les rênes pour guider Bella.

— Hue, Bella ! On prend par le chemin de la Rompure, même si ça me fait mal.

Il passa devant ce qui avait été sa brasserie et eut le cœur serré.

— Tu es comme moi, Germain, tu en as gros sur la patate.

— Qu'est-ce que tu veux que je te dise ? Il faut tourner la page et penser à autre chose, sinon on risque de devenir encombré de la citrouille. Alors, tu es décidé, c'est à Champigneulles qu'on va ?

— Tu ne veux quand même pas qu'on aille faire les manœuvres aux aciéries ou à l'usine de Montataire ?

— Il n'y a point de sot métier.

— Je ne dis pas, mais ce n'est pas ce que je préfère, et toi ?

— Moi, c'est comme toi. Faire de la bière, c'est ma vie. Je suis né là-dedans, pour ainsi dire.

Arrivés devant la chapelle, les deux hommes se signèrent et soulevèrent leur chapeau.

Encore quelques dizaines de mètres et cet équipage de la dernière chance passerait sous le pont du canal, tournerait à droite et longerait la Meurthe jusqu'à la route avant de bifurquer en direction de Bouxières. Il faudrait passer devant les cités des ouvriers de la forge avant d'approcher l'immense chantier. Si la brasserie fonctionnait déjà, la construction n'était pas terminée. Ici et là, d'autres bâtiments sortaient de terre. Les patrons, messieurs Trampitsch et Hinzelin, voyaient grand. Leur brasserie serait la première.

Il faisait chaud en ce début juillet. Une chaleur sèche qui n'annonçait pas d'orage, avait dit Joséphine en poussant les volets de la maison d'Adrien. Elle tendit l'oreille. Les bruits de la galocherie montaient jusqu'à elle. Il pleuvrait avant trois jours. Elle ajusta son bonnet sur ses cheveux, prépara la poussette où installer Edmond.

— Je vais jusqu'au faubourg, lança-t-elle à Lise et Hortense, j'emmène Adèle et Edmond. C'est jour de marché, j'en profiterai pour passer voir la tante Eugénie, rue Jules-Ferry.

Elle attrapa son panier suspendu au clou de la porte d'entrée. Ses belles-filles parlaient dans la cuisine. Une bouffée de bonheur l'envahit. Elles s'entendaient bien. J'ai de la chance, songeait-elle. Lise et Hortense préparaient une soupe au lard.

— Tu supportes, s'inquiéta Hortense, tu n'as pas la nausée…

Lise sourit avant de répondre à sa belle-sœur. Les nausées, elle ne connaissait pas. Elle avait seulement mal aux reins.

— C'est vrai qu'en bonne Alsacienne tu nous fais des petits de plus de huit livres. Mais, ce qui est admirable, c'est que tu retrouves presque ta taille de guêpe en quelques mois.

— Il ne faut pas exagérer, Hortense. Je ne remettrais pas ma robe de mariée.

— Ben, c'est heureux ! Tu étais un peu maigrichonne à ton arrivée.

Lise ne put répondre. Elle avait pâli et porté une main sur son ventre, et l'autre dans le creux de ses reins.

— Oh, mon Dieu, murmura-t-elle, pas maintenant !

— Il ne manquait plus que ça, grommela Hortense. Le petit, et avec de l'avance. On a vraiment toutes les chances en ce moment !

Hortense soutint Lise jusqu'à l'alcôve et entreprit de remplir d'eau tout ce que sa cuisine comptait de marmites. Faire bouillir de l'eau, préparer du linge propre et prévenir la sage-femme. Elle jeta un œil à Lise.

— Tu ne vas pas le faire de suite, ton petit, ma parole, on dirait qu'il est prêt à venir, tes douleurs sont drôlement rapprochées. Depuis quand les ressens-tu ?

— J'ai eu mal toute la nuit. J'ai d'abord cru au contrecoup de l'incendie, il y a trois jours.

— Pourquoi n'as-tu rien dit ?

— Je pensais que ça passerait. Mais, c'est vrai, tu as raison, je crois qu'il va venir.

— Il faut que je trouve madame Treslot, la sage-femme.

— Ne me laisse pas, Hortense ! Le temps que tu ailles la chercher, il sera là.

— Attends, la mère Pandeloff, elle sait. Elle en a aidé plus d'une ici, c'est à trois maisons.

— Non, je l'ai vue partir ce matin aux champs sur la route du Fort avec Rémy, Justin et Mariette. Tu sais bien que les moissons ont commencé. Tu vas m'aider, je te guiderai. Mais, avant, lave-toi les mains au savon et jusqu'aux coudes, enlève ton tablier et mets-en un propre.

— Dis que je suis une souillon pendant que tu y es !

— Mais non, bien sûr, mais les microbes sont invisibles à l'œil nu, et dans les maladies, c'est ce qu'on ne voit pas qui est le plus dangereux. Un bébé, c'est fragile. Et la mère aussi pendant un accouchement. Elle est ouverte à tous les vents. Tu ne voudrais pas que mon Baptiste reste veuf trop tôt…

— Où as-tu donc appris tout ça ?

— Chez les sœurs, à Brumath. Elles lisaient les journaux : *La Bonne Presse*, qui avait écrit des articles sur Pasteur… Oh ! Mais c'est qu'il est pressé… Ne traîne pas, Hortense, il faut aussi mettre un drap propre sous moi pour accueillir notre petit prince.

— Et puis quoi encore ! Ecoute, je m'en vais aller jouer du clairon sur la place du village et trouver quelqu'un pour t'aider. Pour l'eau, le linge, ça ira, mais après...

— Non, on n'a pas le temps, j'ai déjà des poussées. Il va falloir que tu regardes où tu n'as pas l'habitude. Il doit déjà être engagé. Comme j'ai de l'avance, il passera mieux.

Hortense avait pâli. Elle secouait la tête.

— Je ne pourrai pas, Lise, je n'ai jamais vu. Que dira le curé quand je lui raconterai tout ça en confession ?

— Idiote ! Nous sommes entre femmes, et c'est la vie... Il faut que tu m'aides, Hortense, pour le petit, et arrête de penser au curé. Il dira que tu as bien fait. Ça s'appelle la charité. Tu peux bien faire la charité à ta belle-sœur. Si tu ne m'aides pas, alors là, le péché, tu l'auras, et pour longtemps !

Hortense se prit la tête à deux mains, respira profondément pour chasser la peur qui lui tenait au ventre et lui donnait du coton dans les jambes. Puis elle se pencha vers Lise et risqua son regard entre les cuisses de sa belle-sœur.

— Que vois-tu ?

— Du... du... sang. Oh là là !

— C'est normal, regarde à l'intérieur, je t'en prie, le petit va passer, tu ne verrais pas les cheveux, des fois ?

Hortense gémissait autant que Lise, prise dans les contractions.

— Oui, je crois qu'il arrive. Oui, oui, c'est la tête, avec des cheveux.

— C'est... déjà cela. Tu as de la veine, il n'arrive pas par les pieds, ou le postérieur. Je vais pousser pour l'aider à passer. Hortense, ne tourne pas de l'œil, j'ai besoin de toi. Il faut que je te dise encore... (Elle s'arrêtait, le souffle coupé par le spasme qui venait et agitait son ventre.) Tu vas regarder si l'enfant n'a pas le cordon autour du cou, c'était le cas pour Edmond. Il faudra prendre doucement le petit sous le menton, et tu le feras un peu pivoter pour dégager une épaule... (Lise reprenait son souffle.) Après, ça ira mieux, et tu pourras de nouveau manœuvrer de la même façon pour dégager l'autre épaule. Tu le fais passer un peu de travers, pour ne pas me blesser... Tu y es... Cale les oreillers dans mon dos, pour que je sois quasiment assise, j'y arriverai mieux pour le sortir.

Dans cette grande pièce, hormis le tic-tac de l'horloge entre la porte de la chambre et la fenêtre donnant sur la cour, on n'entendait plus que le souffle mêlé des deux femmes. Lise transpirait à grosses gouttes, à force de s'épuiser à pousser. Puis Hortense fut saisie d'une sorte d'excitation. Elle ne pensait plus à ses craintes. Elle se mit à parler, parler... Un moulin à paroles, mais qui faisait du bien à Lise, inondée de sueur au point que sa chemise collait dans son dos. Lise avait attrapé ses genoux dans ses mains et penché son buste vers l'avant en poussant des petits cris, comme pour s'encourager. La tête de l'enfant à naître apparaissait sous l'effet de la contraction, puis s'effaçait quand la contraction cessait. Soudain, Hortense, qui avait compris le mécanisme, éleva une voix très ferme :

— Ma belle, tu vas pousser fort, et bien fort, Lise, sinon il ne passera pas, ton petiot. Il arrive... Allez, pousse, pousse et je te l'attrape cette fois.

Lise rassembla ses forces, inspira profondément, s'assit presque pour appuyer ses seins sur son ventre et poussa dans un grand cri.

Hortense avait reçu une petite masse gluante dans ses mains. Instinctivement, elle avait su dégager une épaule, puis l'autre. Et l'enfant était plutôt rose et prêt à embrasser la vie si l'on en jugeait par le cri qu'on entendit dans toute la maison.

— Ben, pour brailler ainsi, il n'y a qu'une fille pour l'oser. Tu as fait une fille, Lise. C'est bien pour toi, tu auras de l'aide, c'est tant pis pour Baptiste. Dis donc, elle est plutôt jolie.

Lise se laissa aller sur l'oreiller. Elle avait envie de se reposer. Mais elle se ressaisit aussitôt.

— Hortense, nettoie ses yeux avec de l'eau bouillie et du linge propre. Regarde si son nez et sa bouche ne sont pas gênés par les saletés de la matrice. Enveloppe-la, qu'elle ne prenne pas froid.

— Et... et... le cordon... faut le couper ? paniqua Hortense.

— Rien ne presse, je me rappelle pour les autres. On doit attendre qu'il s'affaisse un peu, devienne mou pour le couper. Ça prend quelques minutes. As-tu du fil blanc assez costaud ?

— Je crois bien, dans la boîte à ouvrage de la grand-mère.

— On va faire deux ligatures sur le cordon et tu couperas entre les deux. Tiens, regarde, tu vois, il s'aplatit, c'est le moment.

Lise contemplait sa fille, qu'Hortense essuyait délicatement. Elle était petite mais parfaitement constituée. Hortense roula l'enfant dans un lange propre et la tendit à Lise, qui l'approcha de son visage pour l'embrasser et lui parler.

— On t'appellera Margritte, comme la cousine de Brumath qui sera ta première marraine, c'était prévu. Mais tu auras une autre fée pour veiller sur toi : Hortense qui t'a mise au monde. Hortense sera ta deuxième marraine.

— Tu es moqueuse, Lise ! lança Hortense, plus émue qu'elle ne voulait le paraître.

— Mais non, je suis heureuse, c'est tout. Il faut encore que je te dise, ce n'est pas fini pour moi.

Hortense ouvrit de grands yeux.

— Quoi ? Tu veux dire qu'un autre doit passer ? Tu attendais des jumeaux, là ? lança-t-elle en pointant son index droit sur le ventre de Lise.

— Tu as le mot pour rire. Je ne crois pas. C'est la délivrance qui doit s'en aller de la matrice. Viens m'appuyer sur le ventre pour que tout sorte. N'aie pas peur de me faire mal. Il ne doit rien rester, sinon je vais attraper une fièvre qui laisserait mon pauvre Baptiste veuf et inconsolable.

La petite Margritte avait été déposée dans le moïse tout proche. Elle était calme tandis que Lise guidait Hortense pour la fin de cet accouchement. Ce fut l'instant que choisit Joséphine pour rentrer.

— Doux Jésus ! J'arrive bien !

— Un peu tard, belle-maman, c'est presque fini, soupira Hortense, à demi soulagée. Avant de nous aider, lavez-vous les mains au savon jusqu'aux coudes et passez un tablier propre. Il ne faut pas infecter le bébé, ni votre bru, sauf si vous voulez vous en débarrasser plus vite.

Hortense répétait la leçon avec un évident plaisir, celui de voir la tête de sa belle-mère stupéfaite.

— Mais c'est le monde à l'envers ! C'est la jeunesse qui vous en apprend. On aura tout vu, répondit Joséphine qui pourtant s'exécutait et versait de l'eau dans une bassine avant d'empoigner le savon de Marseille qu'elle frotta énergiquement sur ses avant-bras.

Lise fut délivrée dans un grand jet de sang qui s'apaisa aussitôt. Elle avait pâli. Joséphine était allée lui chercher du lait sucré au miel et lui passait de l'eau de Cologne sur le visage. Le pire était toujours à craindre. Le pire, c'était l'hémorragie.

— Ma petite Hortense, je te félicite.

— Il n'y a pas de quoi, je ne sais même pas comment j'ai fait. C'est la Lise qu'il faut féliciter. Elle n'a pas sombré et m'a rassurée et guidée. Maintenant, belle-maman, après un petit séjour en maternité, reprit Hortense, qui ramassait les linges et se redressait, je me sens prête à mettre au monde les enfants de la terre entière. Ça me fera oublier ceux que le ciel me refuse. Allons, belle-maman, que dites-vous de votre nouvelle petite-fille, Margritte-Hortense ? Je suis son autre marraine. La Lise dit que je l'ai mérité.

Pendant qu'Hortense aidait Lise à se changer, à se recoiffer et nattait ses longs cheveux avant de les relever en couronne, Joséphine prépara la balance de ménage, posa une lurelle sur l'un des plateaux et souleva le nouveau-né.

— Bienvenue chez les Thouvenelle, murmura-t-elle à l'oreille de la petite Margritte. Peut-être que tu verras l'Alsace redevenir française et que tu chanteras *Das Elsass unser Ländel*[1]. Ça pèse combien, ce petit bout de femme ? Pas loin de cinq livres. Voilà, dit-elle en installant les poids sur l'autre plateau, quatre livres huit cents et des bricoles... Mais c'est très bien pour une petite qui a cinq semaines d'avance !

Joséphine passait un doigt sur la joue du bébé, qui cherchait déjà à téter.

— Tu as faim ? C'est bon signe. Tu as le goût de la vie, déclara Joséphine, qui réclamait le privilège de l'emmailloter.

Ce qu'elle fit en chantonnant, en dialecte :

Schlof, Kendele, Schlof !
Din Vader het di Schof,
Din Müeder het die Lämmele,
Drum schlof, du goldig's Ängele,
Schlof, Kendele schlof[2].

— On ne pourra pas dire à Adèle, qui comprend tout, que c'est la cigogne qui a déposé cette mignonne, murmura Hortense, car je n'ai même pas pensé à mettre du sucre sur le rebord de la fenêtre.

1. Chant alsacien. Littéralement, « l'Alsace, notre patrie ».
2. Dors, petit enfant, dors ! Ton papa veille sur toi...

— Où est Adèle ? s'inquiéta Lise.

— Pour l'instant, elle joue dans la cour avec Edmond. Lui, il est trop petit, il ne se souviendra de rien.

Joséphine envoya tout de même Hortense chez madame Treslot en lui demandant de venir vérifier que tout était normal. Lise avait repris ses couleurs mais refusait de manger.

— Je n'ai pas faim, seulement sommeil, et envie de pleurer.

— C'est normal, ma fille, dit Joséphine en la prenant dans ses bras. Tu as trop voulu être forte. Tu as tout gardé pour toi. Laisse-toi aller maintenant, on va s'occuper de tout. Aujourd'hui, tu as tous les droits, la reine, c'est toi. Et puis, Baptiste va rentrer, il va en faire une tête en se découvrant une nouvelle fille. Il sera fier de toi et de ton courage.

— Si Hortense n'avait pas été là, je n'aurais pas eu ce courage. Hortense a surmonté toutes ses peurs. Moi, pour la rassurer, je me forçais à chasser les miennes. Je me disais que j'allais faire un avorton, car j'étais encore loin du terme. Dans ma tête, il y a toujours l'incendie de la brasserie et les soucis à venir.

Lise avait posé son front contre la poitrine de Joséphine, qui lui caressait les cheveux. Lise n'avait que vingt-trois ans... Joséphine fit rapidement le compte dans sa tête. A son âge, elle était seulement fiancée et avait le cœur gonflé d'espoir pour son Aristide.

La grande horloge avait déjà sonné les douze coups de midi quand Adèle entra, joyeuse, dans la grande cuisine où Joséphine remuait la soupe. La table était mise, et dans le four de la cuisinière une tarte finissait de cuire.

— Mamama, z'entends les cevaux en bas de la rue, c'est sûrement papa et Zermain qui reviennent. Z'y vais, tu veux ? Ze leur dis pour Margritte ?

— Tu dis seulement qu'il y a une surprise, qu'une *storki* est passée dans le ciel...

— Une quoi ?

— Une cigogne. Un grand oiseau qui mange les grenouilles. En Alsace, on raconte que ce sont les storkis qui apportent les enfants...

— Mais ce n'est pas vrai ?

— Ah ça, en tout cas, c'est un secret entre nous deux !

— Mais, si ce n'est pas la cigogne, alors qui a donné le bébé à maman ? Tu sais pourquoi maman doit rester au lit ?

Joséphine ne répondit pas. Elle grommela en retirant la tarte du four :

— Va au-devant de ton père, il sera content.

Adèle ne se fit pas prier. Hortense avait dressé le couvert avec Edmond dans les bras. Il avait mangé avant l'heure et frottait ses yeux de ses petits poings.

— Je vais le coucher pour sa sieste, déclara-t-elle.

— Berce-le un peu, il en a bien besoin, murmura Joséphine. Ça fait beaucoup de changements pour lui, il est un peu perdu.

Hortense s'installa près de la grande horloge. Edmond laissa aller sa tête contre la poitrine de sa tante, qui tressaillit malgré elle. Quand aurait-elle le bonheur de bercer un jour ses propres enfants ? Elle allait sur ses trente ans. Il y avait presque dix ans qu'Adrien et elle s'étaient découverts.

La première fois, c'était dans les bois, en allant au muguet. Tous deux ne parlaient pas encore mariage. Hortense ne savait pas ce que voulaient les mains d'Adrien. Elle savait seulement que son corps était délicieusement troublé et elle avait laissé Adrien la parcourir, heureuse de cueillir son bonheur dans son regard. Et puis doucement la fièvre l'avait gagnée. Elle s'en était étonnée et avait pris peur. N'était-ce pas ainsi que l'on pouvait être engrossée ? Elle n'osait poser la question à personne. Et si elle ne pouvait en parler, c'est donc que c'était mal, très mal. Elle rêva une nuit que les flammes de l'enfer la consumaient. Et elle perdit de sa gaieté. Adrien s'inquiétait. « Tu ne me veux plus, Hortense ? Moi, je ne pense qu'à toi pendant que je suis aux champs. Et si le père ne me surveillait pas, je viendrais te voir à la pause et… »

Alors, elle fermait les yeux, ouvrait les bras, et il venait en elle jusqu'à ce que cette onde de plaisir la parcoure et la fasse gémir. Elle se promettait de ne plus recommencer, mais elle en était incapable. Adrien donnait le feu à ses lèvres et à son corps. Elle avait soif de lui. Lorsqu'elle se confessa avant le mariage et osa dire son trouble au curé, elle fut sermonnée, certes, avec bienveillance. Mais l'homme de Dieu, dans le sombre du confessionnal, insistait derrière la grille : « Mon enfant, vous avez gravement offensé Dieu. »

Elle avait donc péché. Un péché mortel ! Ces choses-là ne se font que dans le mariage et sans rechercher le plaisir.

« Le seul vrai et sain plaisir, c'est celui de mettre des enfants au monde et de les faire grandir comme l'a demandé Notre-Seigneur Jésus-Christ. » Pourtant, magnanime, le curé avait donné sa bénédiction. Hortense pouvait aller en paix, si elle mettait en pratique la règle de l'Eglise. Soulagée, Hortense se promit de domestiquer ce corps qui risquait de l'emporter aux enfers. Elle n'y parvint point et eut honte. Etait-ce cette honte qui fermait la porte aux enfants qu'elle eût aimé offrir à Adrien ? Edmond glissait doucement dans les rêves tandis qu'elle songeait à tout cela. Demain, quand Lise serait reposée, Hortense lui demanderait. Lise savait tant de choses malgré son jeune âge... Lise donnait l'impression de ne jamais se tromper.

3

Fin juin 1898

Adèle était très fière de parcourir les derniers mètres jusqu'à la maison d'Hortense assise entre Germain et son père. Elle guidait Bella de sa petite voix claire et tenait sa langue. En se penchant sur le moïse, son père aurait la surprise de voir cette petite chose à peine rouge, les poings serrés contre ses joues et coiffée d'un bonnet de dentelle blanche. Une petite chose qui émettait des cris ressemblant à ceux d'un chaton et semblait ravir les grands. Adèle s'inquiétait. Combien de temps faudrait-il encore patienter avant de pouvoir jouer avec cette petite sœur ? Elle n'imaginait pas qu'un bébé pût être si petit. Elle avait songé dans sa tête d'enfant qu'il aurait peut-être déjà la taille d'Edmond en venant au monde.

Joséphine guettait son fils sur le pas de la porte.

— Alors ?

— Ça va, ça va, mère, on va s'en sortir.

— Il faut, parce que… Va voir ta femme, elle t'attend. Ne fais pas cette tête, nigaud, tout va bien.

— Quoi ? Tu veux dire que...

Joséphine ferma les yeux en signe d'acquiescement et s'effaça pour laisser passer Baptiste. Elle retint Germain et Hortense dans la cour.

— Ils ont besoin d'être entre eux quelques instants, et sans témoin, c'est leur histoire de famille. Après, nous mangerons, nous avons tout le temps, déclara Joséphine.

Ce fut un repas paisible où les uns et les autres semblaient recouvrer une raison de vivre. Etait-ce la naissance de Margritte ? Lise se reposait juste à côté dans l'alcôve. Baptiste lui avait relaté sa rencontre avec Antoine Trampitsch.

— Ne t'en fais pas, ma Lise, j'ai du travail et le Germain aussi. Monsieur Trampitsch avait besoin d'un contremaître à la tonnellerie, ce sera moi. Le Germain ira à la malterie.

Baptiste avait vu la tonnellerie. On manquait de bras pour fabriquer les fûts. Antoine Trampitsch lui avait fait part de ses projets. Il brasserait cinquante mille hectolitres dès le début du vingtième siècle. Dans un premier temps, il voulait conquérir le marché régional. Il était sûr de son savoir-faire. Son associé Victor Hinzelin et lui avaient créé une société anonyme, réuni les capitaux nécessaires à cet immense chantier que Baptiste jaugea très vite tandis que le maître brasseur expliquait. Il allait réunir tous les corps de métier. Champigneulles, la petite ville du nord de Nancy, allait devenir la capitale de la bière de Lorraine. Il y croyait. La Brasserie de la Moselle s'élevait déjà sur un hectare, mais son extension serait possible grâce aux vingt hectares des alentours. Un terrain fort bien situé, avec, à proximité du chemin de fer et du canal de la Marne au Rhin, le port de Champigneulles. Les denrées nécessaires à la fabrication de la bière pourraient arriver par la route comme par la voie d'eau. Quant au chemin de fer, Antoine Trampitsch et Victor Hinzelin savaient qu'il allait leur être d'une grande utilité.

Jusqu'en 1870, les brasseries alsaciennes, dont la brasserie Hatt de Strasbourg, avaient organisé le ravitaillement des cafés de la capitale grâce à des convois spéciaux. Les « trains de la bière », d'abord hebdomadaires, étaient devenus quotidiens. Mais la guerre de 1870 avait mis un terme à ces convois. L'occupant allemand avait interdit tout trafic depuis l'Alsace. Désormais, on compterait sur les trains partant de Champigneulles. La gare de triage se trouvait juste de l'autre côté de la route, face à l'entrée principale de la brasserie. Les trains n'auraient qu'à traverser la route de Bouxières et entrer dans la cour pour se ranger non loin des quais d'embarquement. L'architecte avait tracé des plans que certains jugeaient irréalistes. Pourtant, les contacts pris avec la Société des chemins de fer prouvaient qu'aux audacieux rien n'est impossible. Certes, les wagons seraient ceux de la brasserie et ne seraient pas tractés par une locomotive... Un cabestan à l'entrée ferait pénétrer les wagons chargés des précieux fûts qu'on s'arracherait très bientôt. Antoine Trampitsch joignait le geste à la parole et se frottait les mains. Ses yeux brillaient de plaisir. Il songeait aux siens, restés en Slovénie. Il se souvenait du petit garçon qui n'avait pas voulu être employé aux écritures et qui avait supplié qu'on le laissât partir et empoigner la vie à sa guise.

« Je sens que nous allons faire du bon travail, si tu es d'accord, Baptiste... avait dit Antoine Trampitsch. Tu as ma confiance. Je me souviens de toi à Lutterbach : un jeune homme prometteur, curieux. »

A cette époque, Baptiste avait dix-sept ans et Antoine était déjà chef malteur. Le patron de la brasserie de Lutterbach avait été contrarié de le voir partir au cœur de l'été 1885. Antoine ne restait jamais très longtemps dans les mêmes lieux. Il apprenait, observait, enregistrait tout et reprenait son bagage en rêvant au jour où il serait à la tête de son affaire. Baptiste rassemblait ses souvenirs et les comparait avec ce qu'il voyait sur ce chantier. Il avait goûté la première bière d'Antoine, quelques jours plus tôt. Il avait élevé son verre pour évaluer la brillance du liquide. Un or parfait. Il avait humé lentement l'arôme à la fois malté et fruité, puis doucement il avait fait tourner son verre dans sa main avant de le porter à la bouche. La bière était bonne. Très bonne même. Gouleyante à souhait. Il eut le cœur serré. Antoine avait maintenant une telle avance sur lui qu'il sut qu'il lui faudrait renoncer à fabriquer une bière dont il avait pourtant l'excellence. A quoi lui servait de savoir cultiver les levures ? Deux ans auparavant, après avoir lu les résultats des travaux de Pasteur, qui travaillait avec les frères Tourtel à Tantonville, il avait obtenu de l'Ecole de brasserie de compléter son savoir en y faisant un stage de quelques semaines. « On apprend à tout âge », avait-il déclaré à sa mère, qui fronçait les sourcils en le voyant penché sur ses livres alors que la nuit était tombée. La réussite était à ce prix. Il fallait garder un esprit ouvert, toujours en éveil.

Pourquoi le sort s'était-il acharné sur lui ? Désormais, il devait songer à faire vivre sa famille, taire ses sentiments et se mettre au service. Antoine le comprit-il pour lui dire :

— Tu es encore jeune. A ton âge, je n'étais pas patron non plus. As-tu de quoi te loger depuis cet incendie ?

Perdu dans ses pensées et ses regrets, Baptiste gardait le silence. Antoine Trampitsch le rompit en poursuivant :

— Mais quel âne je suis ! Bien sûr que tu as besoin d'être logé ! Tu passeras voir mon comptable. Pour l'instant, c'est lui qui gère tout ça. J'ai une maison à te proposer, un gros chalet au chemin des Sables, juste après la ferme toute proche de la brasserie.

La maison en question s'élevait sur des fondations de pierre, mais elle était en bois. On disait qu'elle était l'œuvre d'un Vosgien qui l'avait construite dans les années soixante-cinq pour s'y installer avec sa fiancée, qui habitait en Alsace. Mais la guerre de 1870 les avait séparés et cette maison avait été rachetée par la Société des forges pour y loger des ouvriers. Aucun ne voulait y rester. La Meurthe toute proche sortait régulièrement de son lit et venait en inonder les caves. Un arrangement avait été trouvé entre les Forges et la Brasserie de la Moselle, qui pouvait utiliser les lieux inoccupés depuis près de deux ans. Baptiste avait accepté de courir le risque d'être parfois cerné par les eaux. De toute façon, il n'avait guère le choix. Cette demeure avait du charme et était suffisamment spacieuse pour que Joséphine habitât encore avec eux, si elle le désirait. Antoine Trampitsch avait ajouté :

« J'espère que tu travailleras pour moi quelques années avant de relancer ton affaire. »

Baptiste avait souri, un peu tristement. Jamais il ne pourrait concurrencer la Brasserie de la Moselle. Et pourtant, lui qui avait voyagé, il les connaissait, les brasseries d'Alsace et de Lorraine. A part Hatt, au nord de l'Alsace, aucune n'était comparable à celle qui s'élevait à Champigneulles. Antoine Trampitsch avait du flair. Ceux qui doutaient de lui en seraient pour leurs frais. Il avait anticipé le succès de sa bière, prévu que sa brasserie s'agrandirait. Ailleurs, quand une brasserie s'ouvrait, c'était en ville. Si la bière était bonne et acquérait une certaine renommée, la production ne pouvait guère croître quand l'établissement était coincé entre deux immeubles. A Champigneulles, le terrain se comptait en hectares au pied de la colline de Bouxières-aux-Dames.

« Et l'eau, avait demandé Baptiste, l'eau ?

— Justement, Baptiste, l'eau de la source de Bellefontaine est excellente. C'est une source merveilleuse aux incomparables qualités, pure, non calcaire. Cette source ne tarit pas, même quand les étés sont secs et chauds. Victor et moi avons fait analyser cette eau... D'ailleurs, le premier brassin a séduit tout le monde. Les journaux de Nancy ont parlé de nous. »

Antoine Trampitsch avait-il entendu parler du miracle de saint Arnould ? Le grand saint était né au sixième siècle à Lay-Saint-Christophe, juste de l'autre côté de la Meurthe. Antoine Trampitsch s'était-il égaré jusque dans la petite église villageoise pour y découvrir la relique du saint devenu patron des brasseurs en Lorraine ? S'était-il souvenu du miracle dont on disait qu'il avait eu lieu au bord de la Meurthe ?

En l'an 642, en plein mois de juillet, alors qu'une foule de fidèles accompagnait la dépouille de l'évêque qu'on ramenait des Vosges à Metz, elle fit escale non loin de Lay-Saint-Christophe, à l'endroit où une brasserie s'élèverait à la fin du dix-neuvième siècle. C'était un temps de grande sécheresse. La Meurthe était asséchée. Les fidèles invoquèrent leur évêque. On lui prêtait déjà tant et tant de miracles... La nuit du 18 juillet, les pèlerins se réveillèrent le bras droit lourd. Chacun tenait une cruche emplie d'une délicieuse cervoise.

Baptiste aurait aimé continuer à converser, mais Antoine Trampitsch, bien que très courtois, était déjà devenu un homme d'affaires soucieux. Cependant, sa détermination à réussir, à marquer les lieux, avait plu à Baptiste.

— On me prend pour une sorte de fou... Mais je sais que j'ai raison. L'avenir de la bière passe par l'industrie. Et ma bière sortira des frontières de la région.

Et, de fait, depuis la pose de la première pierre, un an auparavant, le paysage avait changé. Des caves avaient été creusées, des bâtiments s'élevaient. La malterie avait déjà fière allure. On apercevait ses hauts murs de brique rouge depuis la route. L'orge, à l'état brut, se trouvait dans une immense réserve où elle achevait son mûrissement pendant plusieurs semaines. Une dormance nécessaire. C'est elle qui assure un meilleur rendement de l'amidon avant sa transformation en sucres. A point, l'orge pourrait être acheminée mécaniquement jusqu'à une salle de dépoussiérage. Germain et Baptiste avaient vu un trieur géant à disques qui répartissait les grains d'orge selon leur taille et éliminait ceux qui étaient cassés, les déchets ou grains étrangers. Ils s'étaient extasiés en observant le lavage des grains d'orge dans de vastes cuves par-dessus lesquelles une pompe aspirait l'air poussiéreux. Sous cette cuve se trouvait une vanne qu'il suffisait d'ouvrir pour que l'eau chargée de boue s'évacue. On recommençait l'opération jusqu'à ce que le grain d'orge propre puisse être conduit sur des tapis roulants jusqu'aux cuves de trempage, première étape de la germination. Baptiste n'avait pu s'empêcher de saisir une épuisette et de la plonger dans l'une des cuves pour en extraire quelques grains gorgés d'eau et chercher la pointe des germes prêts à jaillir.

Germain ouvrait de grands yeux sur cette malterie étagée. Il vit les cuves de trempage à double fond et munies de système d'aération et de soufflerie chaude pour accélérer la germination des grains. Il vit le grain en train de sécher sur des trémies quand les radicelles avaient atteint la bonne taille. On séchait le grain rapidement, à plus ou moins forte température, pour stopper la germination, avant de l'expédier dans les moulins à concasser. La couleur du grain, selon le degré de chauffage, déterminait celle de la bière. Le grain d'orge allait donner cette précieuse farine qu'est le malt. Il vit les chaudières à trempe et tout ce qu'il connaissait chez Baptiste, mais multiplié par dix, vingt et cent. Quant à Baptiste, lorsqu'il passa près des balles de houblon, son cœur se serra. Il fut soudain transporté en Alsace. Lise était juchée sur une échelle... Lise tendait les mains pour vérifier la maturité des cônes, avant de cueillir la fleur d'or... Lise était assise près des grands paniers, en train d'éplucher les rameaux de houblon pour en extraire les cônes renflés, chargés de cet incomparable parfum. Les femmes régnaient sur la cueillette du houblon, l'épice de bière, et elles chantaient en s'activant, entraînées par Lise, qui donnait le ton à toutes les houblonnières. Lise ne sut pas les longues minutes passées par Baptiste à l'observer entre deux plants de houblon et derrière le petit muret de la propriété. Il ne pouvait détacher son regard de la belle jeune fille au fin visage encadré d'épaisses nattes tressées en couronne sur sa tête. Il avait vu l'ovale parfait du visage, la petite bouche pulpeuse et encore enfantine. Il avait vu la finesse de ses mains qui farfouillaient entre les feuilles de houblon.

« Tonnelier, tu l'es, avait lancé Antoine Trampitsch en le tirant de sa rêverie, j'ai besoin d'un premier contremaître. »

Tonnelier, il l'avait été. Tonnelier, il redeviendrait, comme son grand-père. Certes, la tonnellerie n'avait pas de secret pour lui, et Antoine Trampitsch en l'embauchant comme contremaître récompensait son savoir. Mais il manquerait à Baptiste le contact avec l'orge, le houblon, la vue des cuves en fermentation ; et le bruit des cloques qui viennent crever à la surface ; et cette odeur si particulière, enivrante ou presque, de la salle à brasser.

Baptiste raconta à Lise qu'il avait vu une machine à dégermer d'une capacité dix fois supérieure à celle achetée l'année précédente. Les radicelles tombaient automatiquement dans un cône alors que les grains partaient dans un autre avant de se retrouver dans un immense bac d'où ils étaient conduits sur une chaîne à godets jusqu'au broyeur pour être réduits en farine. Il tenta aussi de décrire la salle des générateurs. Des machines à faire le froid, gigantesques, capables de produire des pains de glace en grande quantité. Il avait encore dans les oreilles les bruits assourdissants des compresseurs en marche et la vapeur qui s'en dégageait. La bière pourrait être conservée dans des chambres de garde dans d'excellentes conditions. On ne serait plus obligé, l'hiver venu, de traquer la glace sur les lacs et rivières gelés et d'imaginer mille artifices pour la faire durer.

Lise avait pris sa main et l'avait serrée.

« Je t'aiderai, Baptiste, du mieux que je pourrai. Regarde notre petite Margritte. N'est-elle pas jolie ? Allons, ne fais pas cette tête, le prochain bébé que je te ferai sera un beau gars, qui maniera la pelle et le fourquet mieux que personne…

— Ah non, Lise ! Celui-là ira à l'Ecole de brasserie de Nancy. Ce sera un chef.

— Un vrai chef l'est s'il sait faire comme ses ouvriers. »

Baptiste déposa un baiser tendre et respectueux sur le front de Lise. Elle baissa les paupières et retint un soupir. Elle sut qu'il faudrait encore travailler dur et garder le sourire pour Baptiste, qui ne devait pas perdre le sien.

4

Début juin 1909

Joséphine venait de terminer le repassage. Les draps lavés à la Meurthe et séchés sur les fils tendus par Germain et Baptiste avaient claqué au vent toute la journée. Ils sentaient bon l'air des prés et le chaud soleil. Avant d'aller retrouver sa mère à la cantine de la brasserie, Adèle avait aidé sa grand-mère à plier le linge. L'une et l'autre avaient ri en tirant sur les bords des draps pour les défroisser. Vigoureuse, Adèle avait tiré si fort que Joséphine était tombée sur son derrière dans un grand éclat de rire. Elle était restée un long moment jupes et cotes relevées à hauteur des genoux, découvrant ses chevilles encore fines.

— Mamama, tu n'as pas mal, au moins ? s'était inquiétée Adèle.

— Mais non, ça m'a renvoyée cinquante ans en arrière, j'ai fait le même coup à une tante vieille fille à Brumath. Sauf qu'elle, la Philomène, elle pesait pas loin de cent kilos, et il a fallu deux costauds pour la relever. Surtout qu'elle y mettait de la mauvaise volonté.

— Je ne voulais pas te faire choir, mamama, seulement te taquiner un peu.

— Allez, file à la cantine, ta mère va t'attendre. Je m'occupe du reste de la maisonnée.

Edmond, qui étudiait depuis octobre à l'Ecole de brasserie de Nancy pour devenir brasseur, ne rentrait pas à midi. Mais Margritte, onze ans, allait revenir de l'école en compagnie d'Albert, son cadet d'un an, et des jumelles, Augustine et Prudence, qui allaient fêter leurs sept ans à la Saint-Michel.

Le temps avait passé. En mettant le couvert, Joséphine compta les onze étés écoulés depuis ce triste incendie du chemin de la Rompure à Frouard. Baptiste travaillait toujours à la brasserie. Il régnait en maître sur la tonnellerie. On fabriquait des fûts de deux cents litres pour livrer les cafés de la région. La bière de Champigneulles avait conquis ses titres de noblesse. Antoine Trampitsch proclamait haut et fort que sa bière était la « Reine des bières ». Une réputation qui allait grandissant. On brassait désormais pas loin de deux cent mille hectolitres par an. La famille Hinzelin se frottait les mains et se réjouissait que Victor, directeur de *L'Impartial de l'Est*, ait eu suffisamment de flair pour donner sa confiance à Antoine. Un homme venu de Slovénie, qui brassait comme personne et savait fabriquer une bière de qualité avec les techniques les plus modernes. Aucune brasserie de France n'avait jamais produit de telles quantités. Baptiste et Lise, aidés de Joséphine, toujours vaillante malgré ses soixante-neuf printemps, et de Germain, qui ne s'était point décidé à prendre femme, habitaient toujours la maison-chalet du chemin des Sables à côté de la brasserie. Depuis son ouverture, l'établissement ne cessait de s'agrandir. De nouveaux bâtiments sortaient régulièrement de terre. On en démolissait un ancien pour en reconstruire un plus vaste afin d'y installer des machines plus performantes. On avait ouvert une nouvelle cave de garde. D'ailleurs, pour la brasserie, le temps était venu de changer de nom. Il fallait rendre hommage à la petite ville qui l'avait accueillie. On ne parlait plus de la Brasserie de la Moselle. Celle qui s'étendait au-delà du pont du chemin de fer, le long de la Meurthe, s'appelait désormais Grande Brasserie de Champigneulles. Sur la façade de la malterie et jusque sur la grille d'entrée en fer forgé de l'entrée principale, route de Bouxières-aux-Dames, s'étalaient les lettres rouges qui composaient la raison sociale faisant la fierté des Champigneullais.

La fête de la Vigne et du Houblon prévue à Nancy en octobre serait la consécration d'une petite ville dont on n'avait jamais rien dit jusqu'en 1897, année de la pose de la première pierre. Si certains s'étaient laissés aller au scepticisme, voire à quelques railleries, ils n'avaient plus qu'à se taire. Qui pouvait prévoir que l'homme venu d'ailleurs aurait su séduire le directeur d'un journal nancéien ? A Champigneulles, le travail ne manquait pas. Tous les corps de métier œuvraient au sein de cette brasserie : tonnelier, menuisier, maçon, bourrelier, cocher, forgeron, palefrenier, mais aussi chauffeur de camions, mécanicien. Antoine Trampitsch aimait les chevaux, qui lui rappelaient les lointaines contrées de son enfance, mais il savait que le progrès passait par de nouveaux moyens de locomotion. Il était fier de compter ses camions — sa flotte, disait-il —, alignés le long du quai d'embarquement, au pied de la malterie. Et, si les voitures à glace tirées par les chevaux étaient encore nombreuses, il espérait proche le temps où elles disparaîtraient. En regardant le mouvement des trains de part et d'autre de la route de Bouxières, Antoine Trampitsch se réjouissait : il avait réussi à imposer son précieux breuvage dans les brasseries parisiennes. Celui-ci pouvait de nouveau couler dans de beaux verres renflés dessinés par les artistes de l'Ecole de Nancy. Tout Paris venait déguster la Reine des bières.

Longtemps Baptiste espéra se refaire en économisant sou par sou pour relancer son affaire. Mais au fil des années il réalisa que pour y parvenir il lui faudrait s'éloigner de Champigneulles, peut-être même quitter la Lorraine. Comment concurrencer Antoine Trampitsch ? Il y songeait souvent lorsqu'il allait flâner le long de la Meurthe ou qu'il bêchait le jardin avant l'hiver. L'arrivée des jumelles avait sonné le glas de ses espérances. Il était trop tard. Trop tard pour lui, mais pas pour ses enfants. Ils réussiraient. Lise l'entoura, l'encouragea et continua de travailler puisque Joséphine vivait avec eux et pouvait garder les enfants. Lise partait chaque jour vers dix heures du matin servir les repas à la cantine de la brasserie. Certains ouvriers n'apportaient qu'un petit pot de camp rempli de maigres victuailles, souvent les restes du repas familial de la veille. Pour eux aussi, il fallait être présent. D'abord, Lise veillait sur les cuisinières et les immenses bassines d'eau chaude qui servaient de bain-marie pour les repas personnels. Puis elle préparait d'immenses soupes de légumes, des omelettes, et de temps à autre un dessert. Des vautes[1] fourrées de fruits de saison à remplir de lumière les yeux et les estomacs, disait-elle. Elle avait demandé à la direction le petit supplément permettant d'offrir le café aux ouvrières et ouvriers. « La bière, c'est bien, c'est bon, mais ça finit par soûler quand on travaille. Le café facilite la digestion et redonne de la clarté aux esprits les plus embrouillés », avait-elle déclaré au chef du personnel.

Baptiste n'avait pas cru que sa Lise parviendrait à faire céder le sévère monsieur Garnier. L'apercevoir de loin dans la brasserie suffisait à donner les jambes molles au plus vaillant.

« Qu'est-ce que vous avez à traîner entre la tonnellerie et le quai de chargement ? Il n'y a pas de départ aujourd'hui ? Allez ouste, à votre poste, sinon c'est un quart d'heure en bas, ou une mise à pied ! »

Monsieur Garnier avait la réputation d'un fouineur.

« Il tourne toujours ici et là, l'air soupçonneux. Il est toujours où il ne faudrait pas, disait Marie, une ouvrière qui travaillait avec Lise. Et même jusque dans les caves de garde.

1. Crêpes.

— Tu n'as rien à y faire, dans les caves de garde, taquinait Lise. Ce n'est pas ton travail à toi, le « trou d'homme[1] ».

— Tu en as de bonnes, ma belle ! Tu peux me dire comment rencontrer tranquillement le Fernand ? soupirait Marie.

— Méfie-toi, un jour vous finirez enfermés dans un foudre qu'on remplira. L'amour et la bière, un beau mélange pour l'éternité. »

Marie haussait les épaules tout en continuant de tourner la louche dans la marmite.

Adèle venait maintenant apporter de l'aide à sa mère : cela faisait quelques sous que l'on plaçait pour les garçons s'ils voulaient se mettre un jour à leur compte. Des sous, Baptiste en plaçait aussi pour bien marier ses filles. Mais il avait beaucoup de regrets. Certains soirs, avant de s'endormir, Baptiste prenait la main de Lise. « Je te demande pardon, ma belle Lise, tu méritais mieux que moi. » Lise soupirait, affirmait qu'ils n'étaient pas malheureux, qu'elle avait le meilleur des hommes et qu'elle ne regrettait rien. Elle serrait la main de Baptiste, habituée à manier le bois des foudres, et la posait sur son cœur à même la peau. Au contact de Lise, Baptiste tressaillait comme au premier jour. Alors il oubliait tout ou presque, venait en elle avec le même élan qu'autrefois dans la grange de la vieille Philomène en Alsace.

« Tout doux, mon Baptiste, je ne suis plus de première jeunesse et nous avons déjà six enfants. »

1. Ouverture d'un foudre permettant à un homme de s'y faufiler pour aller le nettoyer.

5

Fin juin 1909

Joséphine sourit en entendant les jumelles courir sur le pavé et déjà se disputer pour savoir laquelle des deux embrasserait la mamama la première au retour de l'école. Joséphine les mettait toujours d'accord en disant :

« Je n'ai qu'une bouche pour embrasser mes chéries, mais j'ai quand même deux bras pour les serrer sur mon cœur. »

Elle les ouvrait grand aux deux gamines, qui se blottissaient contre elle avec affection. Elle songeait à Adèle, à son petit cœur tendre et qui se forçait à s'endurcir. Adèle, réservée. Adèle, sage et silencieuse. Une auxiliaire précieuse pour Lise et Joséphine. Adèle souriait mais ne riait jamais. Une sorte de distance la nimbait de mystère et de grâce. A la brasserie, quand elle aidait sa mère, on murmurait sur son passage. Les hommes s'arrêtaient de manger, mais aucun ne se serait permis un geste familier. Elle ressemblait à sa mère. La même taille fine et les mêmes longs cheveux blonds, soigneusement entretenus, baignés de camomille après le bain et le shampooing chaque samedi soir. Joséphine et Lise ne transigeaient pas avec la propreté.

— Comme on est au-dehors, on est au-dedans, répétait Joséphine. On peut être pauvre, mais ça n'a jamais empêché quelqu'un de se tremper dans l'eau et de se frictionner vigoureusement.

— Se laver souvent n'use pas la peau, au contraire, ça chasse les maladies, renchérissait Lise quand elle baignait les jumelles, parfois récalcitrantes, dans le grand cuveau de bois où elle versait l'eau chauffée sur la cuisinière.

— Il faut les surveiller, Lise, soupirait Joséphine, ce sont des chipies qui traînent parfois avec certains enfants du bas de Bouxières que je n'aime pas beaucoup.

— Je sais, belle-maman, je connais leurs parents, des mères ou des frères qui viennent à la cantine. Certains sont des pas-grand-chose qui ne mettent jamais les pieds à l'église le dimanche.

— Quand on n'a pas de foi, on n'a pas de loi, ma fille.

Joséphine s'abritait derrière des jugements tranchés. Elle ne voyait pas le regard d'Adèle… Adèle pensait, mais n'exprimait rien. Adèle en voulait parfois à sa mère de travailler autant, même si elle savait que cet argent leur serait rendu. Elle avait grandi trop vite. On lui avait demandé d'être une petite mère. On la félicitait pour sa sagesse, son intelligence. Il ne venait à l'idée de personne qu'Adèle eût aimé courir dans les prés, faire de la balançoire comme les petites filles de la route de Bouxières. On disait qu'Adèle était née grande et que grande elle resterait. Le garçon qui la remarquerait serait forcément un homme de bien. Mais Adèle ne se voyait pas au bras d'un garçon ou d'un homme. Elle rêvait seulement d'avoir du temps pour elle, du temps pour lire et pour rêver.

Les fourchettes allaient et venaient des assiettes aux bouches. La purée de pommes de terre était délicieuse. Joséphine y avait incorporé de minuscules morceaux de viande finement hachée et elle se réjouissait de voir son petit monde manger avec appétit.

— Manger pour grandir, disait-elle aux plus jeunes. Grandir au-dedans comme au-dehors, ajoutait-elle encore avant de bénir le pain qu'elle allait leur partager.

Pas de repas sans bénédicité ni action de grâce.

— Dieu est bon, même s'il est dur. S'il nous éprouve, c'est parce qu'il nous aime.

Adèle n'aimait pas les discours de Joséphine. Est-ce que Dieu a besoin de faire souffrir pour dire aux hommes qu'il les aime ? Elle songeait souvent à tout cela en allant étendre le linge dans le pré au bout du jardin avant de rejoindre sa mère à la cantine de la brasserie. Pourquoi faut-il toujours tout payer ? Est-ce qu'on ne peut pas être heureux tout simplement ? Elle songea à ce beau jeune homme qui venait s'asseoir deux ou trois fois par semaine sur l'un des bancs de la cantine. Il travaillait au laboratoire, vérifiait la qualité de la bière, des cultures de levure. Quelques mois auparavant, il avait œuvré dans les bureaux, à la direction de la brasserie.

— Il apprend le métier, avait glissé Célestine, une ouvrière de la tonnellerie, à Adèle. Tu as vu comme il te regarde ?

Adèle avait haussé les épaules.

— Tu lui plais, Adèle, ça se voit comme le nez dans la figure. Ma foi, c'est un fils de famille. Ce beau jeune homme s'appelle Charles d'Auzécourt et c'est le fils d'un des architectes de la brasserie.

— Justement, grand-mère dit que les princes n'épousent pas les bergères.

— Elle cause comme dans un livre, cette jeunette. Elle a la sagesse dans la tête. Mais avant de te mettre la corde au cou, belle Adèle, tu dois un peu t'amuser. Ce n'est pas quand tu auras une tripotée de gosses que tu pourras penser à la bagatelle.

— Laisse-la donc tranquille. Elle a bien le temps, avait coupé Marcelline en tendant son assiette. Toi, la petiote, ne l'écoute pas ! Sinon, tu te retrouveras engrossée comme la Nini du pont du canal. Même qu'elle est morte en couches. « Une punition, a dit le curé le dimanche suivant pendant le sermon. Le péché sème toujours la mort. »

— Comme tu y vas, la Marcelline ! On peut s'amuser en tout bien tout honneur, quand même, enfin presque. Ne crois pas toutes les jactances de la Marcelline, Adèle. Tiens, tu devrais venir avec nous dimanche après-midi, à Bellefontaine, à la guinguette de la mère Grandin. Son fils y joue de l'accordéon. Avec quelques copains, il a monté un petit orchestre qui a un beau répertoire. On y boit de la Champigneulles, du petit gris de Toul, et surtout on y danse sur le pré au bord de l'étang. Ne fais pas la peute[1], tu éteins l'éclat de tes prunelles. Je demanderai la permission à la Lise. Je promettrai de veiller sur toi.

Adèle se souvenait d'avoir attrapé une pile d'assiettes sales pour les emporter dans la cuisine où Marie s'activait au nettoyage. Une immense bassine d'eau chaude frémissait sur le réchaud. Marie, c'était une très grosse femme déjà sur le retour, disaient d'elle les hommes. Elle ne s'était jamais mariée et vivait seule dans une petite chambre au-dessus du Café du Commerce près du canal. Elle était à tous et à personne.

— C'est notre femme, notre mère, disaient les hommes. Quand on est un peu seul, on va la voir, et ce n'est pas le Fernand, son préféré, qui fera des histoires.

— Pour sûr. Elle sait pourquoi on vient. Elle ouvre les cuisses aussi vite que les bras. Mais elle prend le temps d'écouter avant de nous expédier au septième ciel. C'est qu'elle a un fameux tour de reins.

Adèle respectait cette femme que d'autres raillaient parfois. Elle se souvenait d'avoir fait quelques confidences à Marie lorsque les taquineries de Célestine et Marcelline lui posaient question.

— C'est vrai que tu grandis. Tu es plutôt belle et bien tournée avec ça. Aussi méfie-toi des beaux parleurs. Ta grand-mère a raison quand elle dit que les princes n'épousent pas les bergères. Si un homme au-dessus de ta condition te tourne autour, dis-toi

1. Mot lorrain : moue, grimace de scepticisme.

que ce n'est sûrement pas pour te passer la bague au doigt. Il a seulement envie de s'offrir du bon temps et à pas cher. En ville, une fille, ça épuise vite le porte-monnaie de ces gomineux[1].

Adèle continuait de laver assiettes et tasses en rêvant. Elle espérait l'accord de sa mère, mais redoutait les sourcils relevés de son père quand il s'agissait de divertissement. Il ne plaisantait pas avec la morale.

1. Mot lorrain : personnes qui font du genre.

6

Juillet 1909

Adèle avait mis sa jolie jupe et son fin corsage des dimanches par-dessus un corset que sa mère avait serré sans difficulté.

— Un seul jupon suffira, il fait chaud aujourd'hui.

Lise avait en partie relevé la chevelure de sa fille au-dessus des oreilles et chauffé les fers à friser. Les cheveux d'Adèle s'étaient prêtés avec docilité à former de belles anglaises tombant jusque sur ses épaules.

— Ne t'agite pas trop, ma fille, pour ne pas transpirer si tu ne veux pas faire retomber ta parure avant le soir.

Lise contemplait Adèle à l'aube de ses seize ans. Où étaient les siens ? A Brumath dans la houblonnière du grand-père, autour des bûchers de la Saint-Jean ? Elle frémit en y songeant. Que de rêves caressés sous le ciel alsacien et qui étaient venus mourir en terre de Lorraine… Si les dettes de Baptiste étaient payées après tant d'années de labeur, la famille Thouvenelle n'était pas à la tête d'une affaire. Or, chez les Thouvenelle, depuis plusieurs générations, les hommes ne louaient jamais leurs services à quiconque au-delà de trente ans. Et les filles étaient mariées à des jeunes gens pouvant leur offrir une situation semblable. Lise s'interrogeait, en parlait de temps à autre avec Joséphine, qu'elle aimait beaucoup. Parfois, Lise se laissait aller.

— C'est étonnant qu'une belle-mère et une belle-fille s'entendent comme nous.

— C'est que nous avons l'Alsace dans nos veines, disait Joséphine, et le même village aussi. Léa, ta mère, et moi, habitions Brumath, dans la même rue. Ta mère était mon amie. Et aucune de nous deux n'aurait accepté de plier le genou devant la botte prussienne. L'inconnu n'effrayait pas ta mère. Partir au bras d'Ambroise Hoffmann pour faire pousser la vigne à Sétif en Algérie la séduisait, même si elle n'était pas très sûre du jeune homme. Fort heureusement, les parents de ta mère se sont mis en travers du projet en menaçant de la déshériter si elle s'obstinait avec Ambroise. Le jeune homme s'est ainsi découvert. Il cherchait surtout à gonfler son porte-monnaie en faisant de bonnes et saines épousailles. Ta mère a trouvé sa consolation au village, avec Aloïs, enfin, si on peut dire, car elle est morte bien jeune, soupira Joséphine en se signant.

Adèle n'aimait pas quand Joséphine et Lise évoquaient leurs racines alsaciennes. Elle n'avait jamais pu s'habituer à cet étrange pincement au cœur qui la saisissait lorsque Joséphine racontait la mort de cette grand-mère entrevue sur quelques rares photos. Cette pauvre Léa morte à vingt-six ans en mettant au monde son garçon, qui ne pouvait pas passer tant il était gros. Le village se souvenait des cris de Léa quand le médecin avait employé les fers. On racontait que Léa s'était vidée de son sang dans un grand cri et que la vie l'avait quittée tout aussitôt. « Sauvez la mère, avait supplié Aloïs, son époux. La petite Lise a besoin de sa mère. » On ne put sauver ni la jeune femme ni l'enfant, qu'une vieille tante baptisa alors qu'il ne respirait plus. Elle jura au curé que la vie coulait encore en lui tandis qu'elle l'ondoyait. Un pieux mensonge, pour éviter à l'enfant d'être jeté dans le carré des limbes tout à l'extrémité du cimetière, dans le coin des cyprès. Aloïs fit élever Lise dans la maison de Germain, un cousin qu'elle aima comme un frère et qui la suivit jusqu'en Lorraine quand elle se maria.

Adèle s'était adossée à un orme non loin de la piste de danse et regardait les couples évoluer. Les valses succédaient aux polkas simples ou piquées, et quelques anciens se lançaient dans des galops effrénés. Jupes et jupons volaient, découvrant les chevilles des demoiselles, pour le plus grand plaisir des hommes qui évaluaient ainsi mollets et cuisses, parfois.

— Comment une aussi jolie jeune fille peut-elle rester sans cavalier ?

Il s'était incliné, avait ôté son chapeau et tendu son avant-bras droit. Charles, le jeune homme de la cantine, endimanché, comme elle. Adèle ne trouvait pas ses mots. Aucun son ne sortit de ses lèvres. Elle cherchait du secours autour d'elle, et son regard rencontra celui de Marcelline, qui ferma les paupières en signe d'acquiescement. Charles passait déjà un bras autour de la taille d'Adèle pour la faire tourbillonner.

— On peut danser ici, mais sur la piste, vous verrez, c'est plus facile. Et puis une jolie jeune fille comme vous n'a pas à se cacher.

Adèle se laissa entraîner sur la piste et trouva du plaisir à danser avec Charles. Elle aimait la valse qui fait tourner les têtes et les cœurs. Elle aima celle demandée par Charles à l'orchestre :

L'heure exquise qui nous grise lentement,
La promesse, la caresse du moment,
Ineffable étreinte de nos cœurs si doux,
Tout dit gardez-moi, puisque je suis à vous...

Charles chantait en faisant valser Adèle, qui ne le quittait pas des yeux, de peur de perdre le rythme. Elle aimait les merveilleuses paroles qu'il fredonnait doucement. Elles étaient une caresse troublante qu'elle voulait graver en son cœur.

— C'est extrait d'une opérette de Franz Lehár, *La Veuve joyeuse.*

Marcelline surveillait le couple.

— Ils sont bien assortis, murmura-t-elle à Célestine.

— Mais ils ne sont pas du même milieu. Charles est un d'Auzécourt, une famille de Nancy, de la haute qui fabrique des notaires et des ingénieurs en veux-tu, en voilà. Tandis que la petiote Adèle n'aura qu'un modeste bas de laine.

— C'est ben dommage et ben triste, parce que je sens qu'elle est déjà toute saisie par ce fringant garçon.

Adèle ne but pas de bière.

— Elle est bonne, vous le savez bien, conservée à point dans des tonneaux sans défaut.

— Je le sais mieux que personne, c'est mon père qui les fabrique.

— C'est bien ce que je pensais, vous êtes la fille de Baptiste, siffla-t-il, admiratif.

— Et de Lise, ajouta Adèle.

— Et de Lise, la fée de la cantine !

— Vous vous moquez, monsieur ?

— Pas du tout, je vous admire au contraire et voudrais mieux vous connaître.

— Moi ! Et pourquoi ?

— Parce que le ciel est bleu comme vos yeux, et la bière blonde et brillante comme vos cheveux. J'ajoute que vous voir met un peu de chaud dans mes veines.

— Oh là là, vous êtes un beau parleur, vous !

— Mais je ne parle pas ainsi à toutes les jeunes filles. Cela fait longtemps que je vous observe.

— Eh bien, merci ! Il faut que je me sauve. J'ai promis à maman de rentrer tôt.

— Je vous conduis sur le chemin ?

— Ah non, monsieur ! Merci quand même.

— Appelez-moi Charles et ne rougissez pas ainsi.

— Je ne rougis pas, j'ai seulement chaud.

— Alors, je vous raccompagne ?

— Non, non...

— Par le chemin de l'Etang, personne ne nous verra.

Adèle courut jusqu'à Marcelline, le cœur battant.

— Ne cours pas comme ça, tu vas perdre tes boucles. Qu'est-ce qu'il te veut, le beau Charles ?

— Rien... Enfin si, me raccompagner.

— Par le chemin de l'Etang, au moins ?

Marcelline éclata de rire.

— Bourrique, c'est que tu lui plais, il veut sans doute te voler un baiser.

— Je n'embrasserai que celui qui me mettra la bague au doigt.

— Embrasser n'est pas mordre.

Adèle haussa les épaules et tourna les talons sans laisser le temps à Marcelline d'ouvrir la bouche.

Charles n'entendit pas la réplique d'Adèle, mais il devina en partie ses propos en la voyant s'enfuir et en s'approchant du groupe de jeunes femmes.

— Elle sait ce qu'elle veut. Elle sait qui elle veut et de quelle manière. Il n'est pas encore né, celui qui la méritera, la belle Adèle. C'est qu'elle est mignonnette, sage et point sotte avec ça ! lança Célestine.

— Je ne dis pas le contraire. Mais, toute sage qu'elle est, elle est saisie au-dedans, ça se voit à son regard. J'avais déjà remarqué la chose à la cantine.

— Ne cause pas si fort, Marcelline. Le Charles est tout à côté. Il pourrait t'entendre, il doit chercher Adèle.

— A cette heure, elle doit bien être devant le château.

Adèle s'était hâtée de quitter les lieux et de rejoindre la rue de Bellefontaine. Sur le chemin, les promeneurs étaient nombreux. Elle crut distinguer dans le sombre de la forêt Mathilde Lestrade, sa voisine de classe jusqu'au certificat d'études, qui se laissait conter fleurette par Gustave Briguier, le fils du contremaître de la menuiserie de la brasserie. Il en était au moins à sa troisième conquête en un an.

« Qu'il ne s'avise pas de rôder par ici et de te tourner autour, avait lancé Baptiste à Adèle, ou je lui colle mon pied quelque part. Ce gars-là n'a rien dans la tête. Il ne pense qu'à trousser les filles derrière le pont du canal ou le long du mur du cimetière. »

Adèle n'avait pas répondu. Gustave ne l'intéressait pas. Trop lourdaud, trop grossier, trop prétentieux. Elle songea à Mathilde et secoua la tête en songeant à son futur chagrin.

Elle venait de passer devant le château du Bas. La cour, comme la rue de Bellefontaine, était presque déserte. Mais, rue de Nancy, un attroupement s'était formé pour regarder un bel équipage qui s'en revenait de la brasserie.

— C'est madame la comtesse et sa jolie nièce. Ces dames étaient invitées pour une visite privée de la brasserie.

Adèle haussa les épaules. Une visite de la brasserie, un dimanche…

Le tramway arrivait de Nancy et les chevaux durent faire un brusque écart qui déporta la voiture des dames.

— Mais pourquoi n'a-t-elle pas sorti sa belle automobile ? lança Lucien Giraudon, le cordonnier.

— Le Marcel a demandé des congés. Il est parti enterrer sa mère dans les Ardennes. Il ne restait que le Lucien pour conduire Madame, répondit Justine, la crémière. Quand je suis allée livrer le lait au château, je l'ai vu en train de s'occuper de l'attelage. Il n'était pas content de travailler un dimanche après-midi, mais il était heureux de préparer les chevaux. Il m'a lancé : « Ah, Justine, je me sens vingt ans de moins ! »

Adèle poursuivit son chemin apparemment sans rien voir jusqu'au pont tournant. Devant le Café de la Gare, des tables étaient sorties et des promeneurs se désaltéraient. Adèle arriva au pont du chemin de fer. Un lieu qu'elle détestait. Elle tendit l'oreille, afin d'être certaine de ne pas croiser une carriole venant de Bouxières alors que le train de Paris n'allait pas tarder à passer au-dessus de sa tête, car le bruit des roulements par-dessus le pont était tel que les chevaux s'engageant dans le tunnel prenaient peur et ruaient sans qu'on pût les retenir. Adèle ne voulait pas mourir écrasée contre le mur noir et suintant supportant l'édifice. Elle courut sous le pont, le traversa vivement en relevant haut ses jupes. Il n'y avait personne. La route calme et ensoleillée du côté de la brasserie s'offrait à elle. Elle était presque arrivée. Elle sortit son mouchoir de son petit sac pour essuyer son front et sa nuque mouillés de sueur. Elle n'avait pas parcouru dix mètres qu'elle aperçut Charles. Son cœur s'immobilisa dans sa poitrine.

Mais comment avait-il fait pour la précéder ? Il avait dû effectuer une partie de la route en automobile et passer par le chemin de Malnoy pour l'attendre là, tout près de chez elle.

— Allez-vous-en, ma mère et ma grand-mère vont me voir et...

— Si je ne me cache pas, Adèle, c'est que mes intentions ne sont pas malhonnêtes. Je voudrais vous parler, mieux vous connaître. Je ne pense qu'à vous.

— C'est mal de jouer avec le cœur des jeunes filles et de vouloir leur mettre la tête à l'envers. Rien n'est possible, vous le savez bien. Nous ne sommes pas du même monde. Et vous, vous avez seulement envie de vous amuser pour pas cher.

— Mais où allez-vous chercher tout ça ? Demain, j'irai parler à votre père.

Adèle eut beaucoup de peine à trouver le sommeil. Quand enfin elle lui céda, elle rêva. Elle était au bras de Charles, dans les bras de Charles au bord de la Meurthe, cachée derrière les joncs en train de se laisser embrasser, troublée mais consentante, ardente même. Elle se réveilla apeurée, le cœur cognant dans sa poitrine sans qu'elle pût comprendre ce qui lui arrivait. Le souvenir de ce rêve était délicieux. Alors, elle cacha sa tête dans les draps, se recroquevilla sur ce trouble pour en retrouver les délices. Elle fit appel à sa mémoire, aux bras de Charles qui l'avaient serrée en dansant, et son cœur redoublait de coups dans sa poitrine. Ses seins se tendaient. Etait-ce cela, tomber amoureuse ? Etait-ce cet état qui fait perdre la tête ? Ces frissons qui vous parcourent ? Elle comprenait qu'y résister devait être bien difficile. Mais qu'y parvenir était le chemin de la sagesse. Dans sa tête, cependant, tout était confus. Elle voulait être admirée, considérée. Garder intacte l'image qu'on avait d'elle. Et dans ses veines courait le frisson du désir ; aller jusqu'au bout de cet interdit qui avait dessiné des paysages encore voilés, mais dont elle devinait la fascinante beauté appelée plaisir.

L'aube trouva Adèle apaisée. Une nouvelle semaine commençait.

7

Août 1909

— Lise, Lise, c'est le Baptiste, venez vite.

Lise confia marmites et chaudrons à Marcelline et Marie, et suivit Léon en s'essuyant les mains sur son tablier. Elle courut jusqu'à la tonnellerie tandis que Léon expliquait que Baptiste avait reçu une pile de fûts dans le dos et qu'il ne pouvait pas se relever. On savait que, en cas d'accident, Lise ne perdait jamais son sang-froid et faisait les premiers pansements. Mais cette fois, il s'agissait de Baptiste, son mari. L'odeur de la poix était suffocante à la tonnellerie, où tout s'était arrêté. Un attroupement s'était formé autour de Baptiste, qui hurlait qu'il n'avait rien et qu'on devait lui foutre la paix, nom d'un chien. Il avait à faire, beaucoup à faire, et on l'emmerdait pour une pile de tonneaux mal rangés qui avaient eu la mauvaise idée de descendre à terre en passant d'abord sur son pauvre dos.

— Ne faites pas attention, madame, il braille, il braille. Mais, tout à l'heure, il était au pays de l'orge, complètement ailleurs. On a eu peur, alors on lui a interdit de se lever tant que vous ne seriez pas venue, dit Bébert en triturant nerveusement sa casquette.

Lise prit un bras, puis l'autre. Souleva une jambe, puis l'autre. Palpa le thorax de Baptiste, qu'elle fit pivoter d'un côté, puis de l'autre.

— Seulement une bosse, mon Baptiste, et quelle bosse ! A l'arrière du crâne. C'est pour cela que tu étais au pays de l'orge.

Lise se releva et s'essuya le front avant de s'adresser à Bébert :

— Je vous le confie. Il a été assommé. Il n'a rien d'autre. Je vais lui faire un bon café, bien sucré. Il faut le surveiller, il ne doit pas travailler avant trois ou quatre heures. Si jamais il se mettait à vomir, préparez une carriole pour l'emmener tout de suite à l'hôpital.

— Ah ça, madame, le Baptiste à ne rien faire, ce n'est pas possible ! Quand il verra les gars assembler les douves, il ne pourra pas s'empêcher de semer son grain de sel, de trouver que les cerclages ne sont pas assez serrés. Après, il ira voir les femmes qui préparent la poix, vous savez comment il est. C'est votre homme. Nous aussi, on le connaît. C'est notre contremaître. Il est déjà tellement colère depuis la dernière livraison de bois.

Devant l'étonnement de Lise, Bébert précisa :

— Ah si, madame ! Il vous a raconté qu'il a reçu du châtaignier à la place du chêne. Un bien beau châtaignier, mais tout juste bon pour le vin. Pour la bière, c'est du chêne qu'il faut.

— Coupé depuis deux ans et déjà fendu.

— Ah, vous êtes une spécialiste, vous ! On voit bien que vous êtes la femme du Baptiste, taquina Bébert.

— Dis donc, Bébert, il ne faudrait pas profiter de la situation, lança Baptiste, je ne suis pas à la mort, j'entends bien que tu me causes dans le dos. Et en plus, tu taquines ma femme, tu lui tournes autour. Si je connaissais l'andouille qui a mal empilé les tonneaux, il passerait un mauvais quart d'heure. Hé, les petits mousses, là-bas, n'abusez pas ! Nom d'un chien, j'en vois qui se tournent les pouces ! Allez, au rabot ! Nos tonneaux doivent être les plus beaux, puisque la bière de Champigneulles, comme dit le patron, c'est la Reine des bières !

— Au fond, je crois qu'il peut retravailler, dit Lise avec malice en rajustant son tablier. Il est tout à fait en forme, votre contremaître.

Sur le chemin du retour, Lise croisa Charles d'Auzécourt, qui la salua.

— Madame Thouvenelle, il y a eu un accident à la tonnellerie ?

— Le contremaître a été sonné par une rangée de tonneaux mal empilés qui lui sont tombés dessus.

— Mon Dieu !

— Mais rien de grave. Une grosse bosse, c'est tout. Il est solide, mon Baptiste.

— Justement, j'ai besoin de le voir. Vous savez qu'on prépare la fête de la Vigne et du Houblon, qui aura lieu en octobre prochain. On aura besoin de quelques tonneaux qu'on décorera et hissera sur un char. On aimerait aussi qu'il monte sur le char avec

Adèle, qui sera la muse du houblon. Chaque brasserie de la région aura sa tente sur le cours Léopold.

— Allez le voir, ça le distraira et l'empêchera de fournir des efforts trop brusques. Son équipe pourra un peu souffler, suggéra Lise avec douceur.

Elle observait Charles d'Auzécourt, celui qui n'avait d'yeux que pour Adèle. Germain lui avait dit qu'à Bellefontaine il l'avait fait valser et qu'il essayait de la rencontrer. Si sa fierté de femme et de mère avait été un instant flattée, Lise s'inquiéta aussi vite. Elle parlerait à sa fille, non pour la décourager, mais pour la mettre en garde.

8

Octobre 1909

Il tombait une vilaine petite pluie sur Nancy alors que le cortège de la fête de la Vigne et du Houblon arrivait cours Léopold, où les pavillons des différentes brasseries s'élevaient. Mais rien n'aurait retenu les visiteurs. Le soleil pouvait bien bouder la fête, il éclatait de partout. Les yeux des uns et des autres brillaient de mille feux. On était venu de tout le département de la Moselle et du Luxembourg pour cette fête. On se disait que même à l'Exposition universelle de Paris le pavillon de la Bière ne pouvait avoir aussi fière allure que l'immense cours Léopold transformé en brasserie, malterie, houblonnière, restaurant de luxe, taverne... Toutes les étapes de la fabrication de la bière étaient visibles pour le commun des mortels, mais les secrets de fabrication jalousement gardés. Des orchestres jouaient ici et là. Les jeunes gens courtisaient les jeunes filles, plaisantaient quand arriva le char du roi Gambrinus. C'est qu'il avait fière allure, le roi Gambrinus, ventru et imposant ! Cheveux au vent, il chevauchait un tonneau. A ses côtés, un tonnelier paré de ses plus beaux atours montrait ses outils à la foule. Il levait bien haut marteau et maillet, tirait sur une bonde, faisait semblant de tendre l'oreille vers le tonneau pour montrer qu'à l'intérieur frémissait le précieux breuvage. A l'avant du char, sur une petite estrade, une muse, belle et gracieuse, vêtue de vert tendre et d'or, présentait à la foule sur un plat d'argent la précieuse épice qu'elle déposait ensuite aux pieds du roi Gambrinus. Elle refaisait sans cesse les mêmes gestes avec un merveilleux sourire qui soulevait admiration et enthousiasme.

— Cette jeune fille est magnifique, vous la connaissez ?

— C'est la fille du tonnelier, la fille du Baptiste Thouvenelle, de Champigneulles.

— De la Grande Brasserie de Champigneulles ?

— Ben oui, la petite qui aide sa mère à la cantine.

— Vous m'en direz tant. Ah, elle me retourne les sangs, la petiote ! Dix ans de moins et je la demandais en mariage.

— Même avec dix ans de moins, tu serais encore un vieux schnock, mon pauvre René ! C'est une jeunette de pas vingt ans.

— Une fée, c'est une fée, comme dans les livres de contes.

Un jeune homme fendit la foule alors que le char tournait dans l'allée centrale pour s'immobiliser devant le pavillon de la Grande Brasserie de Champigneulles.

Antoine Trampitsch et la famille Hinzelin s'y trouvaient déjà aux côtés de quelques personnalités et de monsieur d'Auzécourt, député.

— Charles, où étais-tu passé ? lança son père, presque courroucé.

— Il courait derrière le char, plaisanta Antoine Trampitsch, puisque c'est lui qui a choisi la muse du houblon.

— Si je ne me trompe, ce jeune homme est amoureux, mon cher, et je le comprends très bien, souligna madame d'Auzécourt.

— Qu'il s'amuse, qu'il s'amuse, certes. Mais il épousera la jeune fille que je lui destine, répondit sèchement monsieur d'Auzécourt.

— Et l'amour, père ? risqua Eugénie d'Auzécourt.

— Petite sotte, l'amour vient après un solide mariage de raison.

— Pas toujours, pas toujours. Tante Edwige m'a dit...

— Oh, tante Edwige ! Tante Edwige, grands dieux ! Ma sœur est une écervelée, comme chacun sait.

Charles aida Adèle à descendre du char en la prenant dans ses bras et la fit tournoyer dans les airs.

— Je vous enlève, votre père m'a donné la permission de vous conduire sur tous les lieux de la fête. Mais permettez que j'ouvre cet immense parapluie pour vous protéger de cette méchante pluie qui s'obstine. On dirait une pluie venue de Bretagne. Et savez-vous ce que disent les Bretons d'une telle pluie ?

— Ma foi, non.

— Qu'elle annonce un vrai beau temps !

Au bras de Charles, Adèle ressentait une certaine fierté et avait le cœur battant. Ils visitèrent tous les stands, entrèrent sous tous les chapiteaux et parvinrent à l'immense taverne dont la porte était surmontée d'une couronne.

— Voilà notre domaine, et voyez-vous qui règne en ce lieu en jupe blanche et tablier orange, aux couleurs de « notre brasserie »... ?

— Oui, ma mère, Lise. Vous savez, Charles, elle ne voulait pas, elle est un peu fatiguée et dit que ce n'est plus de son âge.

— Mais c'est une femme superbe, une femme qui vous a faite plus belle encore, Adèle.

Il l'attira derrière un bouquet d'arbustes décoratifs, se pencha vers elle, prit ses mains et les porta à ses lèvres avec infiniment de respect.

— Pardonnez-moi, Adèle, mais je vous aime beaucoup.

Elle leva les yeux vers lui et il se perdit dans son regard avant de frôler ses lèvres.

— Je vous en prie, Charles, pas ici.

Elle avait dit : « Pas ici. » Cela voulait dire qu'ailleurs, loin des regards, elle dirait oui. Charles resserra la pression sur les fines mains d'Adèle. Elle en dégagea une, doucement, pour la poser sur son avant-bras.

— Où puis-je vous rencontrer, jolie jeune fille ? Venez-vous à Nancy parfois ?

Elle rougit, baissa la tête avant d'oser répondre :

— Parfois, j'emmène les jumelles à la Pépinière.

— Merveilleux ! Dimanche prochain, retrouvons-nous à l'entrée de la Pépinière, en passant par la place Stanislas, et pendant que les petites joueront, nous pourrons parler un peu, vous et moi.

En disant cela, il caressait ses mains par-dessus les gants d'organdi et frôlait sa peau laiteuse. Il sentit Adèle tressaillir et le désir l'irrigua. Aucune femme, aucune jeune fille à ce jour ne l'avait ému comme Adèle depuis des semaines. Certes, Adèle était jeune. Mais son sérieux, sa réserve ajoutaient beaucoup de charme à ce nuage d'enfance qui la nimbait encore. Il ne voulait pas songer aux difficultés que cet amour allait rencontrer. Car il était fou, Charles, délicieusement fou d'Adèle. Il préférait ignorer la rigueur de ses parents et chassait la colère naissante qui montait en lui. Ses parents n'avaient jamais dû s'aimer. On les avait mariés. Peut-être avaient-ils pu cueillir dans le mariage un peu de tendresse s'ils n'avaient pas trouvé le grand amour. Charles avait envie de changer le cours du destin et de crier haut et fort : « J'ai trouvé ma muse, c'est elle que je veux dans mon lit et pour femme. »

Il eut le cœur serré soudain par un petit zeste de raison, le même qui secoue les êtres faibles avant de les forcer à reculer par pleutrerie après une déclaration pourtant courageuse. Oserait-il résister à ses parents ? Et, s'il n'en était pas capable, avait-il le droit de montrer des paysages qu'Adèle ne pourrait jamais habiter qu'en rêve ? Il chassa les sombres pensées qui l'assaillaient.

Ce fut un bel automne pour Charles et Adèle. Charles gavait les jumelles de bergamotes et de macarons pour acheter leur silence. Quand le froid se fit plus vif, Charles invita Adèle et ses sœurs à déguster un chocolat à la Brasserie viennoise, où jouait un orchestre. Les jeunes gens se dévoraient des yeux et s'échappaient parfois jusque dans les vestiaires pour quelques baisers volés. Charles écrivait à Adèle, glissait ses billets doux dans son corsage au moment de la quitter quand, place Carnot, elle grimpait dans le tramway qui allait l'emporter jusqu'à Champigneulles. Il avait pour elle des gestes d'une incomparable douceur et lisait dans le regard de sa toute belle la tristesse de la séparation.

— Je ne pense qu'à vous, jour et nuit...

Comme il tardait à Adèle de voir la nuit tomber ! Avec quelle hâte elle aidait sa mère et sa grand-mère à ranger la maison après le repas du soir avant d'aller border les jumelles dans leur lit !

— Maintenant, tu vas relire les lettres de ton amoureux ? risquait Prudence.

— Moi, quand je serai grande comme toi, disait Augustine, j'aurai deux amoureux pour avoir plus de lettres à lire.

— Chut ! Maman va nous entendre.

— Elle sait déjà et papa aussi. L'autre jour, le Charles t'attendait au bord de la Meurthe et papa l'a vu. Il lui a dit : « Adèle, elle ne sort pas, monsieur. » Et bien d'autres choses qu'on n'a pas entendues.

Nous, on voulait te prévenir, mais papa nous a envoyées chercher le lait à la ferme et il a bien regardé si nous obéissions. Après, ben, c'était trop tard, le Charles était parti.

Adèle comprit pourquoi Charles n'était pas venu au rendez-vous suivant. Elle baissa la tête et ravala son chagrin. Elle espérait encore le revoir à la brasserie, mais il semblait avoir disparu. Ce fut Marcelline qui vint à son secours.

— Mon pauvre petit chaton, tu as les yeux qui te mangent la figure tellement tu dois pleurer le soir dans ton lit. Ton Charles, il est parti en stage pour six mois au moins dans une autre brasserie des Ardennes, pour voir comment ça se passe ailleurs. Je l'ai entendu dire à son père qu'il n'aimait pas faire ce genre de boulot. Mais son père insistait. « Un fils obéit tant qu'il a besoin de ses parents. » Ne fais pas cette tête, il t'écrira.

— Et pourquoi m'écrirait-il ? Il n'a rien promis.

— Il est amoureux de toi. Ça se voit comme le nez au milieu de la figure, ma jolie, mais ce n'est pas du goût de sa famille. J'ai même vu ton père se rendre aux bureaux de la direction. J'ai ma petite idée là-dessus.

— Alors n'en parlons plus, soupira Adèle. De toute façon, mon père a déjà tout fait pour le détourner de moi.

— Comme ça, tu baisses les bras avant même de les avoir levés. Ça ne te ressemble pas ! gronda Marcelline.

9

Janvier 1912

Dix-huit ans ! Adèle avait dix-huit ans quand on vint tirer sur la cloche du portail au chemin des Sables.

— Tout doux, ma belle Mirette, dit Joséphine à la chienne qui jappait.

Joséphine essuya ses mains sur son tablier avant d'aller ouvrir. Elle jeta un œil par la fenêtre de la cuisine qui donnait sur la rue pour tenter de savoir qui se risquait jusque-là, un jour de vent d'est comme seule la Lorraine peut en abriter. Depuis une semaine, le givre ne quittait pas les arbres et transformait le paysage en une féerie glacée et scintillante. Le canal charriait d'immenses plaques de glace. Elle soupira et jeta un cri.

— Une voiture, Lise ! Il y a une voiture devant le portail. Et quelle voiture ! Une voiture de patron. Comme celle de la comtesse. Qu'est-ce que tout cela ?

La voiture était une Daimler, l'un des plus beaux modèles. Tous les voisins étaient sortis sur le pas de leur porte pour l'admirer.

Lise faisait déjà entrer les deux visiteurs qui se présentaient mutuellement en soulevant respectueusement leur chapeau.

— Monsieur Trampitsch.

— Monsieur Maupetit, l'un de mes conseillers pour le rayonnement de notre établissement.

— Je suis désolée, mais Baptiste n'est pas encore rentré.

— Nous savons. D'ailleurs il rentrera sans doute très tard. Il y a eu un sérieux problème à la salle des brassages, et Baptiste tente de sauver un brassin avec Germain et Gus, dit Antoine Trampitsch avec un rien de mystère.

— C'est lui qui nous envoie vers vous, madame. C'est au sujet d'Adèle, votre fille, continua Hector Maupetit.

— Adèle !

— Rassurez-vous, madame, reprit Hector Maupetit. Nous avons pensé à elle pour la Grande Cavalcade, la fête de l'aviation dont on commence à parler et qui aura lieu le 21 avril prochain. Oui, notre brasserie participe à cette fête. Il faut être présent et désaltérer les populations. C'est aussi une occasion de nous faire connaître davantage. Nous participerons au défilé avec quelques chars décorés. Mais le clou de ce défilé sera le char de la Reine des bières et nous avons besoin d'une jolie jeune fille pour être notre reine. Nous n'avons pas oublié le succès de la fête de la Vigne et du Houblon, il y a presque trois ans. Adèle fut l'une des muses de Gambrinus les plus applaudies.

— Nous voulons que notre brasserie soit à la hauteur de l'événement, poursuivit Antoine Trampitsch, et si notre bière est la Reine des bières, il nous faut une jeune fille aussi sage que jolie. Nous avons passé en revue toutes celles que nous connaissons autour de nous. Aucune n'est aussi sage et jolie qu'Adèle.

— Et que dit Baptiste ? Il est d'accord ?

— Il n'est pas vraiment enthousiaste, mais il n'a rien contre. Il a bougonné : « Vous n'avez qu'à demander à Lise. »

— C'est trop d'honneur, mais je crois que c'est à Adèle qu'il faut poser la question, répondit Lise. Quand voulez-vous sa réponse ?

— D'ici quelques jours, car la préparation du char va débuter, et le choix des tissus devra être en harmonie avec le vêtement de la reine. Les couturières vont se mettre à l'œuvre, comme les artistes de l'Ecole de Nancy, déjà lancés dans la fabrication des bijoux.

Bien que les hommes fussent pressés, Lise parvint à leur offrir un verre de riesling accompagné de quelques bretzels qu'un cousin apportait régulièrement d'Alsace. Elle vit leurs yeux briller tandis qu'ils portaient le verre à leurs lèvres.

— Fameux, murmura Antoine en attrapant la bouteille pour en connaître la cave et le viticulteur. Je m'en serais douté. Il vient de Riquewihr.

— C'est un cousin de ma mère. Une vieille famille de vignerons.

— Je vous félicite, madame.

Pendant la durée de la visite, Adèle ne s'était pas montrée, mais elle écoutait avec Joséphine derrière la porte de la salle à manger. Elle dirait non. Non et non ! Elle avait dix-huit ans et n'avait aucune envie de servir ces messieurs. Et puis, une petite voix se réveilla au souvenir de la fête de la Vigne et du Houblon. Une petite voix qu'un excès de sagesse voulait faire taire. Trois ans après, était-ce raisonnable d'y songer encore ? « Charles doit être marié à présent. Il m'a certainement oubliée. » Mais elle, Adèle, n'avait rien oublié. Elle pensait encore souvent à lui. Et il n'était pas de soir sans que l'image de Charles prenant ses mains vînt la troubler. Elle refaisait les promenades dans les allées de la Pépinière et celles de certaines soirées le long de la Meurthe. Ce sont des choses qu'on ne dit pas et qu'on garde secrètes. D'autres garçons tentaient d'approcher Adèle. Elle fut même demandée en mariage à trois reprises. Par le fils du boulanger de la rue de Nancy, par l'instituteur de Bouxières-aux-Dames et par Pierre Beller, de Lay-Saint-Christophe, élève brasseur de l'Ecole de brasserie. Cette dernière demande en mariage séduisait Baptiste. Pierre lui plaisait beaucoup. Mais Adèle semblait l'ignorer. L'année de ses dix-sept ans, elle lui accorda cependant deux danses aux feux de la Saint-Jean, mais rien d'autre. Pas même un baiser sur la joue qu'il avait pourtant quémandé.

— J'attendrai que la Margritte ait votre âge. Peut-être me dira-t-elle oui, soupira Pierre pour infléchir Adèle.

Elle le réconforta avec humour.

— Vous avez raison, la Margritte va avoir quatorze ans, dans deux ans vous pourrez tenter votre chance. D'ailleurs, elle vous dévore déjà du regard et trouve que je suis bien bête de vous éconduire. Ne m'en veuillez pas, Pierre, je vous aime bien. Mais pour le mariage, il faut aimer tout court. Vous seriez malheureux avec moi.

— Je patienterai, Adèle, en vous aimant pour deux.

— Ne perdez pas votre temps, Pierre. Le bonheur n'attend pas.

— Et vous ?

— Ah moi, c'est un secret, mon secret, lança-t-elle dans un éclat de rire forcé pour ne pas être obligée d'en dire plus.

Une foule nombreuse et chaleureuse s'était massée sur le passage du cortège qui faisait le tour de la place Stanislas avant de gagner Essey-lès-Nancy pour une grande fête champêtre. Le char de la Reine des bières faisait s'élever cris et clameurs. De charmantes demoiselles symbolisaient les produits entrant dans la composition du breuvage étincelant de lumière que présentait la reine. Le houblon, la levure, l'orge, l'eau avaient leurs muses, qui mettaient en valeur la beauté d'Adèle, dont la masse de cheveux blonds flottait autour du visage. Un diadème étoilé entourait front et cheveux tandis que sur sa tête reposait la couronne dessinée par Antoine Trampitsch. Adèle brandissait une gerbe mêlée d'orge et de houblon dans laquelle mille faveurs avaient été glissées. Du char paysan, il ne restait rien. Comme par un coup de baguette magique, il était devenu impérial, majestueusement drapé d'un tissu blanc et ocre qui traînait presque jusqu'à terre. Ce char, surmonté d'un dais, abritait le trône de la reine. Du haut du dais au bas du char tombaient des mètres de tissu brodé où s'épanouissait l'emblème de la brasserie, la fameuse couronne de la Reine des bières. On admirait le drapé de l'ensemble. Les couturières avaient veillé tard dans la nuit pour parfaire leur œuvre. Antoine Trampitsch était venu en personne les encourager et il tournait autour du char les yeux brillants d'excitation et de plaisir. Cette fête devait être sans précédent. Aucun détail n'avait été négligé. Des guirlandes tressées de fleurs multiples partaient du sommet du dais pour aller se perdre dans l'attelage de chevaux brossés, toilettés. On avait tressé crinières et queues, et mêlé au poil des rubans aux couleurs de la brasserie. Les chevaux allaient au pas cadencé. Un pas à la mesure de l'événement. Ils relevaient la tête dans un gracieux mouvement de panache comme pour dire : nous véhiculons les plus jolies jeunes filles de Lorraine.

La plus radieuse était incontestablement la reine. Mais quel feu secret pouvait bien animer cette jeune fille ? Ce n'était point le plaisir d'être admirée. Non. Ni orgueil ni vanité chez Adèle, presque rougissante, alors que le fond de l'air était encore frais en ce printemps. Si Adèle rayonnait, c'était d'espoir, tout simplement. Un espoir qu'elle refoulait au fond de son cœur, le sachant impossible. Dans la foule en liesse, Adèle espérait croiser le regard de ciel de Charles. Elle cherchait sur le front des hommes la mèche couleur des blés qui l'avait tant émue au cours d'un été. S'il était là, que dirait-il ? Que lui dirait-il ? Et elle ? Elle sentait monter en son cœur des bouffées de tendresse. Elle se tairait, elle sourirait. Elle accueillerait. L'amour n'est pas prison, mais cadeau. Un regard, voilà ce qu'espérait Adèle. Un regard bienveillant et émerveillé dans lequel elle lirait : « Vous m'avez tant manqué. » Rien de plus, mais ce regard suffirait à meubler l'absence. Et puis son attention fut détournée par un groupe de joyeux lurons déguisés en diablotins qui s'essayaient à la musique et au chant pour séduire les plus jolies filles du char. Adèle rit de bon cœur, surtout lorsque dans le groupe elle reconnut l'un de ses frères et des cousins venus d'Alsace. Place Stanislas, juché sur la fontaine de Vénus, elle le vit. Elle happa son regard comme il but le sien. Et, quand le char s'immobilisa et que les demoiselles en descendirent, aidées par des bras complaisants, Adèle les refusa pour attendre Charles qui se faufilait jusqu'à elle.

— Tout ce temps ! C'était hier et c'est aujourd'hui. Je ne veux plus vous quitter, Adèle.

Elle ferma les yeux.

— Ce n'est pas nous qui nous quittons, je le sais, Charles, c'est le monde, son organisation qui nous séparent.

— Et ses stupides intérêts et conventions.

— Pas de fâcherie, Charles ! C'est jour de fête, ne pensons qu'à aujourd'hui si vous m'aimez un peu.

— Un peu ? Beaucoup, Adèle, je le jure, je vous aime pour tou...

— Chut, murmura-t-elle en lui fermant la bouche de son index, pas de serments impossibles à tenir. Vous seriez trop malheureux, et moi aussi.

— Merveilleuse Adèle...

Déjà il l'entraînait dans une polka folle et débridée qui fit vaciller sa couronne.

— Ma reine, dit-il en riant et en reposant la couronne sur la chevelure d'Adèle.

Les bords de la Meurthe devaient se souvenir longtemps des pas des amoureux l'été qui suivit. Que de mots murmurés entre deux baisers, de caresses esquissées et qu'Adèle la sage — Charles lui en faisait le reproche — repoussait, pressentant qu'elles conduisaient sur des terres interdites, alors que son cœur les appelait de toutes ses forces. Charles s'était juré de posséder sa belle avant les moissons. Il aurait inventé n'importe quoi pour la faire s'asseoir parmi les roseaux à la Reculée, à l'abri des regards indiscrets.

— Puisque je vous aime et que nous nous aimons...

— Pas avant le mariage, Charles. Je ne pourrais plus jamais m'endormir tranquille. Parlez-moi encore des pays que vous avez visités pour apprendre le travail de la bière. Vous êtes allé jusqu'en Bohême. Les filles y sont-elles jolies ? Et les paysages, dites-moi à quoi ils ressemblent. Offrez-moi le voyage, s'il vous plaît.

Elle demandait cela en levant la tête et en lui tendant son visage et ses lèvres.

— Aucune, Adèle, aucune, ma reine, n'a votre pouvoir sur mon cœur.

Elle soupirait et se blottissait contre lui. Il se prenait à rêver. Pourquoi ne pouvait-il pas arrêter le temps pour la garder ainsi près de lui ? Pourquoi n'osait-il pas affronter les siens ? Jamais son père n'accepterait Adèle pour bru. Et lui n'imaginait pas sa vie en ayant rompu avec les siens.

A la fin de l'été, Charles confia à Adèle qu'il devait partir, une fois encore, dans le nord de la Belgique.

— Quelques mois insupportables sans vous voir, ma chérie.

Elle frissonna en entendant ces mots, « ma chérie », tellement inhabituels sur les lèvres de Charles. L'espace d'un instant, elle eut envie d'être à lui. Il la serrait plus fort, elle ne se défendait point. Il risquait ses mains sur son buste serré et la sentait frémir. Il l'embrassait avec fougue et elle répondait, ardente. Il entendait son cœur s'affoler tout contre lui. Adèle vacillait, tendue par le désir. Il avait tant espéré cet instant ! Il murmurait « mon aimée, ma chérie » dans un souffle et la caressait par-dessus ses vêtements. Elle ne résistait plus. Il avait commencé à dégrafer son corsage. Et puis un chant s'éleva tout près d'eux. Une très jeune fille chantait :

A la claire fontaine,
M'en allant promener…

C'était Camille Gessler, la petite voisine. Adèle tressaillit et se raidit.

— Mon Dieu, nous sommes fous !

— Fous d'amour seulement, poursuivit Charles en continuant à la dévorer de baisers.

Adèle se reprit en protestant.

— Non, Charles, non !

— Je ne vous plais pas, je ne vous plais plus ? Vous préférez peut-être un homme comme le grenadier d'Empire peint sur les affiches pour les réclames de la brasserie ? C'est cela, un fier moustachu, et tout roux avec ça ?

Elle secouait la tête, tendait encore ses lèvres, une main sur son cœur.

— Alors, les amoureux, le ciel est bleu ?

Sur le chemin venait Germain, suivi de Mirette, la petite chienne, qui s'élançait vers Adèle en aboyant joyeusement.

Le charme était rompu, Charles en était conscient. Il eut le pressentiment que la fin de leur amour inaccompli s'écrivait déjà. Le temps allait passer sur eux. Un livre se refermait. Resterait le souvenir, contre lequel on ne peut rien. Adèle savait qu'elle garderait Charles longtemps dans son cœur et ses pensées. Elle se rajusta et courut jusqu'au chalet. Elle se retourna un bref instant. Charles ne bougeait pas et regardait couler la Meurthe, les yeux perdus dans un ailleurs étriqué et étouffant. Pourquoi n'était-il pas un vaillant chevalier du Moyen-Age, prêt à tout braver pour les yeux de sa belle ? Il se méprisa de manquer à ce point de courage. Et il bénit la voix claire de Camille s'élevant avec pureté et gardant Adèle intacte. Il souhaita secrètement à la jeune fille tout le bonheur du monde puisque lui serait incapable de le lui offrir. Alors il cueillit une herbe. Il l'arracha plutôt qu'il ne la cueillit pour la froisser entre ses doigts rageurs et la jeter sur le chemin. Son manque de vaillance venait de creuser à jamais le fossé entre Adèle et lui. Et il pressentait avec angoisse ce que serait sa vie. Il la réussirait : argent, honneurs et plaisirs happés avec fièvre et passion. Mais cette vie, que serait-elle sans l'essentiel, sans l'amour ? Pourquoi est-ce si important, l'amour ? Ça ne sert à rien au fond, se disait-il pour tenter de se rassurer. Mais il savait que tout était dans ce rien et que ce rien propulsait si loin les êtres, aux frontières d'un espace qui donnait sans doute le sens de toute chose. Charles ressentait vertige et mal-être. Il quitta les bords de la Meurthe pour retrouver la route où il avait garé sa voiture. Il allait rentrer à Nancy et chasser ces sombres pensées dans un alcool fort qu'il dénicherait dans le bahut de chêne chez ses parents. Il boirait jusqu'à l'oubli s'il le fallait. L'oubli d'Adèle ? Que non ! L'oubli de sa médiocrité à lui. L'oubli pour taire la petite voix qui montait en lui : « Tu n'es qu'un lâche, un misérable lâche. »

10

5 août 1914

Le soleil osait jeter quelques rayons sur les quais de la gare de Nancy, où s'amassait une foule exceptionnelle. Un train était à quai. Un train inhabituel. Chargé de jeunes gens qui tentaient de passer une tête par l'une ou l'autre fenêtre afin d'agiter la main vers un père, une mère, une fiancée, une sœur. Adèle serrait Emilienne sur son cœur. Lise l'avait mise au monde en janvier et ne s'était jamais vraiment rétablie après cet accouchement dont elle disait : « Ce n'est plus de mon âge de donner la vie. J'ai l'âge d'être grand-mère. »

Baptiste l'avait taquinée :

« Ma Lise, tu ne changes point, tu es toujours la même.

— C'est ton cœur qui dit ça. Mais mon corps, lui, sait l'âge qu'il a. Ma tête aussi. Je suis un peu fatiguée ces jours-ci. Que sera cette enfant si tard venue ? La verrai-je grandir ? Ecoute, Baptiste, j'ai le feu dans la poitrine.

— Après l'hiver, je t'enverrai chez ta cousine Lucile, qui a une auberge au-dessus de Gérardmer. L'air y est d'une grande pureté et tu te remettras. Adèle s'occupera d'Emilienne, comme elle le fait déjà quand elle rentre de la brasserie.

— Il faut être vigilant, Baptiste, Adèle doit vivre sa vie, pas la nôtre. Déjà que tu as écarté Charles de son cœur...

— Il l'aurait engrossée un jour ou l'autre, mais pas mariée. Ça, je peux te le dire. Les d'Auzécourt ne se mélangent pas. »

Sur le quai, Adèle fut bousculée. Elle cherchait Edmond : il venait de se hisser dans le train qui allait l'emporter à la guerre, puisqu'il était mobilisé. Edmond, qu'elle savait si fragile... Son cœur se serrait pendant qu'elle y songeait. Comment allait-il se fondre dans la rude discipline militaire ?

— Alors, ma jolie, on pleure son amoureux, ou son mari ? Mais... c'est Adèle !

Le chef de gare s'apprêtait à siffler le départ du train.

Elle se retint de crier : « Charles, Charles, vous aussi vous partez ? »

Contre elle, la petite Emilienne pleurnichait.

— Mariée et maman ! Mes compliments.

Elle fit non de la tête et montra sa main gauche sans alliance.

— Un enfant et pas de mari ? Non, ça n'est pas possible ! Adèle la sage avec un enfant et pas de mari !

Vexée, blessée, rouge de honte, elle voulut gifler Charles, qui retint sa main.

— Goujat ! Monsieur, vous n'êtes qu'un goujat, un... un... C'est ma petite sœur, ma mère est très souffrante.

— J'implore votre pardon. Si je reviens de cette bêtise de guerre, je le jure, ma reine, je vous épouse, devant Dieu et devant les hommes.

— Vous ne changerez pas, soupira-t-elle. Des serments, toujours des serments que vous ne pouvez ni ne savez tenir.

Elle sourit cependant, avant de murmurer :

— Que Dieu vous garde, mon seul amour !

Il avait sauté sur le marchepied du train qui s'ébranlait sous les cris de la foule persuadée que bientôt la Prusse serait battue. La France ne ferait qu'une bouchée de ces barbares aux casques à pointe. Songeuse, à la fois heureuse et angoissée, Adèle reprit le tramway place Carnot. Elle descendit au port de Champigneulles, emprunta le pont tournant par-dessus le canal et se hâta de passer sous le pont du chemin de fer pour se retrouver route de Bouxières. Elle longeait la brasserie alors que de la cheminée de brique rouge s'élevait une fumée blanchâtre. On devait chauffer les chaudières avant d'y plonger le malt. Elle sourit en songeant au bouillonnement du moût, en imaginant le houblon venant parfumer le tout. La naissance d'Emilienne, la mauvaise santé de sa mère l'avaient provisoirement éloignée des lieux qu'elle connaissait sur le bout des doigts et qu'elle avait fini par aimer. Elle n'était pas une buveuse de bière, mais elle eût aimé participer à sa création, la goûter pour parfaire les recettes, ajouter épices et fruits divers. Parfois, pour aller jusqu'à la tonnellerie où Baptiste œuvrait toujours en formant la jeune génération, elle passait par la malterie pour sauter au cou de Germain. Elle plongeait ses doigts dans les grains, les examinait, les comparait. Elle posait son front contre les balles de houblon pour s'enivrer du parfum de cette épice incomparable et indispensable à la bière. Mais, à la brasserie, la place des femmes est celle que les hommes condescendent à leur laisser : nettoyage et manutention. Bref, des tâches de femmes, disent-ils.

Depuis la naissance d'Emilienne, Adèle avait pris en main la vie de la maisonnée, toujours secondée par Joséphine, encore vaillante, dans la cuisine. Mais l'argent manquait parfois dans la famille. Prudence et Augustine avaient grandi et Baptiste souhaitait voir les jumelles poursuivre leurs études, tout comme Albert. Il n'avait pas eu besoin de beaucoup insister pour inciter Adèle à travailler davantage à la brasserie, en remplacement de Lise, pratiquement toujours allongée depuis son accouchement. Son état ne s'améliorait pas et la fièvre la rongeait chaque nuit. Le médecin avait beau prescrire de nouvelles potions, des sirops qui avaient, comme il disait, fait leurs preuves, Lise disparaissait progressivement de la vie. Joséphine s'en attristait tandis qu'elle s'installait près de la fenêtre donnant sur les champs. Là, elle pouvait coudre longtemps à la lumière du jour, car elle n'aimait guère travailler à la lueur des bougies.

— Ça fait des ombres sur les tissus et ma vue n'est plus celle d'une jeune fille.

Joséphine vieillissait doucement mais ne s'en plaignait point. Ainsi allait la vie jusqu'au chemin de mort. Elle avait fait promettre à Baptiste de l'enterrer « par-dessus son homme ».

— A Frouard, Baptiste, et pas à Champigneulles. Tu trouveras bien un cheval pour me tirer jusque là-bas à la nuit tombée, quand les gendarmes ne sont plus sur les routes pour contrôler les convois et obliger à payer la taxe. Je veux être dans la terre de Frouard. Mon homme m'y attend depuis plus de vingt ans.

Lise tentait de sourire entre deux quintes de toux.

— Je vais peut-être m'en aller avant vous, mère. Je voudrais tellement voir finir cette guerre ! Savoir avant de fermer les yeux que notre Elsass est redevenue française. Mais Dieu ne m'entend plus.

— On se demande parfois où il se cache, mais il est là, ma fille, il est là, tu vas t'en remettre et chanter avec nous notre pays libéré.

Lise fermait les yeux en murmurant :

— Qui sait, qui sait ?

11

Septembre 1915

Lise n'en finissait pas de tousser cette nuit-là. Elle geignait dans sa fièvre alors que l'on entendait le bruit sourd des canons sur le plateau d'Amance. Parfois, il semblait à Adèle que le sol tremblait. Baptiste était parti préparer les chevaux qui transporteraient quelques convois de la brasserie jusqu'aux soldats faisant face à l'ennemi près de Champenoux et d'Amance. En montant sur les hauteurs de Champigneulles, on pouvait voir au loin, dans la direction du plateau d'Amance, s'élever des nuages de fumée.

— Ils sont là, nos soldats, tout près, à résister pour que les troupes bavaroises n'entrent pas dans Nancy, disait Joséphine avec angoisse.

— Nous reviendront-ils ? Et en quel état ? soupirait Lise, épuisée.

Adèle songeait à Charles, sans doute en train de combattre à Verdun, dans la Meuse. Elle avait reçu deux cartes en quelques mois avant ce long silence qui n'en finissait pas. Peut-être avait-il été envoyé plus loin, à Salonique, en Macédoine comme Antoine et Désiré Despré ? Elle refusait de croire à sa mort. Elle le sentait vivant, comme son amour pour lui.

Baptiste entra dans la salle à manger.

— Ils ne prendront pas Nancy, le général de Castelnau s'y est installé avec le général Durand.

Il ne termina pas sa phrase. Un bruit épouvantable secoua la maison. Le sol se mit à trembler.

— Encore un de ces Taub qui cherche à bombarder la brasserie et le poste d'aiguillage tout près.

— Et cette fois, où vont-ils les faire tomber, leurs bombes ? Sur l'ambulance, comme le mois dernier ? Qui perdra son fils ou sa fille ? gémit Joséphine. La Victorine ne se remet pas de la mort de l'Amélie, venue secourir d'autres blessés.

— Ça aurait pu être notre Adèle. Pour cette fois, le ciel nous a épargnés ! poursuivit Baptiste. Notre fille aussi va soigner les blessés qui passent par là. Quelle misère que ces pauvres gars gémissants et qu'on tente d'évacuer jusqu'à l'hôpital de Nancy par le canal ! Certains arrivent plus morts que vivants.

Octobre 1918

Le jour n'était pas encore levé. Adèle n'avait guère dormi dans le fauteuil à côté du lit de Lise. Elle compta les jours depuis le début d'octobre après quatre années de guerre. Jusqu'à quand les souffrances pour les soldats ? Jusqu'à quand cette fièvre qui n'en finissait pas de saisir le corps de Lise ?

Adèle tendait l'oreille, écoutait la respiration de sa mère, installée dans le lit de coin de la salle à manger. Elle repoussa la couverture qui lui protégeait les jambes, se releva et s'approcha du lit de Lise, en proie à la toux et aux vomissements. Adèle augmenta la puissance de la lampe à pétrole en faisant descendre la mèche. Alors elle vit du sang sur les draps. Elle comprit la mise en garde du médecin quelques jours plus tôt : « Je crains les hémorragies. »

Lise n'avait pas entendu sa fille venir à elle et saisir un oreiller posé sur le fauteuil paillé près de la fenêtre.

— Ce n'est rien, maman, je vais t'aider et te nettoyer.

— Adèle, je vais mourir, je le sens. Promets-moi de ne pas abandonner l'Emilienne et tes sœurs, et de... veiller sur ton père.

— C'est promis, maman, mais tu ne vas pas mourir.

Elle ferma les yeux en soulevant ses épaules, fataliste, résignée.

— A-t-on des nouvelles du pauvre Edmond ?

— Oui, maman, il va bien. Il sera ici dans quelques jours. Une permission a été accordée. Il espère rejoindre le général Mangin, installé aux Charmilles. Tu sais, ce général a promis de « venger les morts de Sarrebourg et de Morhange ». J'ai lu ça dans le journal. Ne t'en fais pas, maman, la guerre tire à sa fin. Les Américains ont rejoint les troupes françaises et s'étalent un peu partout. La victoire est proche. C'est une question de mois, de semaines, dit-on. Tu imagines ce bonheur : l'Alsace va redevenir française ! Ce sera merveilleux !

Adèle parlait, parlait pour tuer le temps avant qu'il n'emportât sa mère. Edmond ne viendrait pas. Edmond ne viendrait plus. Adèle avait vu s'approcher le garde champêtre. Elle avait compris et couru au-devant de lui pour éviter un trop grand chagrin à sa mère. Edmond était tombé au champ d'honneur, près de Verdun, avait murmuré le messager en lui tendant le papier tamponné du sceau de la République. Adèle avait gardé la terrible nouvelle pour elle. Ce n'était pas la peine de faire pleurer avant l'heure. Elle y songeait en nettoyant la chemise de Lise, en rehaussant les oreillers pour l'aider à respirer. Et elle recommençait à donner les heureuses nouvelles, à bâtir des projets. La guerre finie, que de voyages à faire vers la famille alsacienne !

— Il faut croire ce que je dis, maman, la tante Hortense, qui soigne les blessés à l'hôpital de Nancy, est bien renseignée. La fin de la guerre est imminente. Les officiers l'affirment aux soldats.

— Peut-être, mais je ne verrai rien de tout cela. Et l'Albert, sait-on où il est ?

— Il est aux portes de Paris. Il va bien.

— Braves enfants, ils combattent pour la France et l'Alsace.

Il fallait tendre l'oreille pour entendre ce qu'elle disait. Le souffle la quittait et ses joues pâlissaient. Elle fit un signe de la main pour inviter Adèle à se pencher vers elle.

— Ecoute, ma fille. Tu embrasseras l'Alsace pour moi. Promets... Tu respireras les champs de tabac et de houblon. Le houblon que je ne verrai plus jamais pousser. Tu chanteras *Unsere Elsass*... comme Joséphine, et tu raconteras l'histoire du Puits aux enfants[1] à tes enfants et petits-enfants. Tu...

Lise avait le souffle court et les veines du cou saillantes. Son visage extrêmement pâle virait au violet sous l'effort. Elle cherchait désespérément un peu d'air. Elle toussa et un grand jet de sang inonda encore sa chemise et coula jusque sur les draps. Adèle se précipita tandis que Joséphine accourait. Toutes deux tentèrent d'asseoir Lise, qui n'était déjà plus qu'un petit corps mou.

— C'est fini. Mon Dieu, murmura Joséphine. Lise est passée de l'autre côté. Il faut être courageuse, Adèle. Ne pleure pas, ma grande, elle ne souffre plus. Viens, on va la faire belle.

Les deux femmes procédèrent à la toilette de Lise. Adèle retenait ses larmes. Elle comprenait qu'une page se tournait et la plaçait sur le devant de la scène. Certes, Joséphine était encore là, mais pour combien de temps ? Emilienne n'avait pas cinq ans. Si petite et déjà sans maman ! Adèle, fidèle à sa promesse, ne l'abandonnerait pas. Elle soupira, écrasée autant par le chagrin que par le sombre avenir qui s'offrait à elle.

— Le Bon Dieu n'est pas juste...

— Que veux-tu, Adèle, il ne peut pas être partout à la fois, sur les champs de bataille et dans nos familles. Il compte sur toi, sur nous. Tant que je serai encore un peu vaillante, je t'aiderai. C'est ton

1. Conte alsacien.

père qui va avoir du chagrin. Tu sais comme il aimait ta mère. Je n'ai jamais vu autant d'amour entre un homme et une femme.

— Maman ne saura rien de l'Alsace redevenue française.

— Si, mais du haut du ciel. Elle t'a passé le relais. La paix va venir. C'est une question de jours, disent les proches du général Mangin.

Quand Lise fut parée pour l'ultime voyage, quand les cierges et l'eau bénite furent mis en place près du lit, Adèle sortit de la chambre pour pleurer, seule. Elle alla jusqu'au fond du jardin, indifférente au temps et au ciel. Pourquoi la terre ne s'ouvrait-elle pas sous ses pas ? Elle entra dans l'écurie où la vieille Bella somnolait. Elle caressa sa crinière, appuya le front contre son cou et pleura encore, secouée de gros sanglots. Il fallait se ressaisir, pour Emilienne, pour les jumelles et pour son père. Elle avait promis, promis... Jamais elle ne pourrait donc vivre pour elle ! D'une manière ou d'une autre, des liens entraveraient toujours ses poignets. Etait-ce cela, sa vie ? Elle entendait ce que répétait souvent son père quand il surprenait chez elle un mouvement d'humeur. « Tu es l'aînée... » Elle soupira. Etre petite encore, fragile pour se laisser cajoler, dorloter. Comme cela devait être agréable et doux ! Elle eut soudain la nostalgie de l'impossible.

Lise serait enterrée à Champigneulles dans une intimité rendue stricte à cause de la guerre. Combien de familles disloquées et déjà meurtries ? Quelques vieilles femmes vinrent veiller Lise. Adèle tremblait intérieurement en songeant à l'absence d'Edmond.

Comment annoncer la nouvelle à Baptiste et à toute la parenté ? Et Albert ? Pourvu qu'il soit prudent ! On n'allait quand même pas ouvrir des tombes et des tombes chez les Thouvenelle. Alors qu'on disait la fin des hostilités imminente, on se battait encore à Verdun malgré la faiblesse du front allemand.

Baptiste fit faire un caveau pour Lise après l'avoir installée dans un cercueil en chêne massif sur lequel il avait gravé une fleur de houblon.

— Dès que la paix sera de retour, je te promets, ma belle Lise, d'aller te coucher chez les tiens à Brumath, avait-il déclaré solennellement, penché sur la tombe.

— Ne promets pas l'impossible, suggéra Joséphine. Tu n'auras pas assez de sous. Tes enfants ne sont pas encore établis. Et même si Adèle et toi faites des heures supplémentaires à la brasserie, tu ne pourras jamais payer le transport. Tu n'as pas compté les taxes aux changements de commune, ni les certificats à obtenir, les autorisations et tout ce qui s'ensuit. Lise n'a rien demandé.

C'est au retour du cimetière qu'Adèle tendit à son père la lettre officielle apportée par le garde champêtre quelques jours auparavant. D'abord Baptiste refusa la mort d'Edmond.

— Tant que je ne l'aurai pas vu mort, je n'y croirai pas. Quand c'est la guerre, c'est la confusion, disait-il pour chasser le chagrin qui montait en lui. Dieu m'a pris ma femme, il ne va pas aussi prendre mon fils, quand même !

Il dut se rendre à l'évidence. Edmond avait précédé sa mère de quelques jours dans la mort. Une page était tournée. Plus rien ne serait comme avant.

12

Début novembre 1918

L'hiver s'annonçait rude. Adèle quitta la cantine de la brasserie pour aller travailler au laboratoire qui vérifiait et testait la qualité de la bière produite. Elle fut d'abord affectée à l'entretien. On admirait le soin méticuleux avec lequel elle nettoyait les éprouvettes. Elle avait appris à quoi servait chaque flacon. Elle savait où les ranger, comme les étiqueter. Elle avait assimilé le nom des produits. Quand elle n'était pas sûre d'elle, elle cherchait dans les dictionnaires. Son travail terminé, il n'était pas rare de la trouver dans la bibliothèque jouxtant le laboratoire, plongée dans quelques ouvrages sur la pasteurisation de la bière ou sur sa conservation. Elle allait ensuite en parler avec les laborantines afin de vérifier qu'elle avait bien compris. C'est ainsi que Raymond, ingénieur chimiste sorti de l'Ecole de brasserie de Nancy, la prit en affection et lui apprit ce qu'étaient les enzymes, leur rôle essentiel dans la transformation de l'amidon en sucres.

— Je sais, dit-elle, mon père vérifiait cette étape avec un réactif. L'iode, je crois.

— Vous auriez dû faire des études. Je suis persuadé que vous auriez réussi.

Elle haussa les épaules. Etre l'aînée d'une famille n'est pas toujours une faveur. C'est une lourde responsabilité. Lui revenait alors cet étrange sentiment qui tournait autour de son cœur au point de la piquer d'élans semblables à un début de révolte. « Pourquoi moi, pourquoi dois-je travailler plus que d'autres, suppléer mère et grand-mère, veiller sur les plus jeunes, aider père à payer des études aux petites sœurs ? » Elle soupira et fit taire de tels sentiments, qu'il fallait rejeter. C'était sans doute mal de penser à tout cela. Elle songea à la petite Emilienne privée de sa maman et se remit à l'ouvrage en préparant les flacons d'iode. Et puis elle chassa de sa tête la pensée de Charles. Il fallait être raisonnable. Raisonnable, sage. Des mots pour elle ! Agacée, elle heurta un flacon qui se brisa sur le sol carrelé. Elle en ramassa les débris alors que les larmes inondaient ses joues. Heureusement, elle était seule dans le laboratoire et personne ne saurait cet accès de désespoir.

L'hiver ne laissa pas à l'automne le temps de s'installer. Les arbres étaient encore pourvus de feuilles de toutes couleurs quand un méchant vent se mit à souffler aux premiers jours de novembre. La neige tombait sur tout l'Est et couvrait les campagnes d'un épais manteau. Tandis qu'on allait tristement par les rues chercher un peu de pain chez le boulanger et de l'eau aux fontaines et lavoirs, on songeait aux pauvres soldats pataugeant dans la boue et le désespoir sur le front.

Les clairons de la victoire lancèrent leur appel quelques jours plus tard. On savait la défaite des armées allemandes... Mais personne n'avait osé espérer une capitulation aussi rapide. Le général Foch n'avait pas eu le temps de lancer sa grande offensive.

— C'est aussi bien, déclara Baptiste. On a déjà assez de morts comme ça dans nos communes. Plus de deux cents rien qu'ici. Au moins autant à Frouard et Pompey.

— Quand encore les familles récupèrent les corps... Je pense à l'Octavie Despré de la rue Antoine-Lavocat, gémit Joséphine, son gars a disparu dans le naufrage du *Léon-Gambetta* dans l'Adriatique. Tu me croiras si tu veux : elle rêve toutes les nuits que le Désiré est de retour, qu'il a pu s'en sortir et se cacher en attendant la fin de la guerre.

Février 1919

Le printemps allait se lever sur la paix revenue. Ecrasée, l'Allemagne devait comprendre son intérêt à bâtir la paix plutôt qu'à chercher d'inutiles conquêtes qui sont autant de draps de deuil tendus de part et d'autre des pays aspirés par la guerre. On comptait les morts dans chaque pays. Des millions de morts auxquels il fallait ajouter ceux de la grippe espagnole qui balayait l'Europe avec une frénésie sans égale. C'est elle qui, un triste soir, fit se coucher Joséphine, brûlante de fièvre et de délire. Joséphine se voyait en Alsace, où elle dansait. Une danse de mort pour que s'ouvrît la porte du ciel. Baptiste se démena pour tenir sa promesse et enterrer sa mère à Frouard. La cérémonie eut lieu dans l'église de Champigneulles. Le fermier de la route de Bouxières prêta son cheval et une charrette qu'on avait habillée d'un drap noir fourni par le curé.

A la nuit tombée, la carriole emporta discrètement le corps de Joséphine par la forêt de Haye pour éviter les gendarmes le long de la nationale.

Février rôdait avec fureur. Le canal gelait et les péniches qui s'essayaient à la navigation devaient casser la glace de plus en plus épaisse.

Adèle se sentait terriblement seule dans le chalet. Elle était devenue la petite mère des uns et des autres, et devait se gendarmer pour que Baptiste retrouvât son allant. Même la perspective de l'arrivée de machines neuves ne parvenait pas à allumer dans son regard cette étincelle malicieuse que ses proches lui connaissaient quand du nouveau se produisait à la brasserie. Cette fois des soutireuses à six becs étaient attendues. Des laveuses aussi, bien plus performantes que les anciennes. Ces machines avaient été commandées en Suisse pendant la guerre. Et puis, messieurs Trampitsch et Hinzelin parlaient de faire construire une deuxième malterie et d'autres caves de garde. On produisait déjà plus de trois cent mille hectolitres par an. Antoine Trampitsch ne voulait pas s'arrêter en si bon chemin. Des camions étaient attendus pour remplacer peu à peu les chevaux affectés à la livraison des pains de glace dans la région. Il fallait vivre avec son temps, disait-il quand on lui demandait si tout cela était bien nécessaire.

Pâques était proche. Le fond de l'air était encore un peu frais, mais déjà les arbres avaient accroché une multitude de bourgeons prometteurs à leurs branches. Le soir, en chaque foyer, les femmes cousaient, taillaient, retaillaient, posaient rubans et boutons neufs. Il fallait oublier la guerre. Les esprits et les cœurs se surprenaient à espérer. Pâques serait cette fête de la vie retrouvée. On voyait les paysans des alentours venir chercher les drêches à la brasserie pour nourrir le bétail, les chevaux surtout. Les travaux ne manquaient pas pour eux dans les champs. La moisson serait belle et abondante. Il fallait y croire.

Depuis la mort de Joséphine, Hortense, qui n'avait pas eu d'enfant, s'était installée au chemin des Sables pour garder Emilienne pendant qu'Adèle travaillait à la brasserie. Mais son mari était de retour et il estimait que la place de son épouse était dans son foyer et non chez son beau-frère. Or le salaire d'Adèle était nécessaire à la famille... Qui allait s'occuper d'Emilienne ? A cinq ans, la fillette avait encore besoin de surveillance et ne pouvait rester seule trop longtemps.

Adèle trouva la solution en demandant au chef du personnel de la muter dans l'un des ateliers où les femmes travaillaient soit en matinée, soit en soirée.

— En commençant à quatre heures du matin, je serai libre vers treize heures. Je m'arrangerai avec la Camille Gessler, qui reprend son travail la semaine prochaine et préfère être de l'après-midi. Nous, nous garderons les enfants. La pauvre, à peine mariée, qu'un petit est déjà tombé dans le berceau.

— Mais c'est un travail beaucoup plus éprouvant, mademoiselle Adèle, toujours dans l'humidité, et cela dit, moins bien payé, sauf si vous faites des heures supplémentaires.

— Je le sais, mais je n'ai pas le choix.

Quand le soir arrivait, Adèle ne sentait plus ses bras ni le bas de son dos. La chaîne passait et repassait et il fallait disposer les bouteilles dans des casiers. Toujours le même geste répété des dizaines et des centaines de fois. Parfois, elle se demandait qui elle était. Etait-elle encore un être humain ou faisait-elle partie de cette immense mécanique ? Chaque matin, vers les dix heures, monsieur Trampitsch faisait sa visite, saluait très courtoisement les uns et les autres. Adèle ne voulait pas croiser son regard. Exaspérée, elle se mit à le détester. N'étalait-il pas un peu trop sa réussite ?

— Et à qui la doit-il, sa réussite ? A de pauvres femmes comme nous, exploitées, usées jusqu'au tréfonds de l'âme.

Elle comprit où et comment naissaient les révolutions.

13

Printemps 1920

Adèle prépara Emilienne pour une longue promenade jusque sur le haut de la colline de Bouxières, où Margritte venait de s'établir avec Pierre. Margritte, si heureuse que Pierre se décidât enfin à oublier Adèle. Les deux sœurs s'étaient quittées en se promettant de ne pas se perdre de vue. Adèle avait murmuré à sa cadette :

— Je viendrai seulement pendant que ton mari sera au travail.

— Tu regrettes donc ?

— Bien sûr que non. Mais je ne veux pas semer la zizanie entre vous deux. Pour être heureux, vivons cachés !

— Mais je ne peux, moi, vivre loin des miens ! s'était écriée Margritte. Comment peux-tu imaginer cela ? Ne crois-tu pas que notre Emilienne va me manquer ? Tu me rejettes. Si, si, c'est comme si tu me chassais. Déjà que notre mère est morte...

Margritte pleurait à faire s'ouvrir les cœurs les plus durs. Adèle fut touchée et promit de venir chaque fois que ce serait possible.

— Avec l'Emilienne ?

— Oui, avec l'Emilienne, qui sera ravie.

Adèle était déjà à la porte du jardin côté chemin des Sables quand elle vit son père approcher avec un homme qu'elle connaissait de vue.

— Tu t'en allais ?

— Ben oui, c'est mardi, je vais chez la Margritte avec l'Emilienne et le petit Luc, que je vais prendre chez la Camille en passant. Tu sais que la Margritte a passé commande et qu'elle est un peu fatiguée. Je vais lui faire son repassage. Nous causons un peu et cela lui fait du bien.

— Tu ne veux pas rentrer cinq minutes, le temps de servir un petit riesling à monsieur Hippolyte Morin ?

— Ça va faire tard, père. Pardonne-moi, tu sais faire ça mieux que moi.

— Dommage, dit Hippolyte en soulevant sa casquette, ça m'aurait fait plaisir de causer un peu avec une bien jolie jeune femme.

— Une autre fois, une autre fois.

Adèle pressait le pas. Non, elle ne tenait pas à lever son verre en compagnie d'Hippolyte. Elle cherchait où elle l'avait déjà vu. Mais oui, bien sûr qu'elle le connaissait ! Il était propriétaire de la ferme des Eperviers. On le disait riche mais bien seul pour gérer son domaine. Ses deux fils n'étaient pas encore établis dans la vie. L'un étudiait à Nancy et l'autre allait passer son certificat d'études. Hippolyte insistait. Il fallait étudier, même si un jour les fils décidaient de reprendre la ferme. L'aîné n'y tenait pas, disait-on. Peut-être son cadet, on ne savait pas encore. La seule chose dont son père pouvait être certain était qu'il n'aimait guère les études. Surtout depuis la mort de sa mère.

Hippolyte était veuf. Un stupide accident à la ferme. Deux ans après, personne n'avait oublié ce soir de Pentecôte. Le temps était à l'orage et le canon tonnait sur le plateau de Malzéville. Perla, la jument la plus fougueuse, avait envoyé un coup de pied en pleine poitrine à Henriette, qui voulait l'attacher. Henriette mit quinze jours à mourir. Les voisines avaient compté. Hippolyte avait fait venir des spécialistes.

« Une hémorragie interne, mon pauvre monsieur, contre laquelle on ne peut rien. En ces temps de guerre, on manque de tout pour opérer. Et puis que trouverait-on ? »

Henriette était morte un matin, apaisée, délivrée de trop de souffrance et de fièvre. Une voisine, la vieille Bertille, l'avait veillée toute la nuit et le curé était venu l'administrer. Hippolyte eut beaucoup de chagrin et, pour l'oublier, se jeta à corps perdu dans le travail de la ferme. Le soir, quand il se couchait, fourbu, tout en se souvenant d'Henriette, il songeait à son devenir.

« Je dois retrouver une femme, je ne peux pas vivre sans. La maison va aller à vau-l'eau avec mes gars. » Il culpabilisait. « Ce n'est pas que je t'oublie, mon Henriette », murmurait-il en jetant un œil sur leur portrait en pied qui trônait sur la grande commode.

Il parlait à son épouse défunte : « Tu te souviens, c'était à l'époque de nos fiançailles.

Hippolyte était un homme avec des besoins, disait sa tante, qui avait essayé de lui présenter quelques veuves plutôt bien tournées. Avec la guerre, le choix d'Hippolyte se trouvait même élargi.

« C'est qu'il est difficile, Hippolyte. Pas trop grande, mince mais avec des formes, point sotte et qui sache tenir une maison. »

Difficile ? Lui ? Tout ça parce qu'il n'avait pas vraiment envie d'une veuve. Il confessait qu'une jeune fille, même de milieu modeste, ferait son affaire, pourvu qu'elle fût vertueuse. Il avait suffisamment d'argent pour s'offrir une jeunette. Eh quoi ! La quarantaine, ce n'est pas encore la vieillesse ! Hippolyte était encore plein de vaillance. Dans la force de l'âge, il pouvait s'aligner sur les jeunots des bals champêtres qui entraînaient les demoiselles dans les fourrés pour cueillir la jolie fleur jusqu'à quatre, cinq fois dans la même soirée. Oui, Hippolyte pouvait et saurait rendre heureuse une jeune fille qu'il ferait femme devant le maire et le curé. Ah ça ! Il voulait être un homme d'honneur et il n'allait pas s'aviser de fréquenter certains lieux de Nancy entre le cours Léopold et la Pépinière. Certes, il y avait la petite bonne, la Félicie. Mais, à part elle, Hippolyte ne faisait pas d'écart. Adèle était déjà arrivée au pont de Bouxières quand elle entendit le pas régulier d'un cheval la rattraper.

— Mademoiselle, vous marchez vite, mais me voilà !

Elle tourna la tête et s'empressa de tenir fermement la main d'Emilienne et de Luc dans les siennes.

— Le riesling était fameux, et le gâteau que m'a servi votre père, succulent. Bravo ! Je peux vous déposer ?

Elle fit signe que non et haussa les épaules. « Il n'y a qu'un veuf pour me remarquer, pensa Adèle. Vieille fille je suis. Et vieille fille je resterai. »

Songeait-elle encore à Charles ? Il lui semblait l'avoir aperçu à Nancy, le jour du grand marché, au bras d'une éblouissante jeune femme. Une femme de son monde, qui portait une belle toilette. Elle chassa cette vision de ses souvenirs pour se concentrer sur ce qu'allait être son après-midi aux côtés de Margritte, dont les hanches s'arrondissaient. Margritte enceinte avant le mariage. Pierre était venu en permission et la chose était arrivée derrière la grange. Margritte ne s'était pas vantée de s'être offerte. Le seul moyen de retenir Pierre et de lui faire oublier Adèle. Margritte sut le séduire. Pierre s'était laissé convaincre par la fougue de la jeune fille et y avait pris du plaisir. Il ne regrettait pas. Il ne regrettait plus. Chaque soir était fête et chaque nuit délices que l'on n'avait plus besoin de confesser au curé puisque le mariage était venu tout absoudre.

14

Juin 1920

Lorsque Baptiste arriva ce jour-là à vélo chez Margritte, dont le ventre pointait généreusement pour la seconde fois, Adèle fut parcourue d'un frisson glaçant.

— Adèle, faut que je te parle.

— Ça ne peut pas attendre mon retour ? Il est impossible de laisser la Margritte seule avec la petite Adrienne. Le Pierre ne rentre pas ce soir, il est en déplacement à Paris, pour d'importants contrats, et elle a déjà des douleurs.

— Non, ça ne peut pas attendre. Tu veux nous laisser, Margritte ?

— Elle peut rester.

— Ce que j'ai à te dire est pour toi.

— Pour moi ?

— Ben, c'est au sujet de l'Hippolyte. Il va me rejoindre, mais je voulais te prévenir. Il te veut.

— C'est non !

— Ecoute, ma fille, tu n'es plus toute jeune, même si tu es restée un beau brin de fille, il te faut un mari.

— Tu as honte, c'est ça, honte d'avoir une vieille fille à la maison ! Et l'Emilienne ? Hein ! Qui veillera sur elle ?

— Justement, l'Hippolyte s'en occupera, il est généreux. Il a promis de m'aider à finir de payer les études de la Prudence et de l'Augustine.

— Ah, je comprends ! Tout est déjà prévu. L'Hippolyte me montera dessus pour payer l'éducation de tes petites dernières ! Eh ben, quand le Germain saura ça, à son retour d'Alsace, tu seras moins fier.

— Tu la vois, celle-ci ! cria Baptiste en colère et en levant la main. Si tu étais à portée de ma main, tu l'aurais déjà prise sur ton petit museau, tout vingt-cinq ans que tu as, ma belle ! Le respect aux anciens et aux parents, c'est jusqu'à la mort ! C'est dans la Bible.

— As-tu songé à ce qu'aurait dit maman ?

— Justement, c'était une femme de raison. Elle aurait pensé comme moi. Et puis, l'Hippolyte, il a du bien. Tu devrais y regarder à deux fois avant de faire ta tête de cochon.

— Les grands discours...

— Ecoute, ma fille, tu auras au moins un lieu à toi, une maison.

— C'est à voir. Il a deux fils.

— Il te fera un contrat.

— Vendue, je suis la fille vendue !

Baptiste ne s'était pas attendu à tant de résistance chez Adèle, la si sage. Pourtant, lorsque Hippolyte fit tinter la cloche de l'entrée, encombré d'un bouquet de fleurs et d'un paquet de bonbons, elle eut un rire amusé qu'elle dissimula du mieux qu'elle le put. Elle observait l'homme des pieds à la tête, évaluait son ventre sous sa veste des dimanches. Oui, il était bien de sa personne. Mais elle n'imaginait pas ce corps sur elle. Elle songeait encore à Charles. Elle se forçait à sourire. Hippolyte n'y était pour rien. Il lui faisait face avec embarras. Baptiste et Margritte étaient sortis dans le jardin.

— Mon père m'a fait part de votre demande. Je dois vous prévenir. Vous êtes un homme de bien et je ne vous mérite pas. Je ne vous rendrais pas heureux.

— Moi, je suis certain que si. Je vous ai dans la tête depuis près d'un an. Je ne pense qu'à vous tout le jour dans mes champs, quand je prends mes repas, et même le dimanche à la messe. Je vous vois partout à mes côtés. Je voudrais vous épouser, faire votre bonheur, quoi !

— M'épouser, ma foi, c'est possible. Me rendre heureuse, c'est autre chose.

— On peut essayer.

Elle soupira, sans dire oui, mais sans dire non. Hippolyte se reprit à espérer.

— La vie n'est pas si compliquée, vous savez. L'amour, ça vient parfois après.

Les noces furent célébrées après la moisson sous un chaud soleil. Le banquet eut lieu sur la pelouse du haut de Bouxières, où des tables et des bancs avaient été transportés. Rien n'était trop beau pour Hippolyte. Prudence et Augustine étaient ravies. Hippolyte leur avait offert des robes splendides.

— Vous êtes les demoiselles d'honneur de la mariée. Adèle mérite d'avoir des demoiselles d'honneur à la hauteur de sa beauté, avait-il déclaré.

Hippolyte loua les services des meilleures cuisinières pour régaler une centaine d'invités, familles et amis confondus. Un accordéoniste jouait et l'on dansait à même l'herbe rase avant d'aller se laisser choir sous les tilleuls en buvant une bière offerte par la brasserie.

— Elle est fameuse, notre Reine des bières ! lança Germain à l'adresse d'Hippolyte avec un clin d'œil coquin.

— Celle qu'on boit ou celle que j'épouse ? demanda Hippolyte, amusé.

— Les deux, oui, oui, les deux.

Adèle se forçait à sourire, son cœur se serrait quand elle imaginait ce que serait le soir. Il lui faudrait se dévêtir et subir les assauts d'Hippolyte. Elle songerait alors à Charles, aux mains de Charles. Elle verrait la mèche blonde de Charles au lieu de la calvitie naissante d'Hippolyte.

Elle chercha des yeux Albert, son frère, un beau jeune homme en grande conversation avec Jacques, le fils aîné d'Hippolyte. Jacques, qui ne quittait pas des yeux les jumelles, s'inclina devant Prudence, la plus petite des deux, pour l'entraîner dans une jolie polka. Albert se sentit obligé d'en faire autant avec Augustine, qui grimaça.

— Tu aurais préféré un autre garçon que ton frère. Pour la prochaine danse, je t'envoie un de mes amis, qui d'ailleurs te trouve à son goût.

— Pas le petit moustachu, il ne me plaît pas.

— Difficile avec ça ! Non, tu auras le grand barbu.

Augustine haussa les épaules et quitta les bras de son frère pour se laisser choir sur un tronc d'arbre coupé, non loin de l'accordéoniste. C'est là que la rejoignit André, ni moustachu, ni barbu.

— Augustine, Albert m'a donné la permission de vous inviter à danser.

Elle le suivit, les yeux brillants de plaisir. Adèle la regarda et songea que ses sœurs avaient plus de chance qu'elle. Elles avaient fait des études et pourraient décider de leur vie. Prudence rêvait d'être institutrice, tandis qu'Augustine s'imaginait en infirmière modèle. Baptiste pouvait être fier de ses filles. Certes, Adèle faisait un beau mariage, mais elle devrait se contenter d'aider Hippolyte, de tenir sa maison avant de s'allonger au lit le soir. Un certain mal-être la gagnait. Elle eût voulu arrêter le temps.

Quand il la conduisit à la chambre, Hippolyte était un peu éméché par le petit gris de Toul.

— On devrait boire un petit verre tous les deux, murmura-t-il en la frôlant. Une bonne bière, comme celle que fait votre père, vous êtes ma reine, ce soir, cette nuit et toutes celles à venir.

— Ça ne sera pas nécessaire, Hippolyte, je saurai faire mon devoir de femme.

— Mais ça peut aussi être très agréable, vous savez.

Il la caressait par-dessus sa robe et ses dentelles. Elle ne se défendait pas. Il entreprit de défaire les boutons de la robe, la fit glisser à terre. Il enleva les jupons et découvrit le corps laiteux et superbe d'Adèle.

— J'avais raison de vous aimer.

Elle refusa d'être portée jusque sur le lit et se coucha seule. Elle n'opposait aucune résistance mais ne l'aidait point. Elle était une poupée avec laquelle on joue. Les doigts d'Hippolyte allaient et venaient sur cette peau si douce avant de risquer ses lèvres. Adèle ne bougeait pas, retenait son souffle. Elle ne voulait pas tressaillir. Elle remerciait le ciel de ne point éprouver de dégoût si elle n'éprouvait pas de plaisir. Hippolyte se déshabillait sans cesser de se repaître d'elle. L'orgueil se lisait dans son regard. Lui, le maître des Eperviers, s'offrait une jeunette... Bien sûr, on disait parfois qu'on avait vu Adèle avec un d'Auzécourt, de Nancy, une famille amie des Trampitsch. Et alors ? « Bah, songeait-il en envoyant ceinture et chaussettes à l'autre bout de la chambre, si Adèle n'est plus vierge, il n'y a pas de quoi en faire une maladie ! Le meilleur est quand même pour moi, et ce sera autant de fois que j'en aurai envie. »

— S'il vous plaît, murmura Adèle, éteignez la lumière.

— Mais vous êtes si belle... Tu es si belle, ma colombe...

— Eteignez quand même, c'est moi qui ne veux pas voir.

Il éteignit et se jeta sur elle, goulûment. Il lui ouvrit les cuisses, puisqu'elle n'y consentait pas, et la caressa un peu avant de se planter en elle, qui ne bougeait pas. Elle était vierge. De quoi crier hourra ! D'exulter dans un grognement animal ! Même Henriette ne l'était plus quand il l'avait épousée. Il le savait. Elle le lui avait dit. Mais Adèle l'était et il était payé de tout. De la noce, des frais à venir chez Baptiste. Adèle avait retenu un cri, celui de la déchirure et de la honte mêlées, celle d'être vendue au plus gros fermier de la région pour assurer la tranquillité de Baptiste et l'avenir des petites sœurs. Hippolyte la besognait, allait et venait avec ardeur. Adèle n'arrivait même pas à songer à Charles. Les larmes montaient. Elle redressa les jambes et le bassin. Il fallait simuler pour faire cesser cette chose qui la farfouillait et risquer de faire venir le plaisir. On ne cueille pas ainsi quelques délices si le cœur ne bat pas à l'unisson. Hippolyte la caressait, murmurait des noms de fleurs et de parfums, risquait ses lèvres partout. Adèle allait mollir, mais oui, on ne résiste pas à Hippolyte. Il s'était juré de la faire jouir. Elle se revit au bord de la Meurthe dans les bras de Charles impatient et fiévreux, elle se souvint de ses émois. Son corps se tendit. Elle tremblait de crainte. N'en rien laisser paraître, ne rien montrer. Le trouble était là, pourtant, malgré elle. Il fallait en finir. Elle émit un petit gémissement et Hippolyte s'affala sur elle, enfin, repu. Ouf ! Elle ferma les yeux. Le plaisir n'était pas venu. Elle en était heureuse. Adèle ne voulait pas connaître cette félicité avec un homme qu'on lui avait choisi. Ainsi Adèle était vierge ! Hippolyte était vraiment le plus heureux des hommes et ne regrettait pas de l'avoir prise pour femme. Vierge ! A plus de quarante ans, Hippolyte s'offrait une jeune vierge. C'était quand même autre chose que Félicie, la petite muette de l'Assistance publique qui se laissait toujours faire en riant. Félicie, tout le monde se l'envoyait à chaque moisson. Gentille, elle se prêtait à tous les caprices de ces messieurs. Hippolyte se méprisait d'avoir agi comme les autres au fond de l'étable. Il fit taire ses remords en se souvenant que, dès qu'il la croisait, elle mettait déjà ses mains au corsage pour lui présenter une fort belle poitrine. Le reste allait donc de soi. Et la petite odeur de paille collée au satiné de sa peau fouettait les sangs d'Hippolyte. Maintenant qu'il avait Adèle, il dirait à Félicie que leurs petits jeux étaient finis, en principe. Et, comme elle était muette et ne savait pas écrire, Hippolyte n'eut aucune inquiétude, Adèle n'en saurait jamais rien.

DEUXIÈME PARTIE

Charlotte la rebelle, ou le combat pour la liberté

1

Pâques 1921

Charlotte naquit alors que les cloches de Pâques appelaient à la messe de la Résurrection. Hippolyte avait fait venir sage-femme et médecin, qu'il était allé quérir en carriole à Champigneulles. Il ne voulait faire courir aucun risque à Adèle, qu'il chérissait chaque jour davantage.

Il bénissait le ciel. Adèle était une jeune femme exceptionnelle. Elle le faisait papa d'une fille, après deux garçons... Une fille qu'elle avait souhaité prénommer Charlotte. Hippolyte avait applaudi en souvenir de sa mère, Anne-Charlotte Rose. Adèle était la délicatesse née. Mais il était bien loin de se douter des vraies raisons du choix de sa femme. Pour Adèle, Charlotte serait chaque jour le souvenir de quelques moments heureux, et des baisers ardents reçus et donnés.

Emilienne fut très heureuse de la naissance de Charlotte. Un peu plus de sept ans les séparaient.

Et elle se sentait telle une petite mère pour le ravissant bébé aux cheveux sombres qui tétait Adèle avec vigueur.

— C'est comme si j'avais une petite sœur.

Adèle corrigea doucement.

— Tu es sa tante. Ta vraie maman, c'est la même que la mienne, tu es ma sœur.

— Oui, je sais, mais mon cœur me dit que ma maman, c'est aussi toi. Tu m'aimeras toujours, n'est-ce pas, même si tu as Charlotte ?

Emilienne entourait la taille d'Adèle et posait sa tête contre elle. Comment résister à tant de tendresse ?

— Bien sûr que je t'aimerai toujours. Je sais aussi que tu veilleras sur Charlotte, dit Adèle en se penchant vers elle avant de la câliner longuement.

Hippolyte tenait sa parole sans difficulté. Il aimait Adèle et aurait été lui décrocher la lune. Il se disait un homme comblé. Adèle veillait sur la maison avec attention. Rien ne manquait, elle pensait toujours à tout. Jacques, le fils aîné, trouvait que son père avait beaucoup de chance avec Adèle, une jeune femme discrète et qui visiblement ne cherchait pas à mettre la main sur la fortune familiale. Louis était plus ombrageux. Il ne pouvait oublier sa mère et secrètement il en voulait à Adèle d'avoir pris la place d'Henriette. Quand Adèle risquait une remontrance, estimant qu'à quatorze ans il devait le respect à son père, il se fâchait.

— Vous n'êtes pas ma mère.

— Je le sais, mais Henriette n'aurait pas permis une telle conduite. Votre père sait ce qui est bon pour vous. Vous devez le respecter en mémoire de votre mère, justement.

— Occupez-vous de votre… Charlotte.

— Qui est aussi votre petite sœur. Vous avez le même père.

— Merci, je sais.

Fier, ombrageux, Louis entendait montrer à Adèle qu'il faudrait compter avec lui. Il était en tout cas bien décidé à entrer en guerre contre ces femmes venues envahir la ferme.

2

Août 1930, Bouxières-aux-Dames

Emilienne brodait, assise sur le muret côté rue, à l'ombre d'un platane. De temps à autre, elle jetait un œil vers le bas de la rue et annonçait à Adèle qui risquait de venir tirer la cloche. Soudain, elle aperçut Baptiste.

— Adèle, voilà notre père, et en carriole avec ça !

— Il doit sans doute livrer quelques fûts à l'Hippolyte ou au Jacques. Demande à l'Hippolyte de venir ou au Louis. Ils savent où ranger la Belle Blonde.

— Si ton mari n'est pas là, ce n'est pas au Louis que je vais demander, il est décidément trop grossier personnage.

— C'est qu'il est malheureux. Il n'a jamais admis le remariage de son père, persuadé, le pauvre, que j'en voulais à la ferme et aux biens de l'Hippolyte. Tu lui fais de l'ombre… Tu auras été meilleure élève que lui. Et il sait que son père ne demande pas mieux que de payer tes études.

— Je voudrais ne rien lui devoir. Il désire que j'étudie la comptabilité pour tenir les comptes de la ferme. Ne m'en veux pas, Adèle, mais ça ne m'intéresse pas. Tu sais bien ce que j'aimerais faire. Coudre, créer mes modèles, travailler en ville.

— Ah ! soupira Adèle. Il faudra en reparler.

Baptiste interrompit la conversation entre ses deux filles et demanda où était cette chipie de Charlotte.

— A cette heure, elle doit faire trempette à la Meurthe, ou ce qu'il en reste ; avec cette chaleur, la rivière est basse et on la traverse presque à pied sec. Elle a promis de rentrer tôt, car l'Emilienne doit la coiffer pour la procession de ce soir à la pelouse.

— C'est vrai, j'oubliais qu'ici on peut organiser des processions pour le 15 août. Tandis qu'à Champigneulles, le maire est un rouge — si, si, il faut le dire —, il a tout interdit « pour raison de calme sur la voie publique ». Où sont passées nos belles Fête-Dieu ? Chaque rue avait son reposoir et les enfants jetaient des pétales de fleurs sur la chaussée. Maintenant, il faut se contenter de tourner autour de l'église et dans le parc des Charmilles. Quand on pense qu'il veut supprimer la chapelle près du pont tournant ! Enfin, pour l'instant, il est plus préoccupé par la nouvelle mairie qu'il veut installer dans le château du Haut. Tous les corps de métier sont en action dans ce foutu château des Hinzelin. Ça va coûter cher à la ville, tout ça ! Il a la folie des grandeurs, ce maire-là.

— Il ne fait pas que du mauvais, papa, il y a maintenant des lavoirs municipaux couverts. Regarde, à

Bouxières, on lave encore à la Meurthe, et par tous les temps.

— Tu sais ce qu'on dit de ces lavoirs : que ce sont des ramassis à cancans, et que, dans chaque rue où il y en a un, le maire a son espion pour noter tout ce qui se passe dans sa municipalité.

— Oh ça ! A la Meurthe aussi, on cause. La Victorine et la Léocadie ne s'en privent pas et échangent les nouvelles entre le haut et le bas de Bouxières. Il s'en dit, des choses, même sur moi. Tu n'imagines même pas ! Emilienne ne serait pas ma sœur, mais ma fille !

— Ah, que je n'entende pas ça ! tonna Hippolyte, qui venait de rentrer des champs.

— Ne prêtez aucune attention à ces bavardages. Ils cesseront d'eux-mêmes. Grand-mère disait toujours qu'on empêcherait plutôt la Meurthe de couler que les langues de tourner.

— Des langues de vipère, il faut le dire. Bon, ce n'est pas le tout, Baptiste, veux-tu boire un coup ? Moi aussi, j'ai du petit blanc d'Alsace.

— Non, merci bien pour le petit blanc d'Alsace. Il fait trop chaud. Mais je ne dirai pas non à de l'eau, par ce temps, sinon je ne marcherai pas droit à la procession de demain, plaisanta Baptiste.

Charlotte arrivait, joyeuse, en sautant d'un pied sur l'autre et en faisant voler ses nattes. Elle était brune comme son père et faisait sa fierté.

— Heureusement que j'ai épousé Adèle, ainsi j'ai eu une fille.

Adèle ne disait rien. Elle se félicitait que leur enfant fût une fille. Elle ne serait jamais une rivale pour Jacques et Louis. Hippolyte eût aimé avoir d'autres enfants avec Adèle. Celle-ci avait dit non en mettant en avant une santé fragile et les réserves des médecins. Mais il n'en était rien, Adèle pensait à l'avenir. Aux querelles qui risquaient de surgir quand Hippolyte disparaîtrait. Louis veillait jalousement sur le patrimoine. Il n'était pas étranger aux rumeurs folles qui circulaient sur les liens unissant Adèle et Emilienne.

« Mon père a été berné, disait-il quand il s'arrêtait au café près de l'épicerie du pont. L'Emilienne n'est pas la petite sœur de ma belle-mère. C'est sa fille. Les vieux se souviennent. Elle fricotait avec un certain d'Auzécourt, de Nancy. Le Mimile les voyait quand il pêchait au bord de la Meurthe.

— Oh, le Mimile ! Tu sais, il en dit souvent plus qu'il n'en voit, reprenait Suzette en remplissant les verres des jeunes gens. Il a une langue aussi longue que les laveuses du pont. »

Hippolyte avait beau taper du poing quand les ragots revenaient siffler à ses oreilles, dire qu'il savait bien, lui, que sa femme était vierge au mariage, rien n'y faisait. Jusqu'au jour où Suzette lui apprit le rôle joué par Louis. Il mesura la jalousie de son fils et eut le cœur serré. Il s'en ouvrit à Adèle.

— Vous vous êtes remarié trop vite, sans lui laisser le temps de me connaître. La mort de sa mère a été trop brutale pour lui. Il n'a pas eu le temps de s'habituer. N'envenimez pas les choses avec un sermon inutile. Tout ça m'est égal. Je connais ces ragots. L'Octavie m'en parle quand elle vient repasser.

Adèle poussait Charlotte vers les études. Elle comprenait l'intérêt pour sa fille de parvenir à se faire une situation. En ville, elle pourrait ainsi rencontrer un beau parti. Emilienne et Charlotte au loin, les Eperviers retrouveraient un peu de sérénité. Adèle ne voulait pas être à l'origine d'une quelconque zizanie dans le clan des Morin.

Hippolyte observait son épouse tandis qu'elle découpait la viande et la disposait sur le plat. Malgré les années, elle n'avait jamais pu le tutoyer. Il avait pourtant insisté, l'avait couverte de cadeaux. Rien n'y avait fait. Leur vie était harmonieuse, du moins en apparence. Adèle s'allongeait à côté de lui, ne se refusait jamais et acceptait même quelques audaces qu'Hippolyte appelait leurs « fantaisies d'amour ». Pourtant, Adèle avait honte quand il rentrait des champs à l'improviste. Il la troussait prestement, remontait ses robes, tirait sur sa culotte, l'ouvrait de ses doigts rugueux pour la prendre debout comme une servante, où qu'elle fût dans la maison. Il savourait goulûment ce plaisir presque coupable et égoïstement pensait qu'il était partagé. Adèle semblait si docile…

Elle pensa l'empoisonner. Elle se voyait courir les bois, cueillir colchiques et champignons vénéneux, et les lui administrer dans une de ces tisanes parfumées à la menthe et au romarin pour n'éveiller aucun soupçon, et attendre le dernier souffle, en épouse zélée. Mais elle songeait à Emilienne et à Charlotte, à son père aussi. Au scandale ! Non, il lui restait un peu de croyance et de bon sens. Elle ne pouvait pas faire ça. Mais, Dieu, qu'elle eût aimé ! Alors quand il se plantait en elle, haletant et suant, elle ourdissait secrètement son avenir. Lorsque les deux filles seraient établies, elle quitterait Hippolyte sans lui laisser d'explications. Elle disparaîtrait. Il la croirait morte, la ferait rechercher. On viderait Meurthe et canal pour retrouver le corps. Elle, elle se reposerait enfin dans les houblonnières ayant appartenu à la famille de sa mère. Et l'amour ? C'était le secret d'Adèle, qui ne pouvait plus aimer. Adèle avait enterré ses rêves sur les bords de la Meurthe, à la Reculée ou dans les allées de la Pépinière. Restaient les souvenirs, certains après-midi de grande chaleur quand tout le monde était aux champs. Elle n'y allait plus à présent. Elle s'asseyait dans le fauteuil de cuir près de la cheminée et fermait les yeux. Alors, elle plongeait au creux des bras de l'aimé et se laissait faire, et la petite voix fraîche de Camille s'élevait :

A la claire fontaine,
M'en allant promener,
J'ai trouvé l'eau si claire
Que je m'y suis baignée.
Il y a longtemps que je t'aime,
Jamais je ne t'oublierai...

Elle s'était juré, Adèle, si un jour sa route croisait une nouvelle fois celle de Charles et qu'elle lût encore le désir dans son regard, de lui céder. Une fois, rien qu'une fois, pour ne pas mourir sans avoir connu l'amour.

3

Avril 1934

Charlotte rentra ulcérée aux Eperviers. Elle jeta son vélo dans la cour au lieu de le poser contre le marronnier et courut vivement dans la maison. Adèle était dans la cuisine. Dans le four, une tourte achevait de dorer.

— Si je te disais ce que j'ai vu, tu ne me croirais pas.

— Alors ?

— Grand-père, j'ai vu grand-père.

— Rien d'étonnant à cela, puisque tu avais dit que tu t'arrêterais au chemin des Sables en revenant de chez la Prudence depuis les cités Beausoleil à Champigneulles.

— Oui, mais il ne m'attendait pas.

— Il est souvent là depuis qu'il ne travaille plus toute la journée à la brasserie. Il n'est plus tout jeune.

— Pas pour tout ! lança Charlotte, perfide et hors d'elle.

— Comment ça ?

— Sache, ma mère, que ton père, mon grand-père donc, se comporte comme un... cochon.

Adèle, qui vérifiait la cuisson d'une potée, faillit lâcher le couvercle de la cocotte qu'elle tenait dans sa main droite. Instinctivement, la main gauche était venue au secours pour rattraper le couvercle brûlant. Elle la retira vivement et s'essuya sur son tablier, choquée, agacée.

— Un quoi ? Fais attention à ce que tu dis, Charlotte !

— J'ai vu grand-père jouer les amoureux avec une femme, au bord de la Meurthe ; j'ai entendu cette femme rigoler bêtement.

— Ils ne faisaient pas la chose devant tout le monde, quand même ?

— Non, mais ce qu'ils pouvaient avoir l'air idiots, à leur âge !

— Ecoute, Charlotte, je sais cela. Ton grand-père a une bonne amie depuis longtemps, depuis plus de dix ans. Cette femme lui apporte un peu de tendresse et s'occupe de lui. La Prudence et l'Augustine, tout comme l'Albert, ont fait leur vie, ont des enfants. Il serait seul maintenant dans son chalet.

— Il pourrait venir chez nous.

— Sans doute, mais pour les choses du cœur...

— C'est un peu plus bas, maman.

— Charlotte ! Ne sois pas effrontée, s'il te plaît.

— Oh là là !

— Cette femme donne du bonheur à ton grand-père et c'est ce qui compte. Cette femme n'est pas une femme indigne. Il ne tient qu'à toi d'être chouchoutée par elle. L'Hélène, car elle s'appelle Hélène, ne demanderait pas mieux. Elle souffre du regard et du qu'en-dira-t-on.

— Ils n'ont qu'à se marier au lieu de se cacher.

— Ils ne peuvent pas, du moins à l'église, car l'Hélène est une femme divorcée. Son mari l'a laissée juste après la guerre. Il est reparti dans la Somme, où il avait rencontré une jeune fille à qui il avait fait un enfant. L'Hélène n'y est pour rien, mais ce divorce lui interdit l'Eglise.

— Alors ce n'est pas juste du tout.

— Tu as compris, c'est l'essentiel. Il ne faut jamais juger quelqu'un sur les apparences.

Charlotte se tourna légèrement, regarda par la fenêtre qui donnait sur le clocher de l'église et lança :

— Les curés feraient bien d'en faire autant, au lieu de chercher midi à quatorze heures et de punir quand il n'y a pas lieu. C'est comme le péché originel. Un couple désobéit, mais c'est toute l'humanité qui paie la faute. C'est bien ça ?

— En quelque sorte. Mais, ça, comme tu dis, dans le cas du divorce d'Hélène, c'est la loi des hommes, celle de Dieu est peut-être meilleure.

— On peut en causer, mais Dieu, lui, il ne parle pas, sauf par la bouche des hommes. Et de ce côté-là, maman, ce n'est pas toujours le meilleur qui sort.

Adèle se surprit à rire. Charlotte n'était plus une petite fille et, pleine de bon sens, elle n'avait pas la langue dans sa poche. Au moins, elle ne se laisserait pas faire. Secrètement, Adèle s'en réjouit et l'envia. Charlotte vivrait. C'était bien. C'était mieux ainsi.

4

Printemps 1936

— Non, ma fille n'ira pas se salir les mains et la tête à la brasserie.

— J'y suis bien allée, moi, et je n'en suis pas morte.

— Justement, je t'en ai tirée. On sait ce qui se dit des ouvrières de la brasserie... Que tout bonhomme qui a ce qu'il faut dans la culotte peut les trousser dans n'importe quel recoin.

— Hippolyte, vous savez bien que ce n'est pas vrai. Se laisse trousser qui veut. Quant à moi, je ne vous ai jamais rien demandé. C'est vous qui êtes venu me chercher.

Pour qui se prenait-il soudain ? De quoi l'avait-il tirée ? Elle n'était pas une catin. Mais elle avait la sensation honteuse de l'être devenue depuis son mariage. Des années à payer de son corps les études des unes et des autres, le repos de Baptiste. Parfois, elle se méprisait. Elle observait Hippolyte, brave, oui, mais tellement orgueilleux. Si elle avait éprouvé quelque compassion pour lui autrefois, c'était bien fini. Le dégoût était venu, cédant ensuite la place au mépris.

— Ma Charlotte n'ira pas, j'ai d'autres projets pour elle. Un notaire, un avocat... Elle le peut. Quelle bonne famille voudrait pour belle-fille — si jolie fille fût-elle et bien dotée — une jeune fille ayant travaillé dans cette fabrique de boissons où elle aurait côtoyé des ouvriers, sans éducation pour la plupart ?

— Faites attention, mon ami, vos souliers ne vont plus pouvoir tenir vos chevilles... Restez plus simple, vous allez vous couvrir de ridicule. Allons, vous saurez bien la vendre, votre fille, ou lui acheter un mari. Quand vous désirez quelque chose, vous l'obtenez. Vos avoirs sont conséquents. Tout le monde le sait.

— Tu me cherches querelle, maintenant, Adèle ?

Adèle ne répondit pas, se contentant de hausser les épaules.

— Eh bien, moi, j'irai quand même, reprit Charlotte, même si mon père n'est pas d'accord ! J'irai à la brasserie pour étudier la condition ouvrière. Et l'Emilienne aussi. Comme ça, elle me surveillera. Et puis, si tu ne veux pas que j'aille à la brasserie, j'irai m'embaucher à la godasse.

— A la quoi ?

— A l'usine de chaussures de Maxéville, et là, tu peux me croire, il n'y a plus une seule jeune fille vierge. Du moins, c'est ce qui se raconte, mais, comme pour la brasserie, la vérité est sûrement autre.

Charlotte ne craignait personne quand elle estimait être dans son droit. Elle se fichait pas mal des conventions et des idées toutes faites de son père.

— De toute façon, ce sont bien des histoires d'anciens, tout cela. S'il fallait les croire sur parole, les usines seraient de vastes...

— Charlotte ! coupa Adèle pour éviter le mot terrible.

— Bon, des maisons closes, si tu veux. Mais le travail, il faut bien le faire. Et il est fait. Avec les cadences parfois infernales auxquelles les ouvrières sont soumises, je ne vois pas comment elles pourraient trouver le temps d'organiser des parties de jambes en l'air. Je crois que tout cela, c'est dans les têtes, pour qui veut. Bon alors, j'ai le droit de travailler cet été, pour voir comment les choses se passent, c'est indispensable pour moi...

— Mais que veux-tu faire, à la fin ?

— Devenir avocat, m'occuper de celles et ceux qu'on rejette. Tu comprends, il faut que j'aille un peu partout.

Hippolyte leva les bras au ciel.

— J'avais espéré faire de toi un expert-comptable puisque Emilienne ne veut pas.

— Tu sais, papa, les chiffres et moi... Monsieur Humbert ton comptable fait cela très bien.

— Mais il faut bien penser à sa succession, et il n'est plus tout jeune. En ce qui te concerne, Louis n'est pas hostile à ce que tu prennes une place dans la gestion de la ferme.

— J'ai bien compris, papa. Emilienne aussi. Pour ton fils, ma jeune tante est une étrangère. Il n'est pas question qu'elle mette son nez dans vos affaires. Eh bien, que ton fils se rassure : vos histoires de sous ne nous intéressent pas. Quand Emilienne quittera les Eperviers, si je ne suis pas partie avant, je la suivrai. De vos biens, on se fout complètement.

— Les grands mots, toujours les grands mots.

— Ça évite d'en dire de gros, papa. Tu n'aimerais pas, et maman non plus.

5

Avril 1936

Baptiste avait sauté sur son vélo pour aller jusqu'aux Eperviers. Il écoutait régulièrement Radio-Paris et lisait la presse. Et puis, il revenait d'Alsace. Il avait fait escale dans la famille de Lise. Adèle l'accueillit en préparant du café.

— Ça va mal, ma fille, une guerre se prépare. Ici, on ne sait rien de ce fou de Hitler qui a pris le pouvoir en Allemagne. Je m'étonne qu'on parle si peu de la remilitarisation de la Rhénanie.

— Hitler n'est pas l'Allemagne, papa !

— Il fait en sorte que si. Lorsque les troupes militaires ont défilé en Rhénanie, les femmes couraient au-devant des soldats, fleurs et bouteilles de vin à la main. Et notre gouvernement n'est pas mieux, lui qui, lâchement, prépare avec Londres un plan de non-agression pendant vingt-cinq ans.

— Eh bien, c'est signe de paix !

— De paix ? Mais, Adèle, tu parles sans réfléchir. Essaie d'imaginer ce que signifie ce plan. En faisant signer ce bout de papier, l'Allemagne peut aller partout sans qu'on dise quoi que ce soit. Et puis, je ne peux en parler qu'à toi : Hitler fait arrêter tous ceux qui ne pensent pas comme lui. Beaucoup d'Allemands fuient et s'installent en France avant de gagner l'Amérique. A Brumath, le curé et le pasteur m'ont raconté des choses atroces qui frappent les familles juives d'Allemagne. On brise les vitrines de leurs magasins, on les arrête.

— C'est bien vrai, tout cela ?

— Tu ne vas pas accuser un prêtre et un pasteur de mensonge, quand même !

Adèle savait que Baptiste disait vrai. Mais elle avait d'autres soucis. Hippolyte devenait colérique. Emilienne et Charlotte se liguaient contre lui. Adèle tentait de le calmer et appréhendait chaque soir le moment où il rentrait des champs.

— Père, je voudrais te dire autre chose. L'Emilienne va aller travailler à la brasserie. Le Pierre, le mari de la Margritte, l'a fait entrer dans les bureaux. C'est temporaire, car elle a besoin d'argent pour se mettre à son compte à Nancy. Elle voudrait coudre pour le monde, mais loin de Bouxières. Elle ne supporte plus le Louis et ses sarcasmes.

— Et notre Charlotte ?

— Elle aussi veut aller à la brasserie, dans les ateliers, pour connaître, dit-elle, la condition ouvrière. Il ne faut pas chercher à comprendre.

— Qu'en dit ton mari ?

— Il est furieux. Il ne décolère pas, mais ça lui passera. Ne t'inquiète pas.

Adèle n'avait pas envie de s'étendre sur le sujet. Surtout pour ne pas attrister son père. Longtemps, elle lui en avait voulu de lui avoir, comme elle disait, forcé la main afin de vivre sans souci. Mais, à présent, elle songeait que les rancœurs ne servaient pas à grand-chose. Elle envia Charlotte et sa détermination. Elle la soutiendrait dans ses projets. Que pouvait-elle faire d'autre ?

Emilienne avait fait son entrée à la brasserie à la mi-avril et semblait s'être bien habituée à son travail comme à ses collègues. A midi, elle allait manger chez Baptiste, qui avait enfin réussi, après la mort de Germain, à persuader Hélène de venir vivre chez lui, et ce, malgré le qu'en-dira-t-on. Une double pneumonie avait emporté Germain au cœur de l'hiver. Sa disparition avait causé un chagrin immense à Baptiste, aux enfants et aux proches. Germain, c'était le frère, le copain, un deuxième père pour les enfants, et sa mort laissait un grand vide au chalet du chemin des Sables, comme à la malterie de la brasserie, où il manquerait longtemps.

Germain, c'était aussi un nez, un regard comme la brasserie n'en retrouverait pas de sitôt. Personne n'avait oublié ce wagon d'orge venu du Nord, quatre ou cinq ans auparavant. En apparence, rien à dire. Une belle orge dorée. De beaux grains. Le déchargement avait commencé et Germain surveillait de près les opérations. Un tiers du wagon avait déjà été déversé quand on l'entendit hurler et jurer à tous les vents.

— Nom de Dieu, foutu Dieu et ses anges !

Il n'y avait qu'un Alsacien pour jurer de la sorte.

— Les charançons sont passés par là. Regardez donc ces grains, vidés de l'intérieur par ces foutues bestioles ! Tout est bon à être jeté au fumier.

Le travail à la brasserie, la fabrication de la bière furent une découverte pour Emilienne. Elle avait suivi Adèle aux Eperviers alors qu'elle était encore une toute petite fille, et elle avait grandi dans un univers protégé. Tout comme Prudence et Augustine, que le pensionnat avait éloignées de la brasserie. Mais le mariage les en avait rapprochées. Prudence avait épousé Eugène, plâtrier installé à son compte. Il dirigeait de nombreux chantiers situés dans l'enceinte de la brasserie pendant qu'elle faisait classe à la nouvelle école de garçons, face à l'ancienne mairie de Champigneulles. Ses élèves, enfants d'amis et de connaissances pour la plupart, la ravissaient.

Augustine, infirmière au dispensaire, avait épousé Pépino, un fils d'Italiens, installés dans la région depuis plus de vingt ans. Maçon, Pépino maniait la truelle comme personne et espérait aussi se mettre à son compte. Eugène l'avait recommandé au chef du personnel de la brasserie, qui cherchait des maçons compétents pour les cafés que l'entreprise achetait dans les environs. Les représentants prospectaient, repéraient les vieux bistrots et proposaient de les moderniser gratuitement. Le cafetier n'était soumis qu'à une seule condition : servir la Reine des bières. Emilienne voyait passer les contrats et ne pouvait s'empêcher de dire à son père que c'était un moyen de forcer la main.

— Il faut bien vivre. Heureusement que notre bière se vend bien, répondait Baptiste. C'est parce que la brasserie est prospère que tu as un bon salaire.

— Certes, mais je suis parfois indignée quand je vois comment les choses se passent dans les ateliers. Enfin, c'est selon les chefs d'équipe. De toute façon, je trouve qu'il n'est pas normal d'être obligé de faire un nombre incalculable d'heures de travail pour toucher une paie correcte.

6

20 mai 1936

Charlotte allait chaque jour acheter deux ou trois journaux parisiens chez le marchand de tabac qui jouxtait le café des Trois Marronniers, route de Custines. Une démarche surprenante pour son père, qui avait d'abord cru à l'embauche d'un nouvel apprenti dans l'un ou l'autre commerce avant d'imaginer Charlotte faisant une halte derrière le lavoir du bas, comme certaines filles peu vertueuses.

Hippolyte fit surveiller sa fille par Vincent, le commis.

— Non, monsieur Hippolyte, elle n'a personne dans la tête, elle ne fait qu'entrer et sortir, le temps d'attraper ses journaux et de rentrer ici pour les lire.

Charlotte continuait de s'intéresser à tout ce qui touchait, de près ou de loin, à la vie du monde ouvrier. Elle sut le début de la grève de protestation après le licenciement de deux ouvriers aux usines Bréguet du Havre parce qu'ils avaient chômé le 1er mai. Elle apprit cette autre grève aux usines

Latécoère de Toulouse et toutes celles sévissant dans la métallurgie en région parisienne. Les ouvriers ne voulaient plus être des bêtes de somme.

Le mouvement avait gagné la Lorraine. Comment aurait-il pu en être autrement ? La Lorraine était une région qui rimait avec sidérurgie. On se mit en grève, ici et là. Le printemps aidant, on occupa les usines. Les ouvriers campaient dans la bonne humeur. Les épouses venaient apporter de quoi se nourrir.

Il y eut ce jour où mai embaumait des parfums de lilas. Un jour qui vit Emilienne courir jusque chez Baptiste.

— Papa, la grève vient d'être votée à la brasserie.

— C'était prévisible, avec le noyau dur des syndiqués de Pompey et de Frouard qui a contaminé la forge près du canal… C'est comme une maladie, ces choses-là, ça s'enfle… On réclame… On réclame de plus en plus, surtout quand on n'a rien à perdre.

— Tu dis cela aussi, papa ?

— Oui. Les travailleurs ont besoin d'être respectés. Charlotte, elle cause bien, tu sais, malgré son jeune âge. Elle vient aussi ici, pose son vélo dans la remise et l'on discute. L'outil de travail, c'est autant les machines que les hommes qui s'en servent. Maintenant qu'ils sont devenus riches, nos patrons, ils ne nous regardent plus beaucoup.

— A la brasserie aussi ?

— Antoine Trampitsch n'est plus tout jeune. C'est son fils qui va lui succéder. Lui, il est passé par les écoles. Il ne s'est pas beaucoup sali les mains et les costumes. Les choses ne sont que dans sa tête, c'est tout.

— La Charlotte est étonnante. Elle vient parfois à la brasserie discuter avec les ouvrières.

— Je sais et elle est furieuse de l'action du Parti social français, continua Baptiste. Oui, avant c'étaient les Croix-de-Feu. Certains grenouillent encore à la porte des églises pour se mettre dans les petits papiers des curés. Ils viennent ensuite jusqu'aux grilles de la brasserie et proposent des colis en pagaille à celles et ceux qui ne feront pas grève. L'Ernest Beauchamp a toutes les peines du monde à les chasser et à se faire entendre. L'Ernest, c'est vraiment un chic type.

— Vous n'avez pourtant pas les mêmes idées.

— Bien sûr, il est communiste. Mais c'est un pur. Un vrai camarade qui pense d'abord aux intérêts de l'ensemble avant de songer à lui. A cause de ses engagements, il n'a jamais eu de galon. Pourtant, le travail sur les nouvelles machines à soutirer comme sur les chaînes d'embouteillage, il le connaît. C'est un mécanicien hors pair qui aime son boulot et est capable de passer la nuit sur une machine afin de sauver un brassin ou de ne pas manquer une livraison importante. Tous les gars qu'il a formés peuvent témoigner. Et tu vois, il ne fera jamais fortune. Il n'a jamais pu obtenir d'être logé aux cités Beausoleil à Champigneulles. Il habite toujours chez ses beaux-parents, au Moulin noir. Le meunier lui a laissé les deux pièces d'une remise, sur la route de Lay-Saint-Christophe. Avec six enfants, c'est un peu étroit.

7

1er juin 1936

— Où est-elle encore, la Charlotte ? gronda Hippolyte en plantant sa fourchette dans une des cuisses du poulet découpé, dans le plat posé sur la table.

Adèle ne répondit pas.

— J'ai parlé, il me semble.

— Elle doit être avec l'Emilienne, qui se cherche un logement à Nancy pour s'installer bientôt.

— L'Emilienne, elle est chez le Baptiste, et l'Hélène, j'en viens. La Charlotte n'y était pas.

— Ecoutez, je ne peux pas lui mettre un fil à la patte.

— Je vais te dire où elle est… Parce que je l'ai vue en passant devant la brasserie. Je n'ai même pas fait ralentir la Brunette, tellement j'ai eu honte. Ma fille, une garce, au milieu des ouvrières devant les grilles, en train de peindre des banderoles réclamant les congés payés, les quarante heures par semaine et tout le cirque… Je ne te félicite pas. Tu la laisses trop aller. On ne la mariera jamais.

— Qui vous dit qu'elle veut se marier ?

— Elle se mariera, j'ai dit.

— Et moi, j'ai dit que notre Charlotte, elle fera comme elle voudra. Elle n'aura pas besoin de vos sous pour vivre. Elle aura un métier.

— C'est vrai qu'une femme bien faite de sa personne peut toujours vivre de son... De ce côté-là, le sien est plutôt mignon.

— Vous êtes un goujat, Hippolyte !

Il ne répondit pas. Mais la cuisse de poulet prit soudain des ailes. Adèle eut juste le temps de se glisser sur le côté. Elle évita ainsi de la recevoir en plein visage.

— Puisque c'est comme ça... dit-elle calmement en saisissant le plat sur la table et en le jetant au milieu de la salle à manger, où il se fracassa.

— Adèle, enfin ! Adèle...

En d'autres lieux, avec d'autres personnes, Hippolyte eût bondi. Mais la réaction d'Adèle était tellement inattendue qu'il demeurait coi, incapable d'articuler autre chose que son prénom. Tout était confus dans sa tête. La colère froide de son épouse le paralysait. Elle en profita pour quitter la pièce sans lui jeter un seul regard. Elle attrapa une veste au hasard et sortit, laissant Hippolyte toujours sidéré et stupéfié. C'était la première fois qu'Adèle la sage, la docile — « son si joli petit cul », comme il aimait à l'appeler en secret —, résistait. Adèle avait traversé la remise pour sauter sur son vélo. Le ciel était avec elle, les roues étaient encore bien gonflées. Et elle pédalait maintenant en direction de Champigneulles. Elle passa devant la fabrique de jouets après le pont de la Meurthe, où un petit groupe d'ouvrières parlaient et riaient à la fois. Elle reconnut les sœurs Bertin, voisines d'Hortense, sa tante, leur adressa un petit salut de la main, mais ne s'arrêta pas. Les platanes et les marronniers de la route de Bouxières frissonnaient doucement dans le vent du soir. Devant les cités, les anciens avaient sorti des chaises et parlaient des événements. Des grèves, des défilés. Chacun s'inquiétait, mais espérait des jours meilleurs. Adèle tourna à gauche au chemin des Sables et s'arrêta chez son père.

— Adèle ! Seule !

— Dis à la Charlotte, si tu la rencontres avant moi, de ne pas rentrer aux Eperviers, l'Hippolyte, il n'est pas bien et il serait capable de la tuer sous l'empire de la colère.

— Adèle…

— C'est comme ça, papa. Tu sais, ce mariage avec lui n'était pas vraiment une bonne idée. Je te quitte, il faut que je trouve ma fille.

— Elle n'est pas loin. Tiens, approche, regarde sur le banc du jardin…

Baptiste souleva le rideau de la fenêtre de la salle à manger qui donnait sur le jardin, côté Meurthe.

— Mais qui sont ces jeunes gens ?

— Ne t'en fais pas, elle est encore sage, ta Charlotte. Mais elle est à surveiller, car c'est un beau brin de fille, et pas sotte avec ça.

— Celui qui la mange des yeux, tu le connais ?

— Ma foi, non. Je sais seulement qu'il s'appelle Julien et qu'il est de toutes les réunions. Ça doit être un étudiant qui fait un stage à la brasserie. Je me renseignerai.

— Alors, elle dormira ici ?

— Toi aussi, si tu veux. L'Hélène va s'occuper de vous deux. A propos, j'ai une bonne nouvelle à t'annoncer. L'Hélène est veuve depuis six mois. Elle a reçu une lettre d'Amiens. La femme que son mari est parti marier après la guerre lui a écrit pour lui faire part de sa mort. Un brusque arrêt cardiaque. Alors on va régulariser notre situation à l'église. Le curé ne pourra plus nous fermer sa porte. Surtout celui de Bouxières. Quand l'Hélène y retourne, il ne peut s'empêcher de faire des sermons du genre : « Tremblez, femme adultère, vous croyez vous cacher des hommes, mais Dieu vous voit et vous châtiera ! »

Adèle ne répondit pas. Les larmes lui venaient aux yeux. L'émotion de ce soir. Les souvenirs d'enfance qui remontaient et débordaient. Cette vie qu'elle regardait en ce soir de juin et dont elle n'avait rien fait. Lasse, elle murmura doucement pour elle-même :

— Je voudrais mourir, mourir.

Son père l'entendit-il ? Il posa affectueusement les mains sur ses épaules.

— Je te demande pardon, ma fille, dit-il en caressant ses cheveux.

Elle se retourna, lui fit face et, comme la petite fille qui dormait encore en son cœur, pleura contre la poitrine de ce vieux père aussi touchant que maladroit. Ce fut l'instant que choisit Charlotte pour rentrer.

— Grand-père, grand-père, le Julien demande la permission de… Oh, maman ! Que fais-tu là ?

Baptiste avait mis un doigt sur ses lèvres.

— Sers donc un coup à boire à tout le monde. Un petit remontant nous fera le plus grand bien.

Charlotte ne posa plus de question et prépara verres et tasses. Hélène apportait kouglof et bretzels tandis que la jeunesse s'installait autour de la table. Mais ce soir-là, on ne sut pas ce que Julien s'apprêtait à demander à Baptiste. Charlotte n'en reparla point et Julien demeura silencieux.

8

5 juin 1936

Le cortège se forma devant les grilles de l'entrée principale de la brasserie dès quatre heures du matin. Les différentes organisations syndicales s'étaient rassemblées sous une seule banderole. Le combat était le même et la solidarité jouait à fond.

— Ai-je été un si mauvais patron ? s'inquiétait Antoine Trampitsch en regardant le spectacle depuis son bureau, qu'il n'avait pas quitté de la nuit. Mes ouvriers et ouvrières sont-ils des esclaves ? Je les loge, fête Noël avec eux, leur offre des primes de mariage et de naissance. Il y a un médecin quasiment à demeure au cas où, aidé d'une infirmière toujours présente. Je n'y comprends plus rien.

— Ce n'est pas vous qui êtes en cause, répondit Rodolphe, son secrétaire, qui avait préféré rester à ses côtés en raison de son grand âge. C'est la société dans son ensemble. Il faut de temps à autre laisser déborder la marmite, disait ma grand-mère, sinon ça vous pète à la gueule. Laissez-les aller à Nancy jouer à la révolution. Ce sont des mouvements nécessaires dans l'histoire des hommes.

Le cortège de la brasserie devait en rencontrer d'autres, partis de Frouard, de Pompey. « Tous à Nancy. » Le mot d'ordre était donné. Ils avaient rendez-vous place Stanislas...

Emilienne défilait aux côtés de Charlotte et de Julien. Et si *L'Internationale* fut entonnée à plusieurs reprises, elle refusa de la chanter. Elle n'allait pas renier Dieu. Solidarité oui, mais pas à n'importe quel prix ! Charlotte, elle, avec la fougue de sa jeunesse, mêlait sa voix aux autres. Elle refusait de s'interroger. Dieu seul est juge. Il ne pouvait lui en vouloir, puisque c'était pour un juste partage. Place Stanislas, les choses se gâtèrent. Des excités se mirent à dépaver la place. C'est à ce moment-là que Julien entraîna Charlotte et Emilienne derrière la fontaine de Vénus.

— Ça va mal tourner. Il va y avoir des blessés. On ne peut plus contrôler la colère de certains manifestants. J'ai promis à votre grand-père de veiller sur vous. Vous êtes si jeune !

— Moi ? Mais, Julien, j'ai seize ans !

Il se sentait vieux, lui qui aurait vingt ans à la fin de l'année. Il l'observait : ni pulpeuse, ni maigre. Une jolie peau mate, des traits réguliers, un nez un peu droit et des cheveux magnifiques simplement relevés de chaque côté par deux peignes pour encadrer son joli minois. A son cou pendaient une médaille de la Vierge et une petite croix. Ce qui frappait dans cette beauté sombre, c'étaient ses yeux de ciel. Un bleu immense que des cils longs et soyeux ombraient. La jeune fille n'était pas maquillée. Elle n'en avait pas besoin. L'air chaud rosissait ses pommettes, et ses dents, éclatantes et bien rangées, accentuaient des lèvres naturellement sanguines. Il eut envie d'y poser les siennes. Mais il avait promis à son grand-père de veiller sur elle. Il aurait bien l'occasion de la revoir. Elle avait dit qu'elle irait travailler dans les ateliers. Il se demanda qui avait pu lui fourrer de pareilles idées dans la tête et l'interrogea sur le sujet.

— C'est le fils d'Ernest, le syndicaliste.

— Ah, Robert ! Mais c'est un marxiste pur et dur, pire que son père.

— Je trouve ses idées très valables et je m'indigne que les possédants exploitent la classe ouvrière. C'est injuste.

Il aimait sa détermination et sa révolte.

— Sauf que si vous dites un peu trop haut ce que vous pensez, la brasserie ne vous embauchera pas. A moins que quelqu'un parle pour vous.

— Il suffit que je dise que je suis la petite-fille du Baptiste, le tonnelier-brasseur.

— C'est vrai, j'oubliais.

Elle le questionna sur les siens. Il resta évasif. Dans sa famille, on travaillait dans la brasserie depuis sa création, mais à des titres divers. Son père était actionnaire et veillait sur le capital immobilier de l'entreprise depuis qu'elle avait lancé la limonade et des marques de soda. Quant à son grand-père, il avait été l'un des architectes des premiers bâtiments de cette brasserie, toujours en chantier pour s'adapter à la demande.

— Et moi, je fais du droit, mais sans grande conviction.

Il confia à Charlotte que son père aurait aimé le voir entrer au service juridique.

— Je n'ai pas vraiment envie de travailler avec lui. La peur de m'ennuyer, sans doute. Moi, j'ai envie de partir à l'autre bout du monde. Peut-être pour y développer la culture de la vigne. Tiens, en Algérie par exemple. Ou alors aller jusqu'en Asie, créer ma propre brasserie parce que, ici, ce n'est pas la peine. Et vous ?

— Moi, je voudrais être avocat, pour défendre ceux qui n'auront jamais l'argent de s'élever face aux puissants.

— Je vois, je vois. Je nous imagine plus tard, vous serez mon adversaire. Moi, je défendrai ma société, et vous, vous vous battrez contre elle.

— Qui sait ? dit-elle en riant.

— Mais, Charlotte, avez-vous songé à ce que dira votre père ?

— Je n'ai pas l'intention de m'occuper de ses affaires. Il a deux fils pour cela.

— Avec les idées que nous avons, vous et moi, un avenir commun me paraît difficile. Pourtant, j'aimerais vous revoir.

— Moi aussi, je vous trouve, comment dire, plaisant. Parfois, le soir, je me souviens de ce que nous nous sommes raconté pendant la journée. Je reprends l'histoire et les dialogues et, là, j'ose des réponses très intelligentes qui vous épatent. On peut rêver, n'est-ce pas ?

La simplicité de Charlotte, sa franchise avaient quelque chose d'émouvant. Il lui avait pris la taille et l'embrassait derrière l'oreille. Elle rougissait par instants. Emilienne s'éloigna d'eux très discrètement.

— Ah non, Julien ! Vous et moi avons promis à grand-père d'être sages. Nous sommes encore jeunes.

— Quel mal avons-nous fait ?

— C'est ainsi que cela commence.

Ils rirent tous les deux.

— Et ce soir, vous vous rappellerez cet instant ?

— Bien sûr, et encore demain, et les suivants aussi.

Il se pencha vers elle et frôla ses lèvres frémissantes avec infiniment de respect.

— Et cela aussi ?

— Chut !

Elle posa un index sur les siennes et s'échappa de ses bras pour chercher Emilienne. A cet instant, elle perçut la clameur qui montait de la place Stanislas. Par les petites rues, tous trois gagnèrent le Faubourg-des-Trois-Maisons et Maxéville. Le tramway était en grève. Ils rentrèrent à pied à Champigneulles en bavardant gaiement. Arrivés au pont tournant, ils durent attendre pour traverser le canal. Tirée sur le chemin de halage par une paire de chevaux, une péniche glissait doucement vers Nancy. Charlotte en profita pour entraîner Julien dans la chapelle Notre-Dame-de-la-Pitié.

— Etes-vous déjà entré dans cette minuscule chapelle ? Elle a une longue histoire. Vous la connaissez ?

— Ma foi, non.

— Eh bien, venez ! Je l'aime beaucoup à cause de sa Pietà au-dessus de l'autel. C'est une belle sculpture exécutée par l'école Ligier-Richier. Cette Pietà a été classée par les Monuments historiques. Elle est superbe. En se penchant sur les douleurs du Christ, dit maman, la Vierge se penche sur toutes les douleurs humaines. Non, ne riez pas, Julien. Et puisque je viens de vous parler de ma mère, cette même chapelle l'a souvent accueillie pendant la guerre. On y déposait des soldats en attente de funérailles. Et ma mère venait les veiller et prier après avoir soigné ceux qui se trouvaient à bord des péniches quand celles-ci faisaient halte au port.

Devant l'humble chapelle, Julien s'arrêta.

— Mais ça doit être dégoûtant là-dedans, si j'en juge par les murs extérieurs.

— Il ne faut pas s'arrêter aux affiches mal collées et décollées, ni aux inscriptions. C'est la faute de la municipalité anticléricale qui la laisse à l'abandon. Ce qui compte, c'est l'intérieur, comme pour les êtres humains.

Julien hésitait, regardait autour de lui.

— Ma parole, mais vous êtes peureux !

— Charlotte ! s'indigna-t-il.

Elle entrait déjà. La porte grinçait de façon sinistre.

— Allons, ce n'est pas en enfer que je vous emmène.

Charlotte s'agenouilla, se signa et joignit les mains sans se préoccuper de Julien, qui attendait, un peu gauche, au fond de l'église. Il rêva soudain. Il la menait à l'autel. Alors, il la rejoignit et mit un genou sur la pierre froide en prenant sa main.

— Un jour, ici ou ailleurs, nous nous marierons. Amen.

Elle n'avait pas retiré sa main. Elle le regardait gravement.

— Et moi, mon Dieu, ajouta-t-elle avec conviction, je dirai oui. Amen.

— Mais qu'avez-vous fait tous les deux dans cette chapelle ? demanda Emilienne avec une pointe d'anxiété quand ils en ressortirent.

— C'est encore un secret, mais on va te le faire partager, lança Charlotte. Si tu jures de ne rien répéter.

— Je promets.

— Tu jures, n'est-ce pas ?

Et Charlotte, un peu plus petite qu'Emilienne, fit signe à sa jeune tante de pencher son oreille à hauteur de sa bouche pour lui murmurer :

— On s'est presque mariés.

— Non ?

— Demande au Julien, tu verras.

Il hocha la tête affirmativement et ajouta un petit « hum, hum » qui en disait long sur ses pensées. Charlotte cueillit son regard. Et tous deux éclatèrent de rire.

Emilienne leva les yeux au ciel.

9

13 juin 1936

Baptiste regardait son jardin, côté Meurthe. Julien et sa bande d'amis, dont Robert Beauchamp, Charlotte et Emilienne qui riaient et fêtaient leur « victoire ». Les congés payés obtenus. La semaine de quarante heures. Le droit syndical.

— Que dit notre futur grand avocat de la classe ouvrière ?

— Qu'un grand pas a été franchi, mais qu'il reste beaucoup à faire encore. Une chose est d'écrire les textes, une autre est de les appliquer.

— Vive Charlotte ! s'écrièrent les uns et les autres.

— Dimanche, tous à la guinguette à Bellefontaine ! Le personnel de la brasserie s'y réunira pour une grande fête champêtre et élira sa reine.

— Ce sera Charlotte, lança Robert.

— Oui, oui, Charlotte et pas une autre, reprit toute la petite bande.

Et Charlotte fut reine. Une reine très champêtre. On avait retrouvé les vêtements de la précédente, soigneusement conservés dans la naphtaline. On piqua sa robe de fleurs naturelles, des roses, mais également d'une tresse de houblon à la hauteur de l'ourlet, qui rasait l'herbe et le podium quand elle valsait dans les bras de Julien. Le petit René avait fait un signe à Julien, levé le pouce en même temps que son accordéon. Les autres musiciens avaient répété le geste pour attaquer *La guinguette a fermé ses volets*, que tous reprirent en chœur en modifiant les paroles :

La guinguette a rouvert ses volets,
La jeunesse peut chanter
Sous un ciel merveilleux.
La joie est dans l'air
Et fait briller les yeux
Pour la Reine des bières
Qui a mille amoureux !
La guinguette a rouvert ses volets,
On rit et on chante le retour du bonheur
Sur le pré de l'étang à plein cœur,
Oui, car la guinguette a rouvert ses volets.

Baptiste les observait en tirant sur sa pipe.

— Tu vois, mon Hélène, comme ils sont beaux dans l'amour, ces deux-là ! Et pourtant, rien ne sera possible entre eux. Tu ne le sais pas, ma douce, mais il y a quelques années, juste avant la guerre, l'Adèle a aimé le Charles, le père de Julien. Ce Julien est un d'Auzécourt. Les jeunes ignorent tout de la romance inachevée de leurs parents. Sauf si le père de Julien est au courant des bruits de cœur de son fils. Ce qui m'étonnerait, pour l'instant du moins.

— Tu ne veux pas dire que la Charlotte est la fille du Charles ?

— Ah ça, non ! Notre Adèle était trop sage pour cela.

— Alors, pourquoi ne pourraient-ils pas s'aimer ? L'Hippolyte a du bien.

— Certes, mais quand ils auront l'âge de s'épouser, la Charlotte sera fille de parents divorcés. Et ça, les d'Auzécourt ne voudront jamais. L'Adèle ne veut plus rester aux Eperviers. Je ne peux pas lui donner tort. J'ai commis une erreur en la poussant à ce mariage.

Le calme semblait revenu en Lorraine et dans toute la France. Les écoles rouvertes dans les premiers jours de juillet allaient fermer pendant l'été. Les examens s'étaient en partie déroulés dans les lycées et facultés. Il y aurait une session complémentaire en automne. En attendant, la France s'apprêtait à vivre ses premiers congés payés. Un parfum de bonheur flottait dans l'air. En ce début juillet, on ne voulait pas s'inquiéter outre mesure de ce qui se passait à l'étranger. Des bruits de bottes se faisaient entendre depuis l'Espagne, qui cherchait des appuis auprès des fascistes allemands et italiens.

L'été 36 français s'annonçait heureux et on voulait le vivre pleinement, ne sachant pas de quoi seraient faits les lendemains. C'est ainsi que le mardi 14 juillet vit un peu partout en France des défilés du Front populaire célébrant les récents acquis de la classe ouvrière.

A Bellefontaine, la guinguette était en fête. Le temps était radieux. Julien s'y rendit, rencontra Emilienne et Baptiste, mais s'inquiéta de l'absence de Charlotte.

— Elle est en Alsace avec sa mère, dit Baptiste, une vieille affaire de famille... La brave Charlotte ne voulait pas laisser sa maman faire seule le voyage.

— Est-ce grave ? s'inquiéta Julien. Savez-vous quand elle sera de retour ?

— D'ici quelques jours, je l'espère, car elle doit prendre son poste à la brasserie lundi 20 juillet. J'ai eu toutes les peines du monde à convaincre le Tonio, qui m'a remplacé à la tonnellerie, de l'accepter à la rinceuse de fûts. Notre Charlotte est un peu trop « remuante ». J'ai dû plaider pour elle et me porter garant.

Julien sourit. Il tenta encore de questionner Baptiste. En vain. Celui-ci détourna habilement la conversation.

— Faites donc danser l'Emilienne, les conversations graves seront pour un autre jour.

Julien profita de l'aubaine. Emilienne serait peut-être plus loquace.

— Je ne peux vous dire qu'une chose. L'absence de celle qui a votre préférence risque de durer plus longtemps que prévu.

— Pourquoi ? Est-ce à cause de moi ? L'ai-je déçue ? Je ne pense qu'à elle.

— Ce n'est pas cela.

— C'est quoi, alors ? Je vous en supplie, Emilienne, vous avez ma parole, je ne dirai rien, mais j'ai besoin de savoir.

— C'est à cause de sa mère, ma sœur... Ma sœur voudrait quitter son mari et cherche des appuis auprès de sa famille maternelle en Alsace. S'il vous plaît, n'en parlez pas autour de vous. C'est assez douloureux pour mon père, qui avait arrangé ce mariage et en était très fier. Là-bas, ma sœur pourra dire qu'elle est veuve. On ne saura rien. Si elle s'installe à Brumath avec Charlotte, c'est pour éviter les représailles d'Hippolyte, fou de colère depuis son départ.

— Charlotte ne vous a rien laissé pour moi quand elle est partie ?

— Si, une lettre.

> *Cher Julien,*
>
> *Je suis obligée d'accompagner maman en Alsace, où elle va sans doute vivre. Ne me cherchez pas à Bouxières-aux-Dames, ni chez grand-père. Jusqu'à mon retour, que j'espère proche, j'écrirai régulièrement à Emilienne, qui vous donnera de mes nouvelles. J'espère que les affaires de maman s'arrangeront au plus vite. Vous savez combien vous allez me manquer.*
>
> *Charlotte, votre reine.*

Julien lut et relut la lettre, l'embrassa, puis il la plia et la fit glisser dans le revers de sa veste. Charlotte au loin, comme le temps allait lui sembler long !

Le lendemain, Julien arriva à bord de l'automobile de son père au chemin des Sables comme Baptiste sortait juste de chez lui.

— Ah, monsieur Thouvenelle ! Vous avez lu le journal ce matin ?

— Oui, Julien. Tu veux parler de l'Ernest Beauchamp ? C'est lamentable. Ce sont des gosses qui l'ont découvert sous le petit pont qui enjambe le ruisseau, après la fabrique de jouets. D'abord les deux gamines du garde-barrière ont cru que l'Ernest dormait. Elles l'avaient vu en partant chez leur grand-mère. Au retour, vers les cinq heures, l'Ernest y était toujours. Et elles l'ont dit à leur mère. Tout de suite, la Suzette a trouvé la chose anormale. Car l'Ernest ne boit jamais. Ce n'est pas son genre de se coucher dans un fossé. Elle est allée voir. Et en le retournant, elle a vu. Il avait encore le couteau planté dans le dos. Elle a couru prévenir les gendarmes. Tu sais le reste.

— Qui, mais qui a osé commettre un tel meurtre ? Cet homme était la droiture et la bonté mêmes ! s'indigna Julien. Il faut que nous fassions quelque chose pour sa veuve et ses enfants. Je songe à Robert, mon ami. Oui, nous devons agir, n'est-ce pas, monsieur Thouvenelle ?

— C'est bien mon avis. Comme il est très connu dans le quartier, nous avons organisé une quête pour aider son épouse.

On ne sut jamais qui avait assassiné Ernest ni pourquoi. Il n'avait même pas été délesté de ses papiers ou de son argent. Les gendarmes pensèrent à une vengeance. Ernest était syndiqué. Ceci pouvant expliquer cela. L'affaire fut rapidement classée, sans suite.

— Les pauvres gens ont toujours tort, surtout ceux qui veulent changer le monde, soupira Baptiste, indigné.

10

1er mars 1937

Emilienne, qui se rendait rue de Nancy pour y faire quelques courses, eut le cœur serré en arrivant à la hauteur de la chapelle Notre-Dame-de-la-Pitié. Il y avait là un camion et plusieurs hommes qui sortaient la Pietà sur un chariot. Ainsi, la municipalité avait obtenu gain de cause : la chapelle allait être démolie. Emilienne s'arrêta. Elle aperçut Pépino, le mari d'Augustine.

— On ne devrait pas laisser faire ces choses-là. Dire que pendant la guerre cette chapelle a servi de reposoir aux pauvres soldats avant qu'on les porte en terre.

Il se signa.

— Et où va cette Pietà ? s'inquiéta Rose, la serveuse du café-restaurant de la Gare.

— Au Musée lorrain, en attendant qu'on reconstruise la chapelle ailleurs. Mais ça m'étonnerait, le maire s'y refuse, dit une femme.

— Il faut pétitionner ! lança Antoine, le chef de gare, venu rejoindre la foule.

— Ben, c'est un peu compliqué, le maire dit que ceux qui signeraient une pétition pour qu'on reconstruise la chapelle seraient les premiers à avoir la tête coupée à la prochaine révolution. Ne riez pas, Antoine, c'est du vrai, ce que je dis. Je le tiens du curé, reprit Pépino.

— C'est un sacrilège, murmura Emilienne.

Elle songea à Adèle, qui s'était occupée des blessés et des mourants pendant la guerre et était venue prier dans cette chapelle. Et puis elle se souvint de Charlotte et de Julien, et eut le cœur serré pour eux.

De Julien, elle n'avait plus de nouvelles. Parti en Angleterre pour terminer ses études et perfectionner son anglais, il avait brusquement cessé d'écrire. Ce qui ne lui ressemblait pas. Peut-être écrivait-il directement à Charlotte ? Oui, c'était sans doute cela. Emilienne tentait de se rassurer. Elle aimait tellement Charlotte qu'elle redoutait pour elle le chagrin. Quant à Charlotte, elle ne parlait plus de Julien.

20 septembre 1938

Charlotte avait écrit qu'elle reviendrait bientôt à Champigneulles. Elle ne donnait d'ailleurs pas le motif de sa venue, ni la durée de son séjour. Elle assurait que tout allait bien pour sa mère et elle-même. Toutes deux travaillaient à Strasbourg dans une filature appartenant à un cousin d'Adèle. Celle-ci surveillait la bonne marche d'un atelier et Charlotte était employée aux écritures. Le plus difficile, écrivait Charlotte dans ses lettres, avait été, pour elle, de parler correctement le dialecte alsacien. Elle le comprenait, car depuis sa plus tendre enfance elle entendait souvent cousins et cousines le parler. Mais se risquer dans une conversation était un exercice difficile. De toute façon, ce séjour forcé en Alsace lui permettait de se perfectionner dans la langue de Goethe. Le journal paraissait en allemand et les prédications à l'église étaient également en allemand. Baptiste secouait la tête en lisant les missives de Charlotte, qui mentionnait par ailleurs quelques inquiétudes à propos du régime nazi en Allemagne.

> *Il se passe des faits horribles, grand-père. Des faits dont tu avais déjà parlé à maman, il y a quelques années, en revenant de Brumath, quand tu avais rencontré la Berthe, une cousine de maman mariée en Bavière. En Allemagne, les pasteurs qui s'opposent à Hitler subissent le même sort que les commerçants juifs. C'est affreux. La Berthe ne veut plus rester en Allemagne. Son mari partage son point de vue et a honte de son pays. Tous deux s'apprêtent à partir en Amérique. Pour l'instant, ils se sont installés près de la cathédrale de Strasbourg, le temps de faire tous les papiers nécessaires.*

Baptiste prit sa plus belle plume pour répondre à Charlotte et Adèle.

> *Je vous demande de rentrer définitivement à la maison.*

Adèle répondit qu'elle craignait toujours Hippolyte. Ce à quoi Baptiste répondit :

Ma chère Adèle,

Je peux te rassurer. Ton Hippolyte t'a trouvé une remplaçante, il ne te fera plus aucun mal. Après avoir partagé ses biens, il s'est installé à Custines chez une cousine du Pierre. La Margritte est très en colère, tout comme les fils d'Hippolyte. Le Louis tente de reprendre la ferme. Il est venu faire amende honorable, ici même, demandant à l'Emilienne de l'aider dans la gestion de la ferme. Naturellement, elle a refusé. Mais le plus incroyable, c'est qu'il a proposé de l'épouser. Quand on sait le mal qu'il a pu faire en répandant toutes sortes de ragots…

11

Samedi 1er octobre 1938

Quand Adèle et Charlotte arrivèrent en gare de Nancy sur le quai n° 1, elles cherchèrent des yeux Baptiste et Emilienne. Toutes deux, pour des raisons différentes, avaient le cœur serré en retrouvant la Lorraine. Adèle avait été heureuse pendant ces deux années au pays de Lise, sa mère. Elle avait senti couler dans ses veines ce souffle qui ne trompe pas. Là-bas, elle se sentait chez elle. Mais la Lorraine parlait aussi à son cœur.

Charlotte regardait partout autour d'elle, cherchant un visage connu, un seul. Elle l'espérait. Depuis plus d'un an, elle était sans nouvelles de lui. Que lui était-il arrivé ? Etait-il toujours en Angleterre ?

— Bon voyage ? s'inquiéta Baptiste. Pardonnez-moi, madame et mademoiselle, je n'ai pas eu le temps de dérouler le tapis rouge pour vous. J'aurais cependant envie de vous acclamer pour célébrer votre retour. Allons donc faire une petite halte à la Brasserie viennoise avant de rentrer au chemin des Sables, nous verrons si la Reine des bières est toujours à la hauteur de celles qui portèrent sa couronne.

La mère et la fille se regardèrent et finirent par éclater de rire.

Adèle et Charlotte retrouvèrent avec plaisir un décor qui n'avait pas beaucoup changé. Cendriers, bocks, sous-bocks décorés de la couronne de la Reine des bières. Mon Dieu, qu'il faisait bon revenir au pays !

— Quand je pense qu'à Paris une certaine presse encense Daladier et Chamberlain depuis leur retour de Munich ! lança Baptiste, soucieux.

— Peut-être éviterons-nous la guerre, papa ?

— Nous n'éviterons rien du tout. Hitler ira partout, et nous, nous plions le genou, comme des pleutres. Notre pays n'a pas de quoi être fier. Ça ne nous portera pas chance. Aujourd'hui, on laisse les Sudètes à Hitler, et demain c'est Hitler qui viendra chez nous. Il en rêve. C'est sa revanche. Il a derrière lui un peuple qui ne s'est pas remis de l'humiliation de la dernière guerre.

Comme toujours, Baptiste s'enflammait. Comme toujours, Adèle tentait d'apaiser sa juste colère et Charlotte prenait le parti de son grand-père.

— Je crois, maman, que grand-père a raison. La guerre est proche. Moi, je suis déçue par les positions prises par Léon Blum, qui approuve les accords de Munich.

— Ce n'est pas en courbant le dos qu'une nation grandit, lança Baptiste. Mes enfants, nous venons d'entrer en décadence. Ne me regarde pas comme ça, Adèle. Je ne suis pas soûl et j'ai encore toute ma tête. Ce n'est pas ramolli là-dedans, dit-il en frappant son index droit sur sa tempe.

— Je le sais bien, papa. Mais ce que tu dis me terrifie. Nous avons déjà vécu une guerre, devrons-nous en supporter une autre ?

— Il faudrait un miracle pour qu'elle n'ait pas lieu. Elle viendra de partout, celle qui nous guette. Actuellement, la France est cernée par les fascistes, en Espagne et en Italie. Dans le nord de l'Europe, des nations s'aplatissent devant un fou qui s'en prend aux juifs, aux étrangers, aux handicapés, etc. Si j'avais vingt ans de moins, nom d'un chien, je me serais engagé pour l'Espagne, comme le Julien !

— Comme Julien ? articula Charlotte avec douleur.

— Oh, mais dis donc ! Toi, tu ne parles plus comme chez nous. Tu fais ta mijaurée. Julien et pas *le* Julien. Ben moi, je ne change pas... Oui, il est parti là-bas. Il y a eu un an en juin. Il ne pouvait pas attendre. J'ai une lettre pour toi. Je l'ai gardée, craignant qu'elle ne se perde. De toute façon, le Julien n'a pas donné d'adresse où lui écrire.

Ma reine,

J'espère toujours te revoir. Je te sais sur les terres de ta grand-mère. Comme j'ai envie de t'y rejoindre parfois et de te serrer dans mes bras ! Je viens d'envoyer promener mon père. Adieu, études, droit international, etc.

J'ai quitté Cambridge dès juin 1937 pour me rendre directement en Espagne. Ce qui compte aujourd'hui, c'est le combat pour la justice. Tu vois, je me suis converti à tes idées et engagé aux côtés des plus petits. Le massacre de Guernica par l'Allemagne m'a révolté, scandalisé. Comment peut-on laisser faire Franco et ses complices, Mussolini et Hitler ? Je me suis enrôlé dans les Brigades internationales, un combat certes perdu. Franco progresse et écrase chaque jour davantage les républicains. Mais j'ai le sentiment que nous nous retrouverons. Et, si Dieu le veut, pas dans notre chapelle, qui a été démolie, hélas, mais dans une église, une grande, une vraie, et nous nous dirons oui pour toujours, si je te suis toujours un garçon plaisant. Tu te souviens ?

Je t'embrasse.

Julien.

La lettre était datée de mai 1938. Charlotte sentit une bouffée de tendresse l'envahir. Julien, son cher Julien. Il ne l'avait donc pas oubliée. Et c'était pour la bonne cause qu'il s'en était allé. Mais était-il encore en vie ? Elle songea à Robert, avec qui il était resté en relation, et à d'autres. S'il était… Non, ça n'était pas possible, elle l'aurait senti, ses veines se seraient glacées.

Baptiste continuait de parler avec Adèle, évitant ainsi de poser des questions à sa petite-fille. Il voulait demeurer discret. Les choses du cœur, les sentiments ont besoin d'un temps de secret pour être et s'enraciner. Les larmes dans les yeux, Charlotte lisait et relisait la missive de Julien.

— Mon Dieu, protégez-le, murmura-t-elle, et ramenez-le ici.

Et, plus haut, elle s'adressa à son grand-père, qui avait osé lui dire « tu fais ta mijaurée ».

— Je vais te préciser, grand-père. A l'école, on m'a fait la chasse avec les articles devant les prénoms. Il faut faire attention. Dans le travail, ça peut être fort ennuyeux.

— Mijaurée quand même ! lança Baptiste en l'attirant à lui pour lui donner une grosse bise sur le front.

12

Avril 1939

Adèle et Charlotte travaillaient à la brasserie. Adèle avait été affectée à la laveuse et Charlotte à la soutireuse à six becs, en attendant qu'un poste se libère dans les bureaux. Travailler dans les ateliers ne lui déplaisait pas. Elle se souvenait de ses grandes déclarations et du désir de connaître la condition ouvrière. Elle y était. Elle se disait qu'elle tenterait de reprendre ses études de droit dès qu'elle aurait un peu économisé. Elle ne renonçait pas à son rêve et à son besoin d'engagement. Elle appréciait de retrouver une vie de famille auprès de son grand-père et d'Hélène. Adèle restait silencieuse, toujours ailleurs. Baptiste tentait de la dérider parfois.

— Il va falloir qu'on te trouve un fiancé. Un vrai, un bien, cette fois.

— Ne plaisante pas sur ce sujet, papa. Je suis en paix à présent.

— Mais un peu seule.

— C'est mon affaire.

Adèle était encore fort belle. A quarante-quatre ans, elle avait conservé une allure de jeune fille.

— Tu n'as pas engraissé, toi, en Alsace, lança Baptiste. Ils ne doivent plus savoir faire la choucroute, ma fille.

— Comme ça, je peux me remuer aisément et tenir entre les deux chaînes. Sais-tu que la Rosine n'a pas pu rester où je suis ? Avec ses quatre-vingt-dix kilos et son gros derrière, elle ne pouvait pas se retourner. Le chef l'a mise au quai d'embarquement. L'été, ça ira, mais l'hiver elle va geler sur pied. Même les gars le disent. Parfois, pour se réchauffer, ils allument des feux dans de vieux bidons, sinon ils ne tiennent pas.

— Et toi, ma fille, tu tiendras ?

— Est-ce que j'ai le choix ?

La brasserie s'équipait d'un matériel de plus en plus sophistiqué. Les chaînes passaient et repassaient toujours plus rapidement. Il fallait poser les bouteilles sur les tapis, les retirer. Défaire les bouchons de porcelaine des bouteilles, en remettre de nouveaux. La demande de bière en bouteille était croissante parmi la clientèle. Pour les ouvrières, le conditionnement de la bière en bouteille provoquait souvent des accidents. Combien d'ouvrières blessées par des coupures quand des bouteilles cassaient ou explosaient ? Le port du tablier de cuir était obligatoire, comme celui des sabots. Mais, en plein été, les vêtements de protection restaient souvent au vestiaire. Et, quand surveillants et chefs d'équipe inspectaient les ateliers, les remarques fusaient, et parfois les sanctions tombaient.

On voyait de plus en plus Armand Trampitsch dans la brasserie et de moins en moins Antoine, le fondateur. Lui qui avait posé la première pierre de cette brasserie à nulle autre pareille en 1897 ressentait la fatigue de l'âge après une vie de labeur. Cependant, il était heureux et songeait le soir venu au petit garçon venu de Slovénie qui avait roulé sa bosse un peu partout en Europe avant de se fixer en France. Il avait, comme on dit, réussi. Il songeait à sa mère, à sa sœur qui n'avaient jamais douté de lui. Sa brasserie produisait près de quatre cent mille hectolitres par an. Un chiffre record ! La plus grosse production de l'Est. Des chiffres jamais atteints jusqu'à ce jour. Ce dont ses associés se réjouissaient. Tous d'ailleurs savaient qu'il fallait rester à la pointe du progrès. La réussite était à ce prix. Une deuxième salle de brassage avait vu le jour, tout comme une deuxième malterie. Et, quand on jugeait un matériel obsolète, on n'hésitait jamais à en changer. « Aller de l'avant, toujours, pour demeurer », aurait pu être la devise d'Antoine Trampitsch, que la famille Hinzelin reprenait à son compte. N'avaient-ils pas anticipé la victoire pendant les combats de 1914-1918 ? La direction s'était réfugiée en Suisse mais avait poursuivi ses activités. Elle en avait même profité pour commander du nouveau matériel, opérationnel une fois la paix revenue. La brasserie de Champigneulles n'eut pas à se remettre en marche au lendemain de la Grande Guerre : elle ne s'était jamais arrêtée.

Mille personnes travaillaient dans ce lieu où se croisaient quantité de métiers. C'était comme une grande ville. On savait tout faire et on était capable de s'adapter en toute circonstance. Mais la grande fierté d'Antoine Trampitsch, c'étaient les caves de garde. Charlotte tenait à les visiter. Elle vint trouver Tonio, l'ami et successeur de Baptiste.

— Tu es bien comme ton grand-père, tu veux tout voir. Un peu avant ton retour, il est venu constater l'avancée des travaux. Tu vas être surprise par les changements. Nos patrons sont prévoyants et imaginent l'avenir de leur brasserie. Ils parlent même de racheter les brasseries de Tantonville et de Maxéville qui battent de l'aile.

— Je sais, grand-père m'en a parlé. Il dit d'ailleurs que les rachats continueront et qu'un jour Champigneulles sera la seule brasserie de Lorraine. On parlera de Champigneulles partout.

Tonio aimait discuter avec Charlotte, il faisait durer le plaisir en cherchant les clés de la cave Jean-Primus.

— Alors, cette cave Jean-Primus, vous me la montrez ? dit-elle avec un peu d'impatience.

La cave Jean-Primus était impressionnante. Charlotte s'y sentit minuscule à côté des foudres géants. En sortant de la cave face à la malterie, elle contempla le quai d'embarquement. Les camions étaient toujours plus nombreux en attente de chargement de fûts pour les cafés de la région. Ceux qui partaient vers Nancy passaient maintenant par-dessus le canal. Le pont tournant n'était plus qu'un souvenir. Et les péniches n'arrêtaient plus la circulation. On avait aussi de ce fait perdu la maison du pontonnier et surtout la chapelle... Charlotte ferma les yeux. La chapelle, sa chapelle, leur chapelle. Julien avait su...

Les pains de glace étaient toujours livrés dans des voitures tirées par des chevaux. Pour combien de temps encore ? La direction réaffirmait son désir de voir les camions remplacer les bêtes. Ce qui chagrinait le personnel de l'écurie, attaché aux animaux. Parmi ceux-ci, Galopin était le plus célèbre. Conduit par Riri, il connaissait son parcours par cœur et allait de la brasserie à Lay-Saint-Christophe en passant par Bouxières-aux-Dames et Custines. Riri, très consciencieusement, s'arrêtait dans chaque café pour continuer de vanter la Reine des bières, la meilleure, forcément. Il trinquait d'ailleurs généreusement avec les clients avant de rentrer à la brasserie, en chantant *Dans le houblon odorant*. Parfois, il s'attardait plus que de coutume, et Galopin devait frapper du sabot sur les pavés pour rappeler son patron à l'ordre. Il lui arrivait d'être obligé de hennir pour se faire entendre. La tournée avait été longue et l'avoine lui manquait. Au deuxième hennissement, Riri répondait :

— Galopin, double balle d'avoine si tu la fermes. Patron, encore une blonde avec un grand col, grognait-il en martelant le zinc du comptoir avec sa chope.

— Non, Riri, tu ne pourras plus rentrer.

— Moi ? Mais Galopin connaît le chemin.

Il arrivait qu'au Café du Pont de la Meurthe, l'une des dernières haltes, Riri, déjà parti au pays de l'orge et du houblon, n'entendît plus Galopin le rappeler à l'ordre. C'était l'un ou l'autre client qui se chargeait de le hisser et de le caler sur le siège de la voiture et Galopin rentrait alors à bon port, c'est-à-dire à la brasserie. Lorsque Riri en descendait, il savait faire diversion pour masquer son état.

— Quelle chaleur, j'ai dû prendre le soleil. Heureusement que Galopin m'a ramené !

— Tu as pris la chaleur et la boisson avec, raillaient quelques-uns.

On ne changerait plus Riri. Il faisait partie du folklore de la brasserie.

— Et Emilienne ? interrogea Charlotte. Que fait-elle exactement depuis qu'elle n'est plus à la brasserie ?

— Elle coud pour elle, répondit Baptiste, mais, comme les temps sont durs, elle s'est aussi embauchée chez Bratz, une fabrique de vêtements qui tourne au ralenti vu les événements… Elle finit à seize heures. Pour dix-sept heures, elle est dans son petit atelier.

— Ah, elle s'est mise à son compte !

— Oui, avec la Ginette Mougeotte, c'est la nièce de la Camille Gessler, nos anciens voisins, que ta mère a bien connus. Les Gessler ont eu trois filles. La Ginette est la fille de l'aînée. Ta mère a bien connu la famille. Le fait est que la Ginette et l'Emilienne louent un deux-pièces où elles s'entassent au milieu des chiffons. Mais se faire une vraie clientèle à Nancy est assez difficile en ce moment. Pour l'instant, nos couturières vivent de petits travaux, des retouches, en attendant mieux. Heureusement que l'Emilienne a ses quinzaines qui tombent. Mais elle est heureuse, ta petite tante. Elle est débordée, fatiguée, mais contente. Elle n'a pas le temps de venir ici. Alors c'est moi qui vais chez elle, rue des Quatre-Eglises, non loin du marché.

Etait-ce la conjoncture internationale ? Cette fête du 14 Juillet 1939 semblait assombrie, comme déjà parée de voiles de tristesse. Adèle accompagna pourtant Charlotte et Emilienne au bord de l'étang de Bellefontaine. Elles croisèrent Prudence et Augustine, accompagnées de leurs enfants, ravies de rencontrer leurs sœurs. Charlotte restait silencieuse, un peu triste. Elle était toujours sans nouvelles de Julien. Baptiste avait rappelé à ses femmes — avec un petit sourire de fierté — que ce 14 Juillet était aussi le cent cinquantième anniversaire de la Révolution française.

— J'espère que ce ne sera pas le dernier avant la guerre !

La guerre, la guerre. Le mot était sur toutes les lèvres. Hitler s'en prenait à présent à la Pologne. Des accords avaient été signés. Des mises en garde avaient été lancées par la Grande-Bretagne et la France. Il ne fallait pas toucher à la Pologne.

— C'est trop tard, avait soupiré Baptiste. Nous aurions dû réagir bien plus tôt.

L'été était chaud, et la proximité de l'étang de Bellefontaine apportait de la fraîcheur. Charlotte avait pris place un peu à l'écart d'Adèle et d'Emilienne. Elle était assise sous un tilleul quand elle vit surgir Robert.

— Tu me reconnais ?

— Evidemment.

— Ne pose pas de question et suis-moi jusqu'à la Croix des pestiférés. Non, ne crains rien.

Charlotte regarda autour d'elle, pas vraiment rassurée.

— Sauf si tu sais y aller toute seule. Moi, je connais un raccourci, c'est tout.

Elle suivit Robert.

— La personne qui t'attend ne désire pas être vue ici, à cause de sa famille.

Charlotte connaissait les lieux, elle aperçut une silhouette et se mit à trembler. Elle avait pâli.

— Tu ne vas pas t'évanouir ?

Elle fit signe que non.

— Alors, je me sauve.

L'instant d'après, elle était dans les bras de Julien.

Combien de temps dura leur étreinte ? Aucun des deux n'aurait pu le dire. Leur silence n'était habité que de leurs battements de cœur et de leurs souffles mêlés.

— J'ai cru ne jamais te revoir, tu es encore plus belle, murmura Julien.

Il avait vieilli, ses traits étaient creusés et son regard disait l'horreur de ce qu'il avait vu et combattu en Espagne.

— Les hommes sont pires que des bêtes, parfois. Personne ne sait mon retour... Je ne tiens pas à en informer les miens. Pour eux, j'ai disparu et c'est mieux. Je pourrai continuer d'agir. Ne me pose pas de question, Charlotte. Robert et toi savez, c'est tout. Je veux être libre. Pour l'instant, l'heure est grave, la guerre est imminente. Dieu seul sait ce qu'elle sera. Dis-moi que tu m'aimes comme dans la petite chapelle. Dis-le-moi.

— Tu en doutes ?

— Non, c'est ce qui m'a permis de tenir en Espagne, murmura-t-il en l'embrassant avant de disparaître. Je reviendrai, Charlotte. Pour toi, pour nous.

Charlotte avait décidé de faire confiance à Julien. Elle pensait que Robert serait peut-être plus loquace. Mais elle n'en tira rien.

— Tiens-toi à ce qu'il t'a dit. Julien est un homme de parole.

13

1er septembre 1939

Baptiste avait l'oreille collée sur la TSF et faillit lâcher son café en écoutant le bulletin d'informations du matin.

— Mes enfants, c'est la guerre ! L'Allemagne a envahi la Pologne cette nuit. La mobilisation générale va avoir lieu.

Il fit un signe de croix en murmurant :

— Que le Bon Dieu nous protège !

La guerre fut déclarée officiellement par la France le 3 septembre. Les mois qui suivirent furent ceux d'une grande confusion. Drôle de guerre pour les uns, guerre assise pour l'Allemagne, en action au nord de l'Europe. Les quinze premiers jours de guerre furent douloureux. Chacun était tendu. Qu'allait-il arriver ? Le soir venu, il fallait camoufler portes et fenêtres. Aucun rayon de lumière ne devait filtrer et renseigner l'ennemi. De temps à autre, des avions ennemis envahissaient le ciel et les sirènes des batteries antiaériennes du fort de Frouard se mettaient à hurler, ce qui avait pour effet de glacer tout le monde. Cette fois, ça allait tomber, mais sur qui ? On tendait le dos, mais rien de notable ne se passait. Parfois, les enfants jouaient à se faire peur avec les masques à gaz qui avaient été distribués en cas d'attaque chimique. On s'attendait à tout, avec le secret espoir que rien n'adviendrait puisque les Allemands ne pouvaient arriver que par l'est. Et, de ce côté-là, ils se casseraient les dents sur la ligne Maginot. Les journaux l'écrivaient en tous sens. Qui savait réellement que la bataille faisait rage en Norvège tandis que la Pologne écrasée souffrait mille maux ?

La vie finit par reprendre son cours. On ne ressentit pas immédiatement les effets du rationnement. Les femmes allèrent travailler en plus grand nombre. A Champigneulles, la brasserie leur ouvrit généreusement ses portes puisque les jeunes hommes étaient mobilisés. Les plus âgés cultivaient leur jardin. On commençait à faire quelques provisions et conserves pour les jours difficiles. L'hiver passa. Le printemps pointa et le beau mois de mai se déchira. Le front ardennais laissa passer l'offensive allemande. La Hollande, la Belgique et la France furent envahies.

La brasserie continuait de faire sa bière. Mais elle fut endeuillée. Son fondateur, Antoine Trampitsch, avait fermé les yeux après avoir transmis ses espoirs à Armand, son fils. Baptiste et les anciens en furent très affectés.

— La seule chose de bien pour Antoine, c'est qu'il ne verra pas les Boches.

— Tu crois qu'ils viendront jusqu'ici ? s'inquiéta Charlotte.

— Oui. J'aurais voulu ne jamais les revoir. Je vais te dire, ma petite-fille : mon enfance a été bercée du souvenir de la défaite de 1870. Mon père racontait cela très bien. La famille de Lise, ta grand-mère, eut à souffrir de cette guerre qui fit de l'Alsace et d'une partie de la Lorraine des terres étrangères pour le reste des Français. En 1914, ce fut tout aussi horrible. Un des nôtres est enseveli à Verdun. Pouvais-je imaginer que, au moment de me coucher dans la terre, je tremblerais une fois encore pour mes enfants et petits-enfants ? Antoine Trampitsch est un veinard. De cette guerre il ne verra rien, du moins pas comme nous. Pour l'instant, je me réjouis que la Margritte et le Pierre soient partis vivre dans le Sud et que l'Albert ait choisi le Canada. Au moins, eux, ils sont provisoirement à l'abri.

Le 10 mai 1940, les habitants de Nancy furent tirés de leur sommeil. Pendant trois heures, la ville fut bombardée par la Luftwaffe. Seize morts. Des dizaines de blessés et déjà des ruines. Toute la Lorraine prit peur. Ainsi, ils arrivaient... Barbares pour les uns, violeurs de femmes, coupeurs de seins pour d'autres. Que d'atrocités n'étaient pas racontées sur les Allemands ! Les communistes n'avaient plus qu'à partir. De vieilles querelles resurgissaient.

— Comme si c'était le moment, soupira Baptiste en discutant avec Tonio.

— Tous ceux qui ont fricoté avec le Front popu devront se faire oublier, lança Tonio, et ta belle Charlotte comme les autres.

— Heureusement qu'on n'a pas fait la même chose avec les étrangers, sinon tu ne serais plus là, plaisanta Hélène.

— Remarque, on ne sait pas ce qui nous attend, répondit Baptiste.

La peur était tellement présente au cœur de chacun que, pendant le mois de mai, les églises se remplirent. Les processions se multipliaient un peu partout pour implorer Dieu. Serait-il clément ? Ferait-il cesser les hostilités ? L'essence fut rationnée. Cela n'avait plus beaucoup d'importance pour la brasserie, car un grand nombre de camions avaient déjà été réquisitionnés. Et beaucoup de livraisons se faisaient donc à cheval. Puis l'armée française revint prendre certains chevaux cette fois. C'est alors que commença une organisation extraordinaire. Baptiste suggéra à quelques anciens de prévoir le pire et d'avoir des chevaux cachés, prêts à agir au cas où... De conserve avec le chef comptable, il fit, avec Tonio, le tour des fermes avoisinantes pour demander les plus vieux chevaux, ceux qui restaient au pré en attendant d'aller un jour à l'abattoir.

— Il faut nous les prêter pour les montrer aux officiers français ou allemands qui risquent de venir chercher nos chevaux valides. On leur dira que les meilleurs ont déjà été pris et qu'ils ne restent que de pauvres toquards.

On installa d'autres écuries dans l'une des anciennes caves de garde pour y cacher les chevaux vigoureux tandis que, dans l'écurie non loin du quai d'embarquement, les vieux chevaux étaient accueillis harnachés comme s'ils allaient effectuer les livraisons. Baptiste avait vu juste. Mais ce ne fut pas l'armée française qui visita la brasserie pour la piller. Des fuyards que la débâcle précipitait sur les routes se présentèrent aux portes des écuries. Affolé, le petit René vint chercher Baptiste et Tonio. Baptiste prit sa carabine.

14

14 juin 1940

— Les Allemands arrivent, il faut fuir… Vite, les chevaux !

Baptiste et Tonio firent face à cette bande d'excités tandis que Pépino et d'autres venaient prêter main-forte.

— Les chevaux ne bougeront pas d'ici. Ce sont de vieilles bêtes gardées par charité et qu'on mangera sans doute si la guerre se prolonge et que la faim nous tenaille. Vous n'iriez pas au-delà de Custines ou de Nancy tellement ces bêtes sont usées.

Et comme certains voulaient forcer le barrage :

— Le premier qui ose, je le troue comme un lapin ! lança Baptiste, en colère.

— Oh, c'est le vieux Thouvenelle ! Il le ferait, cria quelqu'un. Mais qu'il se méfie ! On pourrait dénoncer sa petite-fille et même sa fille. La Charlotte et l'Emilienne étaient avec ceux du Front popu. Des cocos, voilà ce qu'elles sont !

Baptiste faillit s'étrangler.

— Pour les dénoncer, il faudrait déjà avoir les couilles de rester, répliqua Tonio. Vous vous barrez comme des voleurs.

— Et toi, tu restes, peut-être ?

— Ah ça oui, je reste ! reprit Baptiste. A l'âge que j'ai, que veux-tu que l'on me fasse ? Et si les Allemands me prennent pour cible, j'ai déjà ma vie derrière moi. Mais, en attendant, je peux toujours les retarder, rendre des petits services et débarrasser la terre de quelques crapules.

L'affaire fut rapidement close.

— Voilà les remerciements, gronda Baptiste. Je les ai tous fait embaucher ici un jour ou l'autre, ou bien j'ai parlé pour eux afin qu'un logement leur soit donné. Et ça vous marcherait sur la tête...

L'ordre avait été donné de partir, et tous partaient. De Champigneulles, de Bouxières, de Frouard et de Pompey, on s'en allait. Il fallait descendre vers le Sud, disait-on, précéder les Allemands jusqu'à une certaine zone qui resterait libre. Les forces de la France se referaient dans cette zone. Apparemment, on disait que les Allemands n'étaient intéressés que par le Nord, l'Est, et la capitale, forcément. Le gouvernement avait donné l'exemple et s'était lui aussi replié. Les trains avaient été pris d'assaut. On s'y entassait sans savoir où on allait. On partait vers le Sud. Toute la France déménageait. Mais la plupart des trains autour de Nancy ne firent que quelques kilomètres, bloqués par d'autres, déjà arrêtés, car les voies ferrées avaient été bombardées. Sur les routes, l'essence vint à manquer. Il fallut abandonner les voitures, les rares motos, et continuer à pied sous la chaleur. Le chemin était long, pénible, et le ciel plus qu'incertain. Des vagues d'avions ennemis, parfois italiens, bombardaient sans pitié les fuyards.

Baptiste avait décidé, quoi qu'il arrive, de ne pas bouger de sa maison. Il partirait quand on lui dirait où aller précisément, quand des garanties seraient données. Ce qui ne semblait pas être le cas. A la TSF, il avait entendu que les Allemands étaient à Paris et que la ville était déclarée ville ouverte. Il avait aussi entendu le discours de Pétain : « Je fais don de ma personne à la France... Il faut cesser les combats... » Il avait fini par rire. Rire pour ne pas pleurer. Surtout pour ne pas pleurer. Tout était donc perdu. Pourtant, une voix, celle d'un général totalement inconnu, s'était élevée et avait parlé de résistance, et ça, c'était autrement intéressant. « La bataille de la France est perdue, mais la France demeure puisque cette guerre est mondiale... » Depuis Londres, cette voix voulait donc encore croire à la France. Pour cette voix-là, peut-être fallait-il rester et oser résister. Alors, tout en tirant sur sa pipe, il déclara qu'il resterait. Et il posa les mains sur les épaules d'Hélène, s'y appuyant de tout son poids. Sa tête vint se nicher dans son cou. Elle serait à ses côtés, tout comme Adèle et Charlotte. Mais il était sans nouvelles d'Emilienne quand, au matin du 19 mai, il la vit arriver hagarde, échevelée, à la porte du jardin. Elle aussi avait entendu cette voix étrange et solennelle, et elle était venue jusqu'à son père.

— Emilienne, es-tu... ?

— Seule, oui. La Ginette s'en est allée avec sa famille, comme tant d'autres. Moi, je veux résister, comme a dit ce général. Seulement, je ne sais pas comment résister toute seule. Alors, je suis venue parce que j'étais sûre de vous trouver tous. A plusieurs, on doit pouvoir s'organiser. Et puis, s'il faut mourir, c'est mieux d'être parmi les siens.

Sages paroles, pleines de bon sens. Elle raconta les difficultés qui avaient été les siennes pour quitter la rue des Quatre-Eglises à pied, de nuit, elle qui avait toujours été d'une nature plutôt craintive. Elle avait emprunté la grande route qui coupe par les bois de Lay-Saint-Christophe, car les Allemands étaient déjà à Nancy et s'installaient vers le fort de Frouard.

— Mais je n'ai rien remarqué de particulier au pont de Lay-Saint-Christophe. En revanche, au pont de Bouxières, les tirs n'arrêtaient pas. Les Français qui gardaient le pont ont été faits prisonniers. Il y a même eu un mort. De toute façon, on ne peut plus se rendre à Bouxières par ce pont. Avant de battre en retraite, les Français ont fait sauter l'arche centrale. Les Allemands étaient à peine partis que j'ai vu des jeunes gens de Bouxières pousser un canon sur les restes du pont pour le faire tomber dans la Meurthe. Ils s'en sont ensuite pris aux caisses de munitions, qu'ils ont jetées dans l'eau pour que les Allemands ne s'en emparent pas. Ça m'a réconfortée. On résistait donc ici et là.

Cet été-là, une immense tristesse avait cloué les regards. Tout semblait figé. On respirait mal. Depuis l'entrée en vigueur de l'armistice le 25 juin, la France avait officiellement perdu la guerre, et la Lorraine était occupée, comme une grande partie du territoire. Au mois d'août, un bureau militaire allemand s'était installé à la mairie de Champigneulles. Les uns et les autres observaient. Certaines critiques s'élevaient, mais la grande majorité restait silencieuse. Une partie de la population composait et s'adaptait à la situation.

— Grand-père, il y a de drôles de faux culs pas loin de chez nous... A chaque fois que je vais à la ferme pour y chercher le lait, j'entends des conversations qui me laissent sans voix : « Du moment qu'on ne fait de mal à personne, je ne vois pas pourquoi on nous chercherait des poux sur la tête. Et puis, ils ne sont pas si mauvais. Ils ne nous ont pas violées. Et propres avec ça... Et polis qu'on devrait en prendre de la graine... »

— Surtout, ne réponds pas à ce que tu entends. Je vais te dire, ma petite-fille : la guerre va révéler les vraies personnalités. Ce que tu perçois, ce sont les premiers effets de la propagande. « Faites confiance au soldat allemand. L'ennemi n'est pas l'Allemagne, mais les Anglais. » Tu connais ces affiches, les messages en sont assez grossiers. Demeure vigilante, ils seront de plus en plus sournois pour gagner tout le monde. Et le mal sera fait. Les Français auront été anesthésiés. Ne t'endors pas. Reste toi-même, n'écoute personne. Garde ton honneur. Mes chéries, je préfère vous savoir mortes plutôt que de vous imaginer à la botte de l'occupant.

La brasserie continuait de fabriquer de la bière, très prisée des soldats allemands qui contrôlaient en partie la production. Mais il s'avéra très rapidement, après la moisson, que l'orge réquisitionnée chez les producteurs ne parviendrait plus à la malterie dans les mêmes proportions que par le passé. D'ailleurs, des consignes avaient été données. Le degré d'alcool autorisé ne devrait pas dépasser un degré pour la consommation française, tandis que pour l'occupant le degré de la bière devrait atteindre ou dépasser les trois degrés.

— De toute façon, déclara Baptiste, avec les matières premières qu'ils veulent bien nous laisser, on ne pourra faire que de la pisse d'âne.

— Heureusement que le vieux Trampitsch n'est plus ! Sinon, il tomberait raide. Quelle misère que d'avoir les frisés sur le dos au boulot ! continua Tonio.

Travailler à la brasserie devenait difficile. A tour de rôle, des volontaires, proches de Baptiste et Tonio, s'occupaient des chevaux cachés. Quand les Allemands arrivaient à bord de leurs side-cars, Dédé, le garde d'entrée, sifflait *Le Temps des cerises*. Automatiquement, le petit René, qui travaillait avec lui, enfourchait son vélo pour aller porter un message vers la forge et les écuries en sifflant aussi vite qu'il pédalait « C'est un mauvais garçon, il a des façons pas très catholiques ». Discrètement, quelqu'un descendait à l'ancienne cave de garde, par la porte située du côté de la Meurthe, pour aller placer des couvertures sous les sabots des chevaux afin que personne ne les entendît marteler le sol de pierre. Ensuite, on remplissait d'avoine et de foin leur mangeoire pour qu'ils n'aient pas l'idée de hennir. Le manège durait depuis des semaines. Et si, au cours de l'inspection, l'un ou l'autre officier demandait : « Avez-vous encore des chevaux ici ? », on lui répondait que oui, mais que ces chevaux n'étaient plus de vrais chevaux. On le conduisait alors aux écuries, où se trouvaient les plus vieux, et notamment la vénérable Philippe, une jument percluse de rhumatismes et âgée de vingt-cinq ans. Quasiment aveugle, mais si brave. Elle ne pouvait plus tirer qu'une toute petite charrette... On la gardait, c'était une charité. Les Français sont romantiques... Il fallait parler, parler et encore parler.

Depuis un mois, Charlotte était chargée d'expliquer l'histoire des vieux chevaux aux officiers. Elle insistait sur l'attachement sentimental que les anciens ouvriers de la brasserie portaient à ces nobles animaux. Les premiers chevaux du vieux monsieur Trampitsch, qui avait appris son métier en Bavière, où coulait une excellente bière... L'allemand de Charlotte était impeccable et, comme elle était jolie, elle inspirait de la sympathie à l'occupant. Karl revenait souvent inspecter la brasserie et demandait si « la petite Française aux yeux allemands était toujours là ».

« Je n'aime pas cela du tout, racontait-elle à Baptiste.

— C'est mieux ainsi, il faut les endormir, les Boches. Il n'y a que toi pour le faire. Pendant ce temps, ils ne chercheront personne. »

15

Novembre 1940

Charlotte sortit pour aller chercher le lait à la ferme. La nuit était tombée et un méchant petit vent soufflait. Depuis le début de la guerre, les rues et les impasses n'étaient plus éclairées. Soudain, elle entendit marcher derrière elle. Un pas d'homme, des chaussures cloutées. Elle pressa le pas. Et l'homme derrière elle se mit à courir et la rattrapa. Elle fut saisie par un bras qui la maintint à la taille, tandis qu'une main se collait sur sa bouche pour l'empêcher de crier. Elle se retrouva plaquée au marronnier peu avant la ferme. Elle reconnut la voix au moment où elle allait se trouver mal.

— Hé, reste avec nous ! C'est moi, le Robert Beauchamp, j'ai une lettre pour toi. A déchirer après l'avoir lue. Tu ne m'as pas vu.

— Comment aurais-je pu te voir, il fait aussi noir que dans la gueule d'une vache.

— Courage, on les aura, ces Boches ! Salut ! murmura-t-il avant de disparaître comme il était venu.

Charlotte crut s'évanouir dans son lit en dépliant lentement le message. Julien. Mon Dieu, merci.

> *Ma reine…*
>
> *Je ne sais pas quand je pourrai te voir. Je ne suis pas très loin de toi et je sais tout ce que tu fais pour nous tous. Il faut aller plus loin. A la brasserie, va trouver, Gérald S. Préviens-le que « cette année, les charançons sont dans les grains d'orge ». Je compte sur toi, ma reine.*

Charlotte ne dormit pas de la nuit. Elle passait et repassait dans sa tête les événements récents. Qu'allait-on lui demander, lui proposer ? Enfin le jour se leva. Elle but son café mais fut incapable d'avaler une seule bouchée de pain.

Avant de se rendre sur la chaîne n° 4, la seule à être encore en service, elle se dirigea vers les bureaux et frappa à la porte du gardien pour rencontrer Gérald.

— Monsieur Scherrer, on vous demande.

— J'arrive ! cria-t-il en repoussant sa chaise.

— Pardonnez-moi de vous déranger, dit Charlotte quand il se dressa devant elle. Je dois vous avertir que « cette année, les charançons sont dans les grains d'orge ».

Gérald la considéra des pieds à la tête et de la tête aux pieds.

— Je n'attendais pas une femme, mais bon, suis-moi.

Face à son bureau, sous un cadre, il pressa un bouton et une porte s'ouvrit derrière une tenture.

— Ce n'est pas vraiment un passage secret. Seulement un vaste placard ignoré de beaucoup et qui me permet d'échanger sans être entendu. Il paraît que tu parles allemand couramment.

— Oui, mais je ne vois pas le rapport avec l'orge.

— Oh si ! C'est un mot de passe. Les charançons, ce sont les Boches. L'orge, c'est nous, les résistants de la brasserie. Tu es des nôtres, si on t'envoie à moi. Mais ce que tu me dis est une alerte. Nous devons faire attention. Parmi les copains de travail, il y a des collabos qui renseignent l'ennemi. Veux-tu travailler pour nous ?

— Oui.

— Personne ne doit connaître ton engagement. Pas même le Baptiste ou ta mère.

Elle hocha la tête en signe d'acquiescement.

— On a besoin de gens comme toi. Tu as travaillé dans les bureaux avant la guerre. On va donc t'y remettre. Naturellement, tu gardes ton travail auprès des chevaux pour endormir les frisés. Tu fais ça comme une reine.

— Sauf que Karl est un peu collant.

— Laisse un peu faire, tu apprendras des choses. Dans les bureaux, tu seras aux écritures, tu rencontreras aussi des Allemands. Tu écoutes, tu notes, tu rapportes. Grâce à quelques moutons et à des faux jetons, la collaboration va bon train à la mairie. Mais nous aussi nous avons nos informateurs et savons qu'il va se mettre en place une saleté de chose. On va envoyer des gars et des filles d'ici travailler en Allemagne. De prétendus volontaires, des célibataires, pour les échanger contre des prisonniers de guerre. Pour les Boches, c'est un moyen de récupérer de la main-d'œuvre à bon marché, mais c'est un mensonge. Il va falloir faire vite des faux papiers à pas mal de gens, y compris à ceux qui veulent passer en zone libre pour gagner l'Afrique du Nord et Londres. La résistance s'organise. Est-ce que tu sais te servir d'une arme ? Ne fais pas cette tête, tu en auras peut-être besoin un jour pour te défendre. Mais, si ça arrive, arrange-toi pour ne pas laisser traîner le corps.

— Je peux me servir de l'arme pour moi si on me prend et qu'on veut me faire parler ?

— Ah ça ! Charlotte, s'ils te prennent avant de t'interroger, ils t'auront déjà mise à poil et piqué ton flingue. Non, il y a mieux, mais ce n'est pas pour tout de suite. Si tu as le moindre souci, avertis le Dédé avec cette phrase : « La tarte aux quetsches de ta mère est meilleure que la mienne. »

— Et Robert ?

— Le Robert ? Mais tu ne l'as pas vu. Tu ne peux pas le rencontrer puisqu'il est prisonnier à Sarrebourg. Personne ne l'a revu. Bon, ne sois pas impressionnée comme ça, s'il t'arrive de le croiser certains soirs, ce sera simplement de la télépathie. Peut-être qu'il pense à nous. Ou bien tu auras rêvé. Si tu n'es pas sûre des personnes qui t'abordent, pose-leur la question des charançons : « Quel est le moyen de se débarrasser des charançons ? » S'ils hésitent, ils ne sont pas des nôtres. S'ils te répondent : « L'œil et la poudre », c'est bon. Compris ? Maintenant, retourne à ta chaîne jusqu'à demain. Je préviendrai ton chef de service. C'est lui qui t'avertira que j'ai besoin de toi. Je vais lui faire une note.

Il en fut ainsi. Charlotte était à la fois excitée et angoissée, mais heureuse, tellement heureuse de servir et de savoir Julien près d'elle. Gérald Scherrer n'avait pas parlé de Julien. Mais elle le devinait si proche d'elle. Le soir, quand elle rentrait chez Baptiste, elle avait envie de partager avec son grand-père ce qu'elle vivait. Etait-il au courant ? Elle aimait penser que oui. N'avait-elle pas surpris son regard attendri à plusieurs reprises ? Elle se ressaisit, se morigéna en se disant de mettre au vestiaire son côté romantique. L'heure était grave. D'autant plus grave qu'elle avait entendu qu'en mairie on s'apprêtait à fournir la liste de jeunes gens et jeunes filles célibataires, sans travail officiel, âgés de moins de trente ans, devant partir prochainement pour l'Allemagne. Elle songea à Emilienne, qui faisait de la couture à domicile. Elle s'en ouvrit à Gérald.

— Il est trop tard pour que je l'embauche. C'est demain que les ordres vont tomber. Même si elle commençait à travailler aujourd'hui avec un certificat d'embauche antidaté, il y aurait bien des méchantes langues pour la dénoncer. Il faut l'envoyer ailleurs. Ce soir, ton contact te dira où. En attendant, préviens Emilienne de ne pas s'affoler si elle reçoit une convocation.

Quand Charlotte se rendit à la ferme, elle entendit marcher derrière elle mais ne reconnut pas le pas de Robert. Une silhouette la bouscula avant de la doubler et parvint à lui glisser un papier sous le bras. Elle le fourra dans sa poche et alla jusqu'à la ferme comme si de rien n'était.

La fermière était en grande conversation avec Germaine, qui habitait route de Bouxières.

— C'est comme je vous le dis, Germaine, on est venu chercher le Jules, paraît que c'est un terroriste. Ils l'ont enfermé à Charles-III, à Nancy. La Simone aussi, qui travaille à la mairie. Paraît qu'elle en savait trop. (Charlotte se raidit. Simone arrêtée ! Balancée, mais par qui ?) On n'est plus chez nous, ma bonne Germaine. Déjà qu'ils ont exécuté le Lucien Berraut à La Malpierre…

Charlotte se hâta de revenir au chalet. Elle posa son brochon[1] dans la cuisine et lut le message au fond de sa poche. Elle l'avait à peine parcouru que Baptiste vint vers elle.

— Tu n'es pas bien, Charlotte ? Tu es toute pâle…

— Où est Emilienne ?

— Ben, au premier, elle a une cliente pour un essayage.

— Il faut qu'elle arrête, grand-père. Elle fait partie de la liste des célibataires qui doivent aller travailler en Allemagne. Je dois ressortir ce soir, elle va m'accompagner jusqu'au port.

— Je le savais déjà, murmura Baptiste. Ne dis rien à ta mère. « L'orge est pleine de charançons, ma petite-fille. »

Charlotte s'abattit sur la poitrine de son grand-père et pleura.

1. Pot de lait (mot lorrain).

— Vas-y, tu auras une bonne surprise. J'ai confiance en toi.

Dissimulé derrière les arbres de la terrasse du Café de la Gare, non loin de ce qui avait été la chapelle, un homme surgit.

— Mesdemoiselles : la qualité de l'orge, s'il vous plaît.

— « Ça grouille de charançons », répondit Emilienne.

— Ben toi aussi... Oh, Ju... ! tenta d'articuler Charlotte, au comble de l'émotion.

Julien lui ferma la bouche d'un baiser.

— Ça, au moins, c'est permis. Ce n'est pas encore un acte terroriste. Les Boches ont de petites cervelles, parfois. Pour eux, les amoureux ne sont pas des terroristes. Tu me pardonnes, ma reine. C'est moi qui vais conduire Emilienne. Elle va travailler chez une tante, la seule de ma famille à être du bon côté. Ne t'inquiète pas pour elle. Elle y sera en sécurité. Ma reine, dit-il en la prenant dans ses bras et en l'embrassant encore.

Charlotte se retourna plusieurs fois sur Emilienne et Julien, qui disparurent dans la nuit. Puis elle courut jusqu'au chemin des Sables, sans croiser âme qui vive. Le chalet était silencieux, seul Baptiste, assis dans le noir près de la fenêtre de cuisine, veillait. Elle ne s'arrêta pas et gagna sa chambre pour se jeter sur son lit et sangloter. Baptiste la rejoignit.

— Ne pleure pas, ma jolie, dit-il en caressant ses cheveux. Les mauvais jours auront une fin. Pour ses clientes, Emilienne est tombée malade, elle était déjà faible. Cela ne surprendra pas puisque Lise est partie des poumons. J'ai donc, moi, son père, envoyé ma fille à la montagne, vers Gérardmer, dans la famille de sa mère. Toi, tu continues comme par le passé. Sauf qu'il te faudra poursuivre ce que faisait Emilienne et aller deux fois par semaine « te confesser au vicaire » de Champigneulles. A lui, tu diras : « je suis tourmentée, mon père ». Il saura. Rien de compliqué, uniquement des messages à faire passer quand ton contact t'en aura transmis. Pour ne pas attirer l'attention par des allées et venues plus fréquentes à l'église, tu essaieras d'aller régulièrement à la messe du dimanche, et de montrer à tous ta grande foi.

— Mais, grand-père, je vais à l'église ! protesta-t-elle, véhémente.

— Je ne t'y vois pas toujours.

— Je n'aime pas me mettre à l'avant, souvent il y a Karl et des officiers de la Wehrmacht. Je reste à l'arrière pour sortir plus vite.

— Ah, tu as rendez-vous avec un amoureux !

— Ah non ! Je n'ai pas d'amoureux.

— Une belle fille comme toi, pas d'amoureux, mon œil !

— Tu es taquin, grand-père. Je sors plus vite pour... Oh, et puis zut ! Je n'ai rien à te dire. C'est seulement « à cause des charançons qui grouillent dans l'orge ». Tu es content ?

Baptiste riait.

— Je ne plaisante pas. Tu devras être davantage partie prenante dans les œuvres de l'Eglise pour qu'on ne se doute de rien. Peut-être serait-il bon d'aller tricoter avec les dames de charité, etc. Surtout, ne va jamais à Bouxières. Le vieux curé Rodolphe ne tourne pas très rond, et il sympathise plutôt avec la France de Pétain.

— Ça, je le sais, grand-père, Margritte m'a fait son portrait avant de partir. Il paraît qu'en confession il pose des questions très indiscrètes. Et puis maintenant, il a des visions dans le cimetière où la Vierge apparaîtrait et dirait qu'il faut se repentir. Il veut même faire une grotte, comme à Lourdes. Il dit que la guerre est venue à cause de nos péchés. Du temps d'Hippolyte, maman n'aimait déjà pas aller à l'église de Bouxières-aux-Dames. Enfin, maintenant qu'il est mort...

— Enfin, l'Hippolyte, c'est ton père !

— Oui, mais sa mort ne m'a pas bouleversée. Un cancer terrible qui l'a fait crier des jours et des nuits. Margritte a dit : « Le Bon Dieu a de la monnaie pour payer tout le monde. Hippolyte a payé cher le mal qu'il a fait. »

— Elle cause beaucoup, ta tante. Nos maladies ne sont pas forcément des punitions envoyées de là-haut. Et la guerre non plus n'est pas une réponse au péché. Le mal est partout, en chaque homme, c'est tout. De ce côté-là, la Margritte ferait bien de balayer devant sa porte. Son mari, le Pierre, c'est autour de ta mère qu'il tournait et la Margritte a su y faire...

— Oui, mais maman n'en voulait pas.

— Ah, tu es au courant à ce que je vois !

— Parfois, maman a besoin de raconter. Les deux ans passés en Alsace ont servi de cadre à bon nombre de confidences. Même sur toi, grand-père.

— Moi ?

— Oui, monsieur mon grand-père. Je sais des choses sur toi et Lise.

— Alors là, je ne m'inquiète pas, c'est le meilleur.

— Quand je pense comment tes filles ont été tenues au chalet ! Et que toi et Lise avez commencé avant le mariage…

— Qui t'a dit cela ?

— La fille de la vieille Philomène, que moi je n'ai pas connue, bien sûr ; elle vous avait vus.

— C'est la nature, ma petite fille. De toute façon, dans ma tête, il n'y avait que Lise, et dans la sienne, c'était la même chose. Tu crois peut-être que le Bon Dieu tient un calendrier sur ses genoux, pour dire : jusque-là c'est un péché, après c'est la sanctification… Il a autre chose à faire !

Eté 1941

A la demande de Gérald, Charlotte quitta le bureau où elle préparait les fiches de paie des ouvrières des chaînes. Karl venait d'arriver. Il voulait inspecter, une fois de plus, la brasserie, la malterie, les caves de garde, et saluer, comme il disait, Madame Philippe, si belle encore. Il voulait surtout être avec Charlotte. Elle se prêta au jeu, mais remarqua chez Karl un air préoccupé qu'elle ne lui connaissait pas jusque-là.

— *Gehen Sie gut*[1] ? interrogea-t-elle.

Il répondit en français :

1. Allez-vous bien ?

— Quelques soucis à cause de vous. Vous voyez, je fais des progrès dans la belle langue de Molière.

— Des soucis à cause de moi ?

Et Charlotte se força à rire.

— Je vous croyais une jeune fille *sehr, sehr ruhe*[1]. Je vous vois à l'église. Et l'on m'a dit que vous avez *einen guten Kameraden*[2].

— Mais, Karl, tout le monde me connaît ici. Ce n'est pas un petit camarade que j'ai, mais *viel und viel*[3].

— Oui, mais certains ont des idées que notre Führer n'aime pas. Vous me comprenez ?

— Pas du tout, Karl. Je ne fais pas de politique. Je travaille et je vais aider les dames de la paroisse. Mon père est mort et grand-père n'est pas riche.

— *Ach* ! Je voudrais aller saluer Madame Philippe maintenant. On voit toute la reconnaissance de la brasserie. Elle a vraiment un derrière de jument de brasseur.

— On dit un cul, Karl, un cul, pour la jument.

— Et pour les femmes, un peu…

Il tentait de mimer en ouvrant les bras pour dessiner un derrière énorme.

— On le dit aussi, mais c'est très mal, c'est vulgaire. Il n'y a que les hommes pour en parler ainsi, entre eux.

— Eh bien ! Je veux aller constater que Madame Philippe a toujours son cul de jument de brasseur, chère Charlotte.

1. Très, très sage.
2. Un bon camarade.
3. Beaucoup et beaucoup.

Charlotte pâlit. Le vit-il ? Il fallait trouver un moyen de retarder Karl. Donner le temps au petit René d'arriver aux écuries. Elle regardait autour d'elle. La moitié du chemin avait été parcourue depuis son bureau. Karl et elle étaient déjà arrivés au bout du quai d'embarquement, où stationnaient quelques camions à gazogène, et le petit René ne les avait pas doublés. D'autres Allemands avaient probablement envahi le poste de garde pour une inspection générale... Le petit René avait dû recevoir des ordres, c'était urgent.

— Tiens, le petit René ne nous a pas encore rattrapés, aujourd'hui. C'est pourtant un petit coursier très zélé.

— Il est sans doute occupé ailleurs, lança Charlotte. Il est possible qu'un supplément d'orge nous arrive pour faire un peu plus de bière. Il faut espérer une bonne qualité de l'orge cette fois pour éviter de changer les réglages de pression des machines à concasser quand les grains ne sont pas tous de la même taille. Ce n'est pas le tout de vouloir augmenter la production, si c'est pour faire du pipi de chat.

— Mais vous êtes une spécialiste, Charlotte.

— Dans ma famille, la bière, c'est presque une religion, disons que cela l'est pour mon grand-père.

Avait-elle suffisamment fait diversion ? Convaincu Karl ?

Il marchait les mains dans le dos. Il les ramenait, rajustait son képi, tirait sur sa veste, remettait son ceinturon. Charlotte voyait sa nervosité.

— Charlotte, reprit-il, l'autre jour, je me suis promené au bord de la Meurthe et j'ai cru entendre des hurlements de chevaux. Comment dit-on en français ?

Elle rit vraiment avant de répondre :

— Des hennissements.

— Ne soyez pas méchante avec moi. Vous savez, j'ai cherché dans les prés, j'ai sorti mes jumelles. Les bruits venaient bien de la brasserie, d'un bâtiment à la hauteur d'une cave. Près du gros tas de pierres. Et puis, ça sentait le cheval.

— Ça, c'est normal, c'est là qu'on vide les litières quand on nettoie les écuries des vieux chevaux. Peut-être que la Philippe hennissait plus fort que d'habitude. Elle devient aveugle, mais elle a encore de la voix. Si vous voulez, je vous accompagnerai le long de la Meurthe un de ces jours, et vous me montrerez où vous avez entendu les chevaux. Pour aujourd'hui, je voudrais vous faire visiter un lieu que vous ne connaissez pas encore et qui vaut la peine. Nous y avons du beau matériel d'autrefois.

— Vraiment ?

— La petite salle des levures, avec plusieurs œufs à levure du siècle dernier, est une merveille du genre. Vous verrez, c'est assez impressionnant, et puis il y a le laboratoire où l'on teste les amidons transformés à l'aide de réactif. Dans ces mêmes laboratoires, on vérifie constamment la qualité de l'eau, jamais de chlore ou de calcaire, et l'on évalue aussi la teneur en alcool de la bière fabriquée.

— Et vous m'accompagnerez au bord de la Meurthe ?

— Ben oui, moi ou quelqu'un d'autre.

— Non, vous, *liebele* Charlotte[1].

1. Charlotte chérie.

Elle ne releva pas. Ne tressaillit pas à cette étrange tendresse dont il prétendait l'entourer et qui la glaçait. Karl n'était pas un tendre. Elle l'aurait juré. Il fallait le battre sur son propre terrain avant que le piège se refermât. Pour ce jour, elle avait réussi à écarter Karl.

Elle savait trouver un appui au laboratoire.

— Bonjour, cria-t-elle en entrant, Herr Karl ne connaît pas la petite salle des levures. Qui a la clé ? C'est toujours le Dédé ? Peut-il nous y accompagner ? Il sait si bien raconter à quoi sert l'œuf, comment les levures sont mélangées, réactivées, délayées avant d'être incorporées au moût. Ce sont les levures qui font le goût définitif de la bière. Auparavant, et l'on en revient à l'orge, c'est au moment du dégermage que le goût est fixé.

— Car le germe contient l'âpreté due au tanin des germes, poursuivit Violette, qui travaillait avec Dédé. Sans vouloir t'interrompre, Charlotte, tu veux que je te trouve le Dédé ?

— Oui, Herr Karl est pressé, je dois aussi l'accompagner un de ces soirs au bord de la Meurthe, il dit avoir entendu des bruits. Il ne faudrait pas qu'un nid de terroristes s'installe ici à notre nez et à notre barbe. Je le conduirai. Si je ne te revois pas tout à l'heure, Violette, dis à la mère de Dédé que « sa tarte aux quetsches est meilleure que la mienne ». Peut-être me confiera-t-elle sa recette pour demain, j'attends du monde.

— Dédé est votre petit ami ? interrogea Karl.

— Oui, celui de la semaine. Le samedi, j'en ai un autre, et le dimanche…

Il prit son poignet et le serra férocement.

— Dimanche, ce sera moi, c'est entendu, Charlotte ?

— On verra, Karl, pour l'instant nous sommes en service commandé, vous pour votre armée, et moi pour mon chef.

Violette avait entendu les messages codés. Elle avait compris... Dès que Karl et Charlotte furent dans la salle des levures avec Dédé, elle traversa la route et courut prévenir Jean-Yves au triage. Elle sauta aussi sur son vélo jusqu'au presbytère, puis jusqu'aux Charmilles, où se trouvait le vicaire. La Gestapo avait plus que la puce à l'oreille. Une réorganisation s'imposait.

Août 1942

Baptiste apprit le prochain mariage d'Emilienne, dans l'intimité, avec Hervé de Morville, neveu de sa protectrice, pour fin septembre. Elle irait vivre chez lui, place Carrière, à Nancy. En attendant, elle avait invité sa famille à faire connaissance avec son futur mari le samedi suivant au cours d'un goûter.

Sur le chemin du retour, Baptiste demeura silencieux tandis qu'Adèle et Charlotte parlaient de choses et d'autres, de chiffons. Pour rester coquettes, malgré le rationnement, les femmes faisaient des prouesses et savaient inventer. Mais rien d'important ne fut dit. On se méfiait d'éventuelles oreilles indiscrètes.

C'est lorsque Charlotte servit la soupe du soir que Baptiste explosa :

— La guerre fait bien des malheurs. Voilà ma fille obligée d'épouser un précieux.

— Beaucoup de personnes travaillant dans le domaine des arts sont ainsi, protesta Charlotte.

— Je vais te dire, ce n'est pas un mariage qui se prépare, c'est une mascarade. Ce gars-là, il ne regardera jamais ta tante.

— Ecoute, coupa Adèle, Emilienne sait ce qu'elle fait. Ils doivent avoir besoin l'un de l'autre. Laisse-la se débrouiller. J'ai constaté une chose : elle a drôlement embelli.

— Elle ne manque pas d'argent et doit pouvoir se nourrir au marché noir, répondit Baptiste, hors de lui.

Charlotte était au courant. Emilienne lui avait parlé en confidence de l'« état » de son futur mari. Hervé était homosexuel. Ce mariage était indispensable pour lui. Il pourrait continuer à exercer son métier. Emilienne aurait ainsi la possibilité de se trouver à proximité des Allemands, très friands des peintures régulièrement exposées dans sa galerie. Hervé avait d'ailleurs obtenu de vendre quelques petits objets d'art fournis par l'Ecole de Nancy. Charlotte était rassurée. Emilienne ne s'était donc pas engagée dans un marché de dupes. De plus, Jeanne de Morville, sa protectrice, avait œuvré pour grossir sa clientèle. Elle l'avait poussée à s'installer rue des Dominicains. L'affaire prospérait. Combien de bourgeoises de Nancy fréquentaient l'atelier d'Emilienne ? Elles s'y rendaient accompagnées d'Allemands qui réglaient les factures. Emilienne pouvait ainsi poursuivre son engagement et vérifier l'état de l'orge et la progression ou le recul des charançons.

— Ça me dégoûte, si tu savais ! Mais je n'ai pas le choix, et Jeanne non plus, avait confié Emilienne. Dans sa famille, la plupart collaborent. Mais je m'inquiète pour elle. Elle perd un peu la tête, comme si elle devenait gâteuse. Elle égare facilement ses effets personnels. Pour l'instant, elle n'a confiance qu'en moi.

16

7 août 1943

— Alors, Charlotte, tu ne vas pas à la ferme ? lança Baptiste. C'est l'heure !

Préoccupée, Charlotte pensait à Julien, qu'elle n'avait pas vu depuis de longs mois. Il allait et venait pour des missions et passait parfois, le temps de lui arracher un baiser, jamais plus. Une étreinte volée, quelques secondes pour se respirer mutuellement et savoir qu'un avenir serait un jour possible. L'Occupation était de plus en plus douloureuse pour la population. Cependant chacun trouvait des raisons d'espérer, car on savait que l'Allemagne s'affaiblissait. Alors on essayait, comme on le pouvait, d'oublier les privations, les soucis, les incertitudes.

Charlotte attrapa un châle. Le temps était frais après l'orage qui s'était abattu sur la région en fin d'après-midi. En soupirant, elle tendit le bras pour décrocher le brochon qui pendait au clou et elle sortit. Quand donc finirait cette guerre ? Quand aurait-elle la joie de vivre une vie normale dans son foyer à elle, dans les bras de Julien ? Parviendrait-elle à lutter aux côtés de Julien en faveur des plus démunis ? Auraient-ils le temps tous deux d'avoir des enfants, de les élever sans rien renier de leurs engagements ? Elle songeait à tout cela en se rendant à la ferme. Elle ne sut pourquoi, mais soudain une sorte d'angoisse l'étreignit. Elle se sentit traquée. Un pas derrière elle. Elle ne reconnut pas celui de Robert, ni de Dédé, ni de son frère. L'homme avait accéléré pour la rattraper. Il la frôla et la doubla en lui murmurant :

— A ce soir, ma reine, près de la chapelle démolie, derrière la brasserie. Chut !

La nuit était profonde, douce, et des étoiles filantes passaient par-dessus les arbres. On avait l'impression qu'elles allaient choir dans la Meurthe. Charlotte s'enveloppa dans son châle sombre pour cacher sa robe claire. Elle avait voulu se faire belle pour Julien. La chapelle démolie… Elle sut où aller : sur le chemin, derrière la brasserie, à l'endroit où les pierres de la chapelle avaient été déposées en attendant une hypothétique reconstruction. Elle n'eut pas le temps d'y arriver. Julien avait surgi sur le chemin en ouvrant les bras et en l'attirant à lui.

— Je sais tout, viens, il nous reste peu de temps. Dans un mois, je partirai pour l'Afrique du Nord, et pour longtemps. Le débarquement se prépare. Eisenhower a déjà annoncé la capitulation italienne. La progression américaine en Italie s'accélère. En Corse, l'espoir est revenu. Ajaccio s'est soulevé. La France aussi bouge. Un jour, elle sera libre. Il est temps, car on ne se contente plus d'arrêter les juifs, on les gaze. Une information est arrivée à Londres. Des centaines de milliers auraient déjà péri à Treblinka. Je suis consterné.

Charlotte ne répondait pas. Elle serrait Julien à l'étouffer. Elle ne voulait pas s'arracher à lui. Elle voulait garder son odeur.

— Ce que nous faisons est risqué, reprit-il, mais je n'en peux plus. J'ai besoin de toi. Tu accomplis un travail extraordinaire qui t'entraîne plus loin que prévu, et j'en suis navré. Je crains pour toi, ma reine. Mais je suis fier de t'aimer. Il faut que tu saches que des Anglais sont cachés dans le grenier du presbytère et que le vicaire qui te « confesse » est l'un des nôtres, forcément. Karl te soupçonne, et il est assez salaud pour te faire chanter avant de te liquider.

— Je n'ai pas peur de mourir, je ne parlerai pas. J'ai seulement peur de te perdre à jamais et d'être obligée de me retrouver dans les bras de Karl alors que c'est...

— Chut, viens plus près, ma reine, ma toute belle. J'ai tout préparé.

Et tandis qu'il parlait, il la caressait des cheveux à la taille, il l'embrassait. De petits baisers sur le front, les yeux, les joues et dans le cou. Ils arrivèrent à l'amoncellement de pierres. Sur le côté, des arbustes avaient poussé.

— N'aie pas peur, entre les pierres et le mur de la brasserie, il y a un lieu secret.

Elle devina une porte dans le mur.

— Moi seul en ai la clé. C'est l'ancien bureau de la petite forge qui a été abandonnée et où personne ne vient plus. Regarde au sol.

Il poussa le gravier du pied pour découvrir un anneau, qu'il tira.

— Je descends le premier, au cas où tu tomberais.

— C'est extraordinaire. Mais c'est une imprimerie ! C'est là que tu vis ?

— Chut ! Tu es chez toi, parce que c'est ici chez moi. A part Robert, personne n'y vient jamais.

Dans la deuxième petite pièce, elle reconnut le prêtre à qui elle « confessait ses péchés ». Que faisait-il là ? Elle ne comprit pas immédiatement les raisons de sa présence. Elle eut cependant le cœur battant quand elle vit un livre de messe, une étole sur la table et Julien qui fouillait dans sa poche pour en sortir une petite boîte, qu'il ouvrit. A la lueur d'un plafonnier mobile, qu'il saisit pour l'abaisser jusqu'à son regard, elle vit briller deux anneaux d'or.

— Tu ne voulais pas que je m'en aille sans t'avoir épousée. Tu ne voulais pas que je te demande de dormir avec moi à la sauvette. Tu mérites mieux. J'aurais pourtant voulu pour toi un vrai mariage, avec robe blanche et fleurs d'oranger, tant je voulais crier au monde : « C'est elle que j'ai choisie. » Nous n'aurons pas les hommes, mais Dieu comme témoin. N'est-ce pas, Pierrot ? lança-t-il à l'adresse du prêtre.

— Et c'est ce qui compte le plus pour moi, dit-elle en se serrant contre Julien.

— Il faut faire vite, mes enfants. Plus rien n'est sûr. La Gestapo est sur les dents. Elle est diablement efficace.

— Charlotte, veux-tu être ma femme, moi je veux bien être ton mari pour toujours, jusqu'à la mort, dit-il en se jetant à ses pieds.

Elle le releva, lui prit le visage.

— Oui, Julien, je veux être ta femme pour toujours et jusqu'à la mort.

— Ce n'est pas tout à fait la formule, mais, comme ce sont les époux qui se donnent le sacrement de mariage, cette formule en vaut une autre, assura le prêtre, gagné par l'émotion. Au nom de l'Eglise, je vous déclare unis par les liens du mariage. Mais où sont les témoins ? s'inquiéta-t-il soudain.

— J'avoue ne pas y avoir pensé. Ce lieu doit rester secret. Les témoins des hommes, on s'en passe. D'ailleurs, il n'y a que Dieu qui sait, et vous êtes bien placé pour être son témoin. Je vous ai écrit une lettre que vous glisserez dans le registre paroissial. Je veux qu'on sache que Charlotte est ma femme au cas où il m'arriverait malheur. Si je reviens de cette guerre, de cette folie, on régularisera devant les hommes. Mais il faut d'abord en finir avec les frisés. Maintenant, bénissez-nous encore et buvons un petit verre. J'ai trouvé un pinot d'Alsace dans la cave de ma sœur.

Ils mirent un genou à terre comme dans la petite chapelle autrefois, se prirent par la main et se regardèrent longuement, les yeux pleins de larmes tandis que le prêtre les bénissait une dernière fois avant de s'éclipser discrètement.

Quand ils furent seuls. Julien sortit un vieux gramophone du bahut. Il saisit le seul disque qui se trouvait à côté et le posa dessus. Il le remonta. La clé grinçait. Le saphir gratta les sillons avec une certaine tendresse jusqu'à ce qu'une valse lente au piano s'en échappât.

— Merci pour Chopin.

— Je n'ai trouvé que cela chez ma sœur Mireille.

Il ouvrit ses bras et Charlotte s'y lova. Ils dansèrent sur la terre battue, puis lentement Julien déshabilla sa bien-aimée et la porta sur le lit de paille qu'il avait préparé. Ils se donnèrent dans la maladresse d'abord, mais avec infiniment de délicatesse. Charlotte tremblait. Puis ils s'enhardirent. Fougue et passion devaient ensuite les unir jusqu'à l'ivresse. Ils n'arrivaient pas à se quitter et s'endormirent, ne faisant qu'un. Avant le lever du jour, Julien réveilla Charlotte.

— Ma chérie, il faut rentrer chez toi. Jusqu'à mon départ, retrouvons-nous ici. Je viendrai te chercher chaque soir à la hauteur de la maison Gessler-Mougeotte, je t'attendrai sous le chêne. Si un jour je n'y suis pas, c'est que j'aurai été serré, mais quelqu'un d'autre t'avertira.

Le petit matin était frais, un peu de brume flottait sur les eaux. Au loin, un hibou s'envolait pour regagner les combles d'une maison en ruine de l'autre côté de la Meurthe.

— Si j'osais, murmura Julien.

— Ose, dit-elle simplement, nous sommes mariés et je t'aime tellement. Je voudrais que cette nuit ne finisse jamais. Mourir avec toi en moi, pour toujours.

Julien emmena Charlotte à la Reculée, là où Adèle avait failli céder à Charles, il y avait si longtemps. Les jeunes gens ne savaient rien de la romance de leurs parents. Mais une force invisible semblait les pousser en ce lieu où ils ne firent qu'un. Ils étaient les amants d'un premier matin du monde. Le matin de leur amour. Un couple de canards glissant sur l'eau les avertit qu'il était vraiment temps de rentrer.

— Tu ne regrettes rien ? interrogea Julien.

— Si, bien sûr, tous ces jours perdus alors que nous étions si proches. Je t'aime, Julien, il faut me croire. J'ai seulement peur de Karl.

— Quoi qu'il arrive, je sais que tu ne seras pas coupable. Notre bel amour est au-dessus des vilenies de ce bas monde. Ne l'oublie jamais.

— Si je devais payer de mon corps pour sauver le réseau, je le tuerais après, je te le jure.

Pendant près d'un mois, Charlotte retrouva Julien. Ni Baptiste ni Adèle, pas plus qu'Hélène, ne posèrent de question. On n'avait pas revu Karl à la brasserie. On pensait qu'une affaire familiale l'avait rappelé en Allemagne. Son régiment était toujours là, et il reviendrait. C'était l'évidence.

A son retour, fin octobre, Julien n'était plus là. Robert recommençait à hanter les lieux et Charlotte comprit qu'il devait loger à la place de Julien. Elle n'en fit pas mention.

Karl reprit ses habitudes et ses inspections. Mais il était plus nerveux. Charlotte le guida comme par le passé et tenta de plaisanter pour le détendre. Elle y réussissait. Parfois, Gérald la félicitait pour le travail accompli. En revanche, elle surprit aussi le regard haineux de quelques femmes de Bouxières qui travaillaient là. On parlait dans son dos.

— Comme sa mère, qui a débarqué chez les Morin avec une môme, bien contente de trouver l'Hippolyte pour le plaquer ensuite, après s'être servie, bien sûr.

— Telle mère, telle fille.

— La Charlotte est trop belle pour être honnête et sage !

17

Décembre 1943

— Je vous suis, jolie Charlotte. On fait une inspection classique aujourd'hui. Je n'irai pas plus vite. Je veux encore voir le petit René pédaler à toute allure et l'entendre siffler : « C'est un mauvais garçon, il a des façons... » Le mauvais garçon, qui est-ce, selon vous ? Moi ?

Elle haussa les épaules en prenant une expression mutine.

— Ce sont les paroles d'une chanson interprétée par Damia ; cette valse-là est souvent jouée dans les bals. Mais pas depuis la guerre, car ils sont interdits, vous savez bien.

— Pourquoi siffle-t-il cela ?

— Il a mille chansons dans la tête. Avant la guerre, il jouait dans les guinguettes le samedi et le dimanche. *Le Mauvais Garçon* est très à la mode en ce moment.

— Curieux, curieux... Je n'ai pas cette impression. Je crois qu'il veut cacher des choses que je ne dois pas voir.

— Quelles choses ?

— Des chevaux, par exemple… Vous savez ce qu'a dit la Gestapo qui travaille ici : un cheval découvert, c'est dix ouvriers de fusillés.

— Tiens, avant c'était un pour un. Je suis au courant, Karl. Votre Gestapo ne sait que fusiller, en douce, au petit matin, à la Malpierre.

— Qui vous a dit, qui a vu ?

— Tout se sait. Dites-moi, Karl, vous êtes fier de cette situation ?

— Mais vous êtes insolente !

— Vous trouvez ?

— Chacun son boulot, comme on dit ici. Moi, je dois veiller au maintien de l'ordre dans cette région.

— Quoi, elle n'est pas bonne, votre bière ? On n'est pas gentils avec vous ? Un de vos soldats manque-t-il à l'appel ?

— Je n'ai pas dit cela.

— Karl, puisqu'on s'aime bien, vous et moi, et qu'on se parle franchement, je vais vous donner le point de vue des gens du coin. Ici, c'est leur pays. Votre armée a tort de les considérer comme des sous-hommes qu'il faut faire marcher au pas pour les éduquer. Certes, depuis quatre ans, le pays est occupé. La France a perdu. Est-ce une raison pour l'humilier ? En 1918, je ne crois pas que la France ait agi ainsi avec le peuple allemand. La France a seulement repris l'Alsace et la partie de la Lorraine confisquée en 1870. Si vous comprenez cela, vous aurez déjà fait un grand pas. Mais le pire — et quelle honte pour votre pays ! — est cette chasse aux juifs. C'est indigne, n'est-ce pas ? Dites-moi que cela vous dégoûte.

— Charlotte, comment osez-vous ?

— C'est vrai, admit-elle, j'ose un peu trop. C'est parce que je vous aime bien.

— Il faudra le prouver.

Karl jouait au chat et à la souris. Et elle faisait semblant de le suivre. Quand elle rentra chez elle, Charlotte fouilla dans le tiroir de sa commode. Le revolver y était toujours, caché dans les manches d'un pull-over qu'elle ne mettait plus. Elle vérifia qu'il était chargé et le fourra dans la poche de sa veste. Occupé à écouter Radio-Londres, Baptiste ne remarqua rien. Elle chercha sa mère.

— Il serait temps que tu t'en inquiètes. Cela fait deux mois qu'elle ne fait guère que passer. Hier, elle a quitté le domicile pour vivre sa vie.

— Maman ?

— Ben oui ! Ta mère s'est installée chez le Lucien, bien sûr ce n'est pas loin d'ici, à deux pas de la ferme. Tu sais, le marchand de vins. J'ai quand même donné mon accord !

Charlotte éclata de rire.

— On ne t'a pas refusé le nôtre quand tu t'es mis à la colle avec Hélène.

— En ménage. L'Hélène n'est pas n'importe qui. Et puis, le chef de famille, c'est toujours moi ! Mais dis donc, on dirait que la guerre te réussit ! Tu t'arrondis, ma Charlotte, du haut comme du bas. Belle gosse avec ça !

Elle rougit.

— Regarde-moi, ma petite-fille. Ce n'est pas un effet de mes lunettes, ajouta-t-il en regardant par-dessus sa monture et en plissant sourcils et front avec de la lumière dans le regard.

— Ce n'est pas un effet de tes lunettes, grand-père, c'est l'effet du passage de mon amoureux.

— C'est ça, je vais être arrière-grand-père, et de qui ?

— Mais...

— Ne t'embarrasse pas, va. Le Julien m'a mis dans la confidence avant de partir rejoindre Leclerc en Afrique. Je me faisais tellement de souci !

Charlotte ne voulait pas répondre. Julien aurait dû se taire. Cet enfant qu'elle portait, c'était son amour, son secret, leur secret d'amour.

Depuis quelques jours, Charlotte était inquiète, car les cheminots de la gare de triage préparaient un attentat pour empêcher un convoi de nourriture d'atteindre l'Allemagne. Ils devaient saboter le matériel et, sur des kilomètres, neutraliser des aiguillages. Un traître se trouvant parmi eux les avait donnés. La Gestapo était au courant. Il fallait prévenir Jean-Yves, au triage.

Charlotte sortit précipitamment, comme si elle allait à la chapelle en ruine, en se disant : je vais longer la Meurthe jusqu'à la hauteur de l'école du chemin de fer et après, avant le pont, j'irai à la gare de triage. Ce n'est pas le plus court chemin, mais j'espère ne pas me faire repérer et éviter ainsi le poste de garde face à la brasserie. Par où j'entrerai, je pourrai marcher dans le fossé en dessous du ballast.

Tout dansait dans sa tête. Il fallait repousser cet attentat, disperser momentanément les gens du réseau de Champigneulles, Frouard et Bouxières. La Gestapo avait la liste des cheminots impliqués. Si l'attentat se produisait, en moins de deux heures toutes les arrestations seraient menées. Le nettoyage se ferait sur place. Les ordres étaient précis. Charlotte s'évertuait à expliquer à Karl qu'il se trompait. Jamais les cheminots du triage ne feraient une chose pareille. Un cheminot ne détruit pas l'outil de travail. C'était peine perdue.

Elle pressait le pas sur le chemin de la chapelle. Elle n'était pas rassurée. Elle vit une silhouette au loin qui courait devant elle. Elle s'arrêta et se cacha dans des broussailles, mais Karl surgit derrière elle.

— Vous veniez jusqu'à moi, *meine liebele*[1] ?

— *Nein... so, doch*[2], se força-t-elle.

— *Ach, gut* [3]. J'ai trouvé un lieu extraordinaire pour nous cacher.

Il faisait nuit, et il ne vit pas qu'elle avait pâli.

— Allons, venez. Sauf que le lieu était habité. Mais le gentil garçon qui devait vous attendre me laissera la place. D'ailleurs, je souhaite lui offrir notre fête, *meine liebele.*

Karl la maintenait fermement. Elle entra dans le bureau de l'ancienne forge. Dans un angle, Robert, le visage tuméfié, était assis, la tête entre les mains. Il voulut se lever, bondir en les voyant.

— *Nein ! Setzen Sie sich. Schwein*[4] !

Les cinq mots avaient claqué, cinglant le silence de la nuit. Charlotte réprima frissons et tremblements. Lorsque Karl détourna son regard de Robert, elle

1. Ma chérie.
2. Non... si.
3. Ah, bien.
4. Non ! Asseyez-vous. Porc.

tenta de capter l'attention de ce dernier. Elle lui fit signe de se taire. Pourvu qu'il comprenne, songeait-elle, tandis qu'elle tentait de communiquer avec lui par signes. Apparemment, Karl n'avait pas trouvé l'anneau dans le sol et Robert n'avait pas parlé malgré les coups reçus.

— Va, Robert, je te verrai plus tard, dit doucement Charlotte.

Il fallait garder l'attention de Robert, toute son attention, mais il semblait si las. Comment faire ? Voilà, elle allait enlacer Karl, l'occuper, en même temps qu'elle parlerait un langage codé. Robert percevrait-il le double sens ?

— Robert. Attends-moi chez ta mère. Ne commencez pas *le festin* d'anniversaire sans moi, car il y a une surprise pour tous. On se régalera, mais il faut m'attendre. Tout pourra *se réchauffer*. Ta mère a fait *des merveilles*.

En enlaçant Karl, elle glousse fort pour que Robert continuât de la regarder. Ses mains ne se rejoignirent pas immédiatement dans le dos de Karl. Et, avant de les poser sur la veste kaki, elle agita les index en signe de négation. Robert haussa les sourcils et les abaissa. Il avait compris. Il disposait d'une petite heure pour faire passer le message, avant que Jean-Yves n'allumât le premier le feu d'artifice. Karl fourrait sa tête entre les seins de Charlotte, qui ne se défendait pas.

— Monsieur doit rester, je trouve cela excitant. Je vais lui prouver que je sais mieux faire que lui, après…

— Tu le laisses partir, et en vie. Tu l'as déjà assez amoché. S'il ne peut pas partir... Regarde bien !

Elle tira sur son corsage.

— Ceux-là, et le reste, tu ne les as pas. Ce serait dommage pour toi, ton bas-ventre me semble bien impatient.

— Ce n'est pas moi qui l'ai « arrangé », ton petit camarade, *meine liebele*, les Français font cela très bien pour nous. Certains détestent les terroristes et sont d'excellents collaborateurs pour nous.

— C'est une erreur ! clama Charlotte. Robert n'est pas un terroriste. Il avait un rendez-vous galant.

— Toi, *meine liebele ?*

— Oui, moi.

Charlotte aurait voulu plaisanter, mais des sueurs froides l'inondaient. Elle pria Dieu et diable à la fois de lui donner le courage de ce qu'elle allait oser faire.

Lascive, elle se frottait contre Karl.

— Qu'il aille, murmura Karl, déjà bien excité, je le retrouverai.

Robert partit. Elle demanda seulement à Karl de sortir. Elle voulait être certaine que d'autres Allemands ne patrouillaient pas dans les parages. Karl la devina.

— Nous n'étions que deux, le Français cogneur et moi.

— S'il arrive quelque chose à Robert...

— Tu as ma parole, Charlotte, j'ai assez attendu.

— Je veux quand même sortir, dit-elle en dégrafant son ceinturon.

— Mais il fait froid.

— Justement, j'aime faire cela dehors la première fois, après on recommencera ici. J'ai des fantasmes. J'aime être prise comme une fille de joie.

— Très intéressant, Charlotte, et moi j'aime les filles de joie.

Elle s'adossa au mur, releva sa jupe, prit du temps pour faire rouler ses bas jusqu'aux chevilles.

— Il faut caresser mes jambes, murmura-t-elle, et très lentement pour appeler le plaisir.

Puis elle fit glisser sa culotte, écarta lentement ses jambes en gloussant et s'accrocha à lui dans un grand cri qu'elle renouvela en simulant rage et plaisir.

— Voilà pour les chevaux que tu croyais entendre, dit-elle. Ce lieu est un rendez-vous d'amour. Tu veux qu'on recommence ? J'aime avec toi. C'est intéressant, n'est-ce pas ?

— Tu fais ça quand, et avec qui ?

— Je fais cela avec beaucoup de monde et très souvent. Tu as vu, je n'étais pas vierge.

— Tais-toi, *kleine*[1] putain, tu es si jolie, tu te gâches. Pourquoi ?

Elle tenta de le regarder.

— Allume ton briquet.

Elle fit signe, frotta son pouce sur son index.

— Pour ça, l'argent, pour aider mon grand-père et ma mère. Et puis parce que j'aime l'amour. Après la guerre, j'aurai un petit pécule et je voyagerai. Mes explications te conviennent ? Pour toi, l'occupant, le

1. Petite.

vainqueur, c'est gratuit, parce que tu es très intéressant.

— *Ich liebe dich*[1], Charlotte. Montre-moi tes seins, ils sont beaux, gros. Je te donnerai beaucoup d'argent, si tu fais ça uniquement avec moi.

— Ça, je ne peux pas promettre, dit-elle en se rajustant et en riant vulgairement. Les petites putains...

— Charlotte, tu as dit qu'on le referait à l'intérieur.

— On va le refaire.

— Je veux te voir nue.

— Passe devant et éclaire le lieu. Je vais me déshabiller dans la lumière.

Et, comme il entrait sans méfiance, la précédant, Charlotte saisit le revolver qu'elle avait glissé entre deux pierres au moment où ils étaient sortis. Elle tira en fermant les yeux. Il s'effondra en un bruit sourd sur la terre. Elle avait bien visé. Elle sortit précipitamment, apeurée, en larmes et en hurlant :

— Julien, Julien, pardon !

C'était le cri de l'outrage. Un cri de femme meurtrie, à jamais blessée. Elle n'oublierait jamais la brûlure d'une telle visite dans le bas de son ventre.

Robert arrivait. Elle s'effondra dans ses bras.

— Je l'ai tué, tué, dit-elle, saisie d'une crise de nerfs qui provoquait des spasmes et des hoquets.

Elle allait manquer d'air.

— Tais-toi, tais-toi, pour l'amour du ciel !

Elle criait, se débattait contre d'invisibles agresseurs. Il dut la gifler pour la faire taire.

1. Je t'aime.

— Je suis désolé, Charlotte, reviens à toi. Il faut faire disparaître le corps, sinon on aura des emmerdements.

Les cris de Charlotte s'arrêtèrent net. Elle était revenue sur terre. Froide et déterminée. Elle ne s'appartenait plus. Elle était un pantin soudain.

— Fichons ce salaud à la Meurthe ! Ou au canal, il va geler…

— Ah non ! Le corps risquerait de remonter au dégel. Il faut le brûler. Dans la chaudière à trempe. Elle est en chauffe en ce moment. Il est où, le frisé ?

— A l'intérieur, mais pas en sous-sol.

— Va chercher un chariot à la tonnellerie, je déplace l'armoire qui cache la porte ouvrant sur l'ancien atelier de la forge, le chariot devrait passer par là.

— Il faut que je trouve de l'aide ?

— Non. Moins il y aura de gens au courant, mieux ce sera. Quand nous serons arrivés près du bâtiment, appelle simplement le Gus en sifflant trois petits coups.

— Je ne sais pas siffler.

— Eh ben, chante *Maréchal*…

— Ah non, pas cette abomination !

— Alors, entre dans le bâtiment, trouve le Gus et dis-lui d'éloigner les gars qui sont avec lui. Ne pleure pas, tu n'avais pas le choix. Tu es une héroïne. Julien sera fier de toi.

— Mais j'ai tué, peut-être un père de famille.

— A la guerre comme à la guerre ! Tu crois qu'il n'a pas tué, lui ! Pense à ceux de la Malpierre, souviens-toi du Raymond, arrêté par la police française et fusillé par ceux de la Wehrmacht installés au château du Bas. Tu n'as pas oublié la lettre qu'il a pu faire passer à sa famille ?

Non, Charlotte n'avait rien oublié de ce jour où Lucie, la mère, avait lu la lettre aux femmes du lavoir.

Je vais mourir, j'entends leurs pas et le bruit des clés dans les serrures. Hier, ils ont pris la Martine et le Jacques. Je ne regrette rien. Nous sommes du bon côté. Mais sachez que si les Allemands ont pu faire le travail, ils n'y sont parvenus qu'avec l'aide de pourris parmi nous. Honte à la police française ! Longtemps, ses mains tachées de sang seront une ombre sinistre dans l'histoire. Ici, c'est elle qui m'a donné et arrêté. Que Dieu m'accueille. Pardon, maman, pour le mal que j'ai pu te faire. Je meurs en vous emportant dans mon cœur. Vive la France !

Raymond.

Une fois la sale besogne accomplie, ils se laissèrent aller.

— Si tu ne l'avais pas tué, moi, je l'aurais fait. Car il aurait cherché à me descendre, puisqu'il m'avait vu. J'en savais trop.

— Il m'a salie. Et je porte le bébé de Julien.

— Il ne t'a pas salie. Ton geste t'a lavée. Ton geste a permis que je prévienne le Jean-Yves et les autres. Il ne se passera rien. On *réchauffera* pour plus tard. C'était un monstre, Charlotte. Et les monstres, il faut les zigouiller.

Elle pleura longtemps contre l'épaule de Robert.

— Parfois, dit-il, j'envie ton Julien. Tu es une chic fille. Si le Julien n'avait pas été sur les rangs, je m'y serais mis, tu sais.

Il la prit dans ses bras comme un grand frère et l'embrassa sur la joue.

— Allez, viens, il est temps de rentrer maintenant. Sèche tes larmes et pense au débarquement qui se prépare. Ce sera cette année. L'Italie cède. L'Allemagne sera bientôt à genoux. Il va te rester une mission : convaincre le bon docteur de la rue de Nancy de quitter les lieux, comme tu as su le faire pour monsieur Wiesermann, l'épicier de la rue de Bellefontaine. Les rafles ont commencé à Nancy, et il est sur les listes. Va le consulter pour ton petiot et persuade-le de filer en zone libre. Tu lui donneras les papiers nécessaires.

— Grand-père a déjà essayé et maman aussi, puisque c'est notre médecin. C'est un homme d'une grande bonté qui est certain qu'on ne va pas faire de mal à un médecin puisqu'il soigne tout le monde.

La disparition de Karl ne se remarqua pas tout de suite. Lorsque l'enquête démarra, Gérald jugea bon de ne pas éloigner Charlotte de la brasserie. Il ne fallait rien changer pour n'éveiller aucun soupçon. Comme c'était le cas dans des situations un peu délicates, mademoiselle Charlotte Morin était demandée comme interprète. Et dans l'enquête concernant la disparition de Karl, Charlotte était la mieux placée. On savait que c'était elle qui avait affaire à lui pendant les inspections régulières.

— Comment était-il lorsque vous l'avez rencontré pour la dernière fois ?

— Il semblait très soucieux pour sa famille en Allemagne. Mais il en parlait peu.

— Il était amoureux de vous ?

— Non, dit Charlotte, moi je suis fiancée (elle montra son ventre qui pointait) et j'attends un bébé. Mon fiancé est reparti en Alsace. Il ne faut pas le dire, il était venu en cachette.

— Je ne vous ai pas demandé si vous, vous étiez amoureuse de lui, je vous ai demandé si lui vous avait manifesté de l'intérêt.

— Il plaisantait, mais il est toujours resté d'une grande correction.

— Vous a-t-il invitée au restaurant, ou en d'autres lieux ?

— Jamais.

— Je ne peux croire, dit son supérieur, que Karl ait déserté. Pourtant on n'a pas trouvé trace du corps, ni d'autre indice, d'ailleurs. C'est un vrai mystère. Il n'a laissé aucune lettre.

Charlotte risqua :

— Et dans la Meurthe ?

— Des plongeurs sont descendus, comme dans le canal. Rien, aucun indice.

Charlotte se souvenait des consignes de Robert. Trois fois, ils étaient revenus sur les lieux pour effacer toute trace et être certains qu'aucun indice n'était susceptible de les trahir. Tout était passé dans la chaudière. Gus et Robert s'en étaient chargés. Elle avait assisté à la scène et, souvent, y repensait pendant la nuit. Jamais elle n'en parlait à son grand-père, ni à personne. Mais son geste pesait lourd sur sa conscience. Même si pour la disculper Robert lançait : « Allons, Charlotte, à la guerre comme à la guerre ! »

L'affaire finit par être classée. Mais il convenait de rester sur ses gardes.

Charlotte demeurait souvent pensive. On pouvait croire que l'absence de Julien lui pesait. Ce qui était vrai aussi. Peut-être que s'il avait été là il aurait réussi à lui redonner le goût de vivre. Elle le perdait chaque jour davantage. Robert avait rejoint Londres. Il reviendrait en conquérant, avait-il déclaré en lui disant au revoir.

« On les chassera jusqu'au dernier et ton petit grandira dans une vraie France. Charlotte, regarde-moi, je t'en prie. Je le jure, s'il arrive malheur à ton Julien, je ne t'abandonnerai pas, tu me crois ? »

Charlotte pleurait. Les mêmes larmes que dans le bureau de l'ancienne forge après avoir tué Karl. Elle l'avait tué alors que le petit de Julien appelait à la vie. Où était Dieu en ces instants ? De quel côté se plaçait-il ?

Et Julien, dont elle était sans nouvelles ?

18

2 avril 1944

Depuis plusieurs semaines, de lourds bombardiers traversaient le nord et l'est de la France pour aller arroser la Sarre et l'Allemagne de bombes meurtrières. Souvent le sol tremblait à Champigneulles et dans les environs. Les sirènes se déclenchaient, on courait vers les abris. La proximité de la gare de triage faisait de la localité un endroit stratégique, susceptible d'être anéanti autant par l'occupant que par les forces alliées, dont les opérations militaires étaient de plus en plus précises. La direction de la brasserie transportait son personnel à bord de camions à gazogène dans les bois de la Fourasse. En attendant la fin de l'alerte, le personnel pique-niquait avec les moyens du bord, plutôt joyeusement. L'humour et la dérision sont toujours des armes fantastiques face au danger. Ce sont, en tout cas, de fameux pieds de nez pour narguer la mort. Pour leur part, les habitants de la route de Bouxières qui se réfugiaient dans les caves des cités ne s'en privaient pas. Ils discutaient pour tuer le temps avant qu'il n'ait raison de chacun. On faisait des pronostics, on philosophait aussi.

— Etre tué par des bombes alliées serait un comble, pourtant c'est ce qui nous guette, disait Lucie, qui se reprenait à espérer.

Au moins son fils Raymond ne serait pas mort pour rien.

— La Rolande et ses deux petits non plus, ils n'ont pas dû comprendre ce qui leur est arrivé la semaine dernière, un peu avant le passage à niveau. Comme si une jeune mère de famille pouvait être un grand danger pour les uns ou pour les autres, poursuivait Madeleine, l'épicière.

Le chalet de Baptiste ne possédait pas de vraie cave. Il disait qu'il s'en moquait. Hélène et Charlotte avaient cependant réussi à le persuader de venir passer les nuits chez Adèle et Lucien, dont la cave, très spacieuse et aux normes, avait été aménagée en cas d'alerte et de bombardements. La vie pouvait s'organiser en sous-sol.

Ce fut une nuit terrible que celle du 1er au 2 avril. De bombardiers alliés, américains et canadiens, n'en finissaient pas d'alourdir de leurs vagues serrées le ciel de Champigneulles, pour s'en aller au-delà de Bouxières-aux-Dames vers Custines et Metz. Toute la famille était descendue s'installer dans la cave. Prudence et Augustine, qui étaient venues visiter leur sœur, n'avaient pas pu regagner le haut de Champigneulles. Adèle avait installé des lits de fortune et les discussions allaient bon train. On n'avait pas vu venir la nuit. Finalement, le sommeil gagna les uns et les autres malgré les sirènes sonnant la fin ou le début des alertes. On ne savait plus très bien où l'on en était avec le danger. Le ciel grondait. Le passage incessant de ces vagues d'avions faisait trembler les vitres des fenêtres.

— Ils vont bien finir par les faire descendre, grondait Lucien à moitié endormi, comme ceux des bureaux du triage, l'autre nuit.

Bientôt, à part le ronflement des hommes, on n'entendit plus rien. Charlotte soudain se réveilla en se tenant les reins. Elle dut se lever pour être soulagée. Une de ces douleurs de femmes qui les font se cambrer, une main sur les reins et l'autre sur le ventre. Charlotte caressait son ventre doucement en parlant au bébé qu'elle portait. Elle marchait de long en large dans le couloir de la cave. Adèle la rejoignit.

— Charlotte, ça ne va pas ?

— C'est le bébé, il va venir avec plus d'un mois d'avance, ça fait plusieurs jours que j'ai des douleurs, mais en ce moment je ne tiens plus en place.

Et comme elle parlait, elle sentit un liquide chaud couler entre ses cuisses et ses jambes.

— Regarde.

— Ce sont les eaux, tu perds les eaux. Couche-toi, je préviens ton grand-père et le Lucien. Ils vont aller chercher une sage-femme.

— Mais l'alerte n'est pas finie !

— Elle ne va pas durer, et le petit ne viendra pas avant quelques heures. L'Hélène va te préparer une tisane.

Baptiste et Lucien sortirent cheval et carriole et, dès la fin de l'alerte, ils se dirigèrent jusqu'au pont de Bouxières. Baptiste guidait Lucien.

— A côté de l'ancienne buvette, tu t'arrêteras. Au fond de la cour. On y passera pour rattraper la ruelle du Lièvre, où vit la Marguerite Brunet. C'est une chic fille qui a beaucoup appris autrefois avec madame Treslot, la sage-femme de Frouard, elle pourra nous aider.

— Mais c'est déjà une vieille femme.

— Pas tant que cela. Elle a l'âge de l'Hélène, je crois. On ne peut pas aller plus loin, regarde ce qui passe au-dessus de nos têtes. Ma parole, c'est toute l'Amérique qui déménage.

— Et quand il fera tout à fait jour, ils nous canarderont.

— Mais non, ce sont des Américains !

— Ils ne font pas la différence. Ils vont penser que nous sommes des Boches en fuite, ces grands naïfs. La semaine dernière, avant le passage à niveau, ils ont bien aplati la Rolande et ses deux petits cachés dans le fossé.

Baptiste et Lucien n'eurent aucun mal à convaincre Marguerite, trop heureuse de rendre service et de retrouver le métier. Elle passa à la hâte un manteau sur sa chemise de nuit et emporta du linge propre, au cas où.

— Et alors ? s'inquiéta Adèle.

— Il ne se présente pas bien, ce petit. Il s'est mis tout de travers. Il faudrait un médecin. Le travail n'avance pas. Le bébé souffre et la mère aussi.

Charlotte, pâle comme un linge, s'épuisait, et les spasmes la faisaient presque crier. Elle demanda une serviette très épaisse pour étouffer le cri au cas où elle ne pourrait le retenir.

Baptiste s'était éclipsé.

Comment fit-il pour revenir, une demi-heure plus tard, à bord d'une automobile conduite par le patron du café-restaurant de la Gare ?

— Elle n'est pas transportable, dit Marguerite, qui sortit précipitamment au-devant de Baptiste. Et puis, avec ce ciel devenu fou...

— Sacré nom, je n'ai pas dit qu'on allait la transporter, répondit Baptiste en ouvrant la portière arrière de la voiture et en tirant une couverture.

Le docteur de la rue de Nancy, qui refusait de quitter la ville afin de continuer à soigner ses patients, apparut là, tel un sauveur.

— Ah, docteur, s'écria Marguerite, soulagée, comme c'est gentil !

— Où est-elle, ma petite Charlotte ?

— On l'a remontée au rez-de-chaussée.

Autour du médecin, les femmes s'activaient. Il fit signe à Adèle de sortir de la pièce.

— Je crois que son bébé est mort en elle. C'est pour cela qu'il ne bouge pas d'un pouce. Il faut tenter une césarienne, sinon elle va mourir d'épuisement. Est-ce que quelqu'un peut aller jusqu'à la pharmacie acheter du chloroforme ? Je vais faire une ordonnance. A la pharmacie, il faut demander Berthe et personne d'autre. Berthe pour André.

Cette fois, l'alerte étant passée, Baptiste prit son vélo. Adèle s'inquiéta. Elle savait son père fatigué.

— Eh, je ne suis pas encore mort ! Ma grand-mère est morte à quatre-vingt-neuf ans. J'ai encore dix ans devant moi. Demande à l'Hélène si je suis vieux, chaque soir.

— Baptiste ! lança Hélène sur un ton de reproche.

Baptiste fut de retour assez rapidement avec ce qu'avait demandé le médecin. On avait installé des draps propres, repassés et tout juste sortis de l'armoire. Le docteur avait badigeonné de Dakin le ventre de Charlotte. Il avait pris sa tension, écouté son cœur, car une anesthésie au chloroforme n'est jamais sans risques.

— Charlotte est solide, ça va aller, dit-il pour rassurer tout le monde.

Personne ne remarqua la pâleur extrême de Baptiste, ni les efforts surhumains fournis pour aller s'asseoir dans son fauteuil en attendant la fin de l'opération.

— Besoin de dormir, déclara-t-il. Epuisé... J'ai quand même soixante-dix-huit ans, murmura-t-il en quittant les femmes. Dites-moi quand tout sera fini.

— C'est bien ce que je pensais, murmura le médecin. Le premier bébé est mort.

Adèle et Hélène se regardèrent, surprises.

— Le... le premier bébé ? gémit Adèle.

— Ben oui, Charlotte attendait des jumeaux. Je lui avais dit qu'elle courait ce risque, ou cette chance, c'est comme on veut.

— C'est vrai, il y a des jumeaux dans la famille, admit Adèle. Prudence et Augustine, mes sœurs, sont jumelles.

— Et il y en a aussi chez les d'Auzécourt, poursuivit le médecin.

— Les qui ? s'écria Adèle, une main sur la poitrine et sur le point de tourner de l'œil.

— Chez les d'Auzécourt, reprit le médecin. Les petits de Charlotte sont ceux de Julien. Julien est un d'Auzécourt, le fils de Charles. D'ailleurs, sa sœur n'a pas d'enfants. Regardez-le, ce bébé, dit le médecin en le soulevant. N'est-il pas magnifique et plein de vie ? Il va falloir veiller sur Charlotte, elle est faible. Heureusement, il n'y a pas eu d'hémorragie. Si aucune infection ne s'en mêle, tout ira bien.

On chercha Baptiste pour lui annoncer l'heureuse nouvelle. Et on le trouva dans le fauteuil.

— Baptiste, Baptiste, c'est un garçon ! s'exclama Lucien.

Baptiste ne répondait pas.

Le médecin s'approcha, suivi d'Hélène.

— Mais... il est blessé, regardez sa chemise ! s'écria-t-elle. Mon Dieu, docteur, il va mourir !

Le médecin se pencha sur Baptiste avec compassion.

— Mon vieil ami... Il a l'air d'avoir perdu beaucoup de sang. La balle doit être dans le poumon. Et je n'ai plus beaucoup de chloroforme...

— A la pharmacie... Il n'y en a plus non plus... On m'a donné le reste du stock. Par contre, Berthe a glissé quelques flacons d'éther.

Baptiste ouvrait les yeux avec beaucoup de difficulté et tentait d'expliquer ce qui lui était arrivé.

— Tu nous raconteras plus tard, ordonna doucement Lucien. Garde tes forces.

Le médecin s'était penché sur lui et continuait de parler pour rassurer l'entourage.

— Je m'occupe de toi, Baptiste. Ne lutte pas contre le sommeil. Il reste un peu de chloroforme. Laisse-toi aller, tu souffriras moins. Je vais l'extraire, cette balle, et te remettre sur pied.

Baptiste esquissa un sourire, tourna la tête vers la fenêtre et ferma les yeux tandis que le médecin entaillait sa poitrine d'un geste précis. Adèle épongeait le sang.

— Lucien, grogna le médecin, Baptiste va se réveiller très vite. Prépare les flacons d'éther, et si ce n'est pas suffisant pour garder notre ami au pays de l'orge pendant que je la cherche, cette maudite balle, tu dois bien avoir de la gnôle, enfin quelque chose de costaud, dans ta cave. Tu as fait la guerre de 14. Alors vas-y de bon cœur avec Baptiste. A la guerre comme à la guerre.

Hélène et Adèle se jetaient des regards désespérés de part et d'autre de l'homme qu'elles aimaient toutes deux.

— Eh bien, la voici. Je l'ai ! s'écria le médecin en brandissant l'objet entre deux pinces.

La balle avait perforé le poumon. Hélène avait vu la grimace du médecin. Baptiste ouvrait les yeux de temps à autre et tentait de se soulever. Mais Hélène et Lucien le maintenaient vigoureusement tout en le rassurant.

— Une bien vilaine balle ! Installez Baptiste presque assis pour qu'il respire mieux. Je vais essayer de le faire transporter à l'hôpital ou bien de trouver de quoi calmer ses souffrances, car il se fatigue.

Il chercha dans sa mallette de cuir usé et en extirpa une boîte.

— Dégagez une de ses fesses, mesdames, je peux soulager son cœur avec une piqûre de camphre.

De nouveau, il fallait éponger le sang, comprimer la plaie avant de rapprocher les chairs et de pouvoir suturer. Le médecin savait qu'il aurait fallu poser des drains... Il fallait compter désormais sur le ciel pour sauver Baptiste, à qui l'air manquait. Une assistance respiratoire aurait été nécessaire. Il écouta son cœur. Le pouls était faible... Baptiste était conscient et voulait parler.

Hélène prit les mains de son compagnon.

— Pourquoi n'as-tu rien dit à ton arrivée ?

— Ça aurait changé quoi ? Il n'y avait qu'un médecin. Comment en trouver un autre quand sonnait une nouvelle alerte ? Moi, j'ai fait ma vie. Tu es encore jeune, ma belle Hélène. Le Lucien et l'Adèle veilleront sur toi. Le plus important, c'est... notre Charlotte et ses petits.

— Son petit. Un des jumeaux est mort. Mais l'autre est vivant. Pas tout à fait quatre livres. Il vivra, a dit le docteur. Tu es arrière-grand-père, mon Baptiste.

Hélène se voulait rassurante et tentait d'insuffler à son époux un peu d'espoir. Mais la souffrance creusait ses traits.

— Hélène, je ne sais pas combien de temps je vais vivre. Mais je veux te raconter. Au pont du canal, au retour, je suis tombé sur une patrouille... Dans ma hâte, j'étais parti sans papiers. J'ai préféré fuir le long du triage... Pour la Charlotte, il ne fallait pas perdre de temps. Ils ont tiré, ces salauds, et ils ont bien visé. J'ai fait le mort et ce sont les cheminots du triage qui m'ont ramassé et reconduit ici.

— Repose-toi, Baptiste, tu es solide, tu t'en tireras.

— Elle l'appelle comment, son petit, ma Charlotte ?

— Jean-Baptiste Julien.

— Elle aurait dû mettre Julien en premier. Je voudrais le voir.

Adèle présenta l'enfant à son père. Elle tenait dans ses bras le petit-fils de Charles. Elle songea au symbole de cette naissance. Des jumeaux ! L'un vivrait, peut-être comme l'amour de Charlotte et Julien, et l'autre s'en était allé, comme Charles.

— C'est tout le Julien. Il ne pourra pas le renier, murmura Baptiste, ému.

Baptiste quitta doucement la vie dans la soirée, alors que le soir tombait. Il s'était assoupi, et son cœur fatigué avait cessé de battre sans que personne sût à quel instant. Les femmes étaient dans la cuisine et Lucien préparait une livraison pour le lendemain. C'est lui qui, remontant de la cave, trouva Baptiste la tête penchée en avant.

— Ben, Baptiste, pourquoi t'en vas-tu sans rien dire ?

Il ne saurait jamais l'arrestation du bon docteur deux jours plus tard.

Une voiture noire venue au petit matin, avant la grande clarté, quand la ville dormait encore. Ellc s'arrêta rue de Nancy devant le domicile du médecin. Les portières s'ouvrirent. Six hommes vêtus de noir et coiffés d'un chapeau qui faisait une ombre sinistre sur leur visage arrachèrent sans ménagement le médecin et son épouse à leur tasse de café. Nul ne devait les revoir. On apprit, longtemps après la fin de la guerre, que le 18 avril de la même année ils étaient arrivés à Auschwitz pour n'en jamais revenir.

Charlotte se remettait lentement. Son corps retrouvait peu à peu ses forces, elle reprenait des couleurs. Contre toute espérance, elle eut du lait pour nourrir Jean-Baptiste. Quand elle posait son regard sur le bébé, elle pleurait. Hélène s'asseyait souvent près d'elle et murmurait :

— Il reviendra, Charlotte.

Elle ne répondait pas. Entendait-elle seulement les paroles de réconfort des uns et des autres ? Elle était perdue dans un lieu où personne ne pouvait la rejoindre. Un lieu où elle avait tenu une arme et abattu un homme après s'être donnée à lui, alors qu'elle portait le fruit de l'amour, les bébés de Julien. Julien pouvait bien revenir, elle ne se manifesterait pas. Comment pourrait-il encore l'aimer ? Elle se sentait laide, sale. Et, quand elle apprit la mort de l'un des jumeaux, elle s'imagina que le ciel l'avait punie. Pour elle, les salissures de l'ennemi avaient bel et bien empoisonné l'enfant. Si seulement elle avait pu en parler à quelqu'un ! Mais à qui ? Baptiste, lui, aurait compris. Lui, il savait l'aimer. Or Baptiste était mort pour l'avoir aidée à donner la vie. Baptiste avait offert sa vie pour que les fruits de l'amour aient toutes les chances de s'épanouir. Charlotte se sentait seule, étrangement seule en ce printemps, et elle ne parvenait pas à s'extraire de la torpeur qui l'avait gagnée.

Adèle se dévouait pour le petit Jean-Baptiste. Mais comment comprendre vraiment l'état de Charlotte ? N'avait-elle pas osé ce qu'elle, sa mère, s'était interdit ? Vivre, aimer, en dépit des conventions.

Les mois qui suivirent furent chaotiques pour la petite ville de Champigneulles. La déroute avait commencé pour l'armée allemande, souvent bombardée par les Alliés. En mai, les familles de la route de Bouxières reçurent l'ordre d'évacuer. Charlotte et son bébé, Hélène, Adèle et Lucien furent hébergés à Lay-Saint-Christophe, chez une cousine de ce dernier. Lucien, très inquiet pour son commerce, revenait chaque jour à travers champs afin de vérifier que la maison était encore debout et que personne n'avait tenté de la cambrioler. Si la brasserie continuait d'ouvrir ses portes, de faire hurler ses sirènes pour appeler et sonner la fin du travail, l'incertitude grandissait. On manquait de tout. Il avait fallu abandonner les chevaux, et dans les derniers mois même la vieille Philippe fut réquisitionnée. Le petit René pleurait en la détachant pour la donner au soldat venu la chercher. Personne autour des écuries n'osait imaginer ce que l'occupant en ferait. Le petit René ne sifflait plus *C'est un mauvais garçon.* Il jura qu'il ne mangerait plus jamais un seul morceau de cheval.

La nouvelle se propagea comme une traînée de poudre. Les Américains ! Les Américains arrivaient... Le Débarquement avait eu lieu. Le mois de juin faisait renaître un peu d'espoir, chassait toutes les fatigues. On allait en finir.

On apprit l'insurrection de Paris, sa libération. Ce fut un déclic : si Paris s'était soulevé, le reste de la France pouvait bien en faire autant. D'ailleurs, un peu partout, les Allemands pliaient bagage. Parfois dans la précipitation, en incendiant des villages, en faisant sauter des dépôts de munitions ou des ponts. Celui de Pompey avait volé en éclats et les habitants chassés de leur ville traversèrent la Moselle comme ils le purent en abandonnant le peu de biens qu'ils avaient emportés. Ils se réfugièrent à Champigneulles et furent accueillis aux Charmilles. Adèle et Hélène allaient aider la Croix-Rouge, qui tentait de nourrir pas loin de deux mille personnes, des femmes, des enfants et des vieillards. Il y avait tant de détresse dans les yeux de ces pauvres gens !

Autant Charlotte avait été active, autant elle semblait absente en ces jours. Elle continuait de s'occuper de Jean-Baptiste, de lui donner le sein, de le changer… Elle le posait dans son berceau et attendait la venue du sommeil pour le quitter. Mais son âme restait dans ce pays mystérieux habité par Julien.

Adèle l'observait et priait en secret. « Pourvu qu'il revienne, sinon elle va mourir. »

Les mois passèrent sans que l'état de Charlotte se fût amélioré. Le petit Jean-Baptiste était devenu un beau bébé. Adèle et Hélène tentaient de pallier les « absences » de Charlotte.

De ce fait, Adèle n'osait pas se rendre à Nancy pour quérir quelques nouvelles d'Emilienne, qu'elle avait trouvée très soucieuse au printemps. Madame de Morville, sa protectrice, était en train de mourir. Emilienne en était très affectée.

« Madame de Morville est très âgée. Elle a quatre-vingt-dix ans. Elle te quitte tous les jours un peu. Pourquoi te lamenter ? Notre père n'a pas vécu si vieux, avait essayé de dire Adèle à sa jeune sœur.

— Tu ne peux pas comprendre… J'aurais tant voulu lui parler une dernière fois, qu'elle me reconnaisse encore.

— C'est si important ?

— Oui, parce que… »

Quel autre tourment rongeait Emilienne ? Elle avait quelque chose à dire, elle voulait se confier, mais les mots ne franchissaient pas ses lèvres.

« Tu me l'écriras », avait suggéré doucement Adèle.

A la fin de l'automne, Adèle reçut une lettre.

Pour Adèle, ma sœur et petite mère,

Sur les injonctions de sa famille, Hervé m'a quittée. Je pense que c'est normal. Pendant ces années de guerre, notre « mariage » a protégé l'un et l'autre. Si un jour on te rapporte une monstrueuse vilenie à mon égard, sache que ce n'est pas vrai. Je n'ai jamais démérité et ai toujours fait honneur à notre famille.

Je t'embrasse ainsi que mes sœurs, Charlotte et son petit.

Emilienne.

Adèle imagina tous les cas de figure. Emilienne avait eu un amant. Et alors ? songea-t-elle. Ce n'était pas une vilenie puisque son mariage n'était pas un vrai. Emilienne avait peut-être aimé un Allemand, puisqu'une partie des Auzécourt collaborait. Adèle ne pouvait pas y croire. Sa petite sœur chérie était au-dessus de tout soupçon.

L'hiver tirait à sa fin. Vint ce dimanche de février où le vicaire remit à Adèle une lettre à la sortie de la messe de la chandeleur.

Adèle et Charlotte,

Je ne verrai pas la paix qu'on dit toute proche. Quand vous lirez cette lettre, j'aurai rejoint papa et maman... Je ne peux plus vivre ainsi. Hier, des hommes sont encore venus m'interroger, rue des Dominicains. Une bague sertie de diamants a disparu du coffret à bijoux de madame de Morville. Il paraît qu'elle s'en était déjà plainte à Hervé quand nous vivions encore ensemble.

« Je me suis trompée sur Emilienne. C'est une petite voleuse. C'est elle, la coupable, et c'est en vendant ce bijou qu'elle a pu ouvrir son atelier. »

Ne croyez pas cela. J'ignorais l'existence de ce bijou, et des autres, d'ailleurs. Madame de Morville, comme vous le savez, est morte en novembre dernier. Et son testament a été ouvert. Elle a écrit des choses terribles sur moi :

« Il manque, dans mon coffret à bijoux, la bague sertie de diamants. C'est Emilienne qui l'a dérobée pour ouvrir son atelier. Que personne ne lui cherche d'ennuis ! Je veux seulement qu'elle rembourse progressivement pour qu'elle comprenne la portée de son geste. »

Comme je suis triste ! J'en veux à Hervé. Pourquoi a-t-il cru sa tante ? Elle devenait sénile et il le savait parfaitement. Parfois nous en riions. Je pense, sans en avoir la preuve, qu'il pourrait être l'auteur de cet « emprunt ». A sa décharge, l'argent manquait parfois pour sa galerie et je sais qu'il trafiquait ses comptes. Il avait aussi des amants douteux. Chaque jour, les gendarmes me harcèlent, insistent pour que j'avoue. Ils me disent qu'ils ont des preuves. Je ne survivrai pas à ce scandale. Je préfère quitter cette vie pour éviter tout tracas à autrui. Pardon.

Emilienne.

P.S. Avez-vous des nouvelles de Julien ? Sa famille s'inquiète.

Adèle sanglotait en lisant la lettre d'Emilienne. Elle téléphona rue des Dominicains, alerta police et gendarmerie. Emilienne avait disparu depuis plusieurs jours. Elle avait parfaitement organisé son « départ ».

Le lendemain, les gendarmes se présentèrent au domicile de Lucien et Adèle. Emilienne s'était jetée à la Meurthe au pont de Malzéville. On avait retrouvé un mot très bref sur la commode de sa chambre :

J'ai choisi de mourir et en ai expliqué les raisons à ma sœur Adèle dans une lettre adressée au vicaire de sa paroisse.

Adèle hésita longtemps avant de faire lire la lettre d'Emilienne à Charlotte. Etait-ce ajouter un chagrin ou forcer sa fille à reprendre contact avec la réalité ? Les événements s'étaient bousculés au cours des derniers mois, et Adèle percevait soudain la douleur de l'absence de Baptiste. Il lui manquait. En descendant à la cave pour prendre conseil auprès de Lucien, elle implorait secrètement son père, qu'elle sentait proche d'elle. « Père, dis-moi comment faire avec Charlotte. »

Elle se revit petite fille, à la main de son père, puis jeune fille déjà. « Je vais te dire, parce que tu es grande, Lise, ta maman, va mourir. Le mal qui ronge sa poitrine ne se guérit pas. Elle le sait. Quand elle ne sera plus là, c'est l'amour qui restera, et c'est comme ça qu'il faut continuer à vivre, en s'aimant beaucoup. »

Parler à Charlotte, même si les mots faisaient mal, même s'ils provoquaient un tremblement de terre, parler pour lui dire l'amour de ceux qui l'avaient précédée, parler encore de l'amour de ceux qui restent et de l'amour dû aux petits. Jean-Baptiste, lui, devait vivre, avec ou sans la présence de Julien. Voilà ce qu'elle dirait à sa fille : « Jean-Baptiste doit vivre malgré ta tristesse. Il n'y est pour rien. Sans ton rire, il ne peut pas grandir. »

L'air était doux. Adèle s'installa près de Charlotte, assise sur le banc dans la cour de Lucien. Jean-Baptiste gazouillait sur les genoux de sa maman.

— Il faut que je te parle, Charlotte.

Adèle tenait entre ses mains tremblantes la lettre d'Emilienne.

— Je te la lis, ou tu peux la lire toi-même ?

Charlotte tendit la main sans mot dire et prit la lettre d'Emilienne entre ses doigts. Elle lut l'annonce de la mort d'Emilienne sans manifester de réels sentiments. Une sorte d'indifférence voilait son visage. Quand ses yeux déchiffrèrent la dernière ligne, elle s'effondra dans les bras de sa mère.

— Julien est sans doute mort aussi.

— Allons, il ne faut pas désespérer.

— Robert est rentré, pas Julien. Robert ne sait pas où il est. Ils ont été ensemble dans l'armée de Leclerc et puis Julien a été appelé pour une courte mission en Angleterre. Ils ne se sont plus revus.

— Mais quand as-tu vu Robert ?

— Ce matin, pendant que tu étais aux Charmilles. C'est aussi bien, si Julien était revenu, je n'en aurais plus voulu.

— Pourquoi ?

— A cause de moi, et aussi d'Emilienne. D'ailleurs peut-être ne veut-il plus de moi à cause de tout cela...

Elle pleura longuement dans les bras de sa mère. Hélène était passée prendre le petit Jean-Baptiste pour le coucher.

Le lendemain matin, Robert vint tirer sur la cloche du portail de Lucien. Il voulait embrasser Charlotte avant de rejoindre la 2e DB, qui se dirigeait vers Strasbourg.

— Veux-tu m'accompagner jusqu'à la digue ? Prends le petit, je veux te parler.

Le froid était vif, mais le ciel était d'un bleu prometteur.

— Tu te souviens de ce que je t'ai dit, un certain soir, dans l'ancienne forge murée ? Je pense toujours la même chose. Ton petit aura besoin d'un papa. Si Julien ne revient pas, penses-tu que je puisse être celui-là ? Ton petit sera notre petit, et il sera plus heureux avec des frères et des sœurs pour grandir. Je reviendrai, Charlotte.

— C'est trop tôt, Robert. Je t'aime bien, mais sans t'aimer tout court. Ce n'est pas vraiment juste pour toi.

— J'attendrai le temps qu'il faudra, Charlotte, et nous nous aimerons tout court, comme tu dis.

Elle ne sut pas comment appeler cette vague de douceur s'emparant d'elle. C'était la première fois qu'elle ressentait cet assaut de tendresse.

Elle accompagna Robert bien au-delà de la digue de la route de Bouxières, son bébé dans les bras. Longtemps, elle regarda Robert qui avait enfourché son vélo au chemin de la Corroierie pour rejoindre le pont de Lay-Saint-Christophe et prendre son paquetage chez sa mère au Moulin noir. Et, pour la première fois, elle se tourna vers Jean-Baptiste, qui devenait un beau bébé. Elle l'embrassa avec gourmandise. Elle rentra, les larmes aux yeux, tandis qu'un vague sourire ourlait ses lèvres. C'est alors qu'elle entendit tonner la voix de Lucien.

— Ah, les vaches ! Ils ont encore fait sauter le pont de Bouxières avant de partir, je ne peux plus livrer le vin à Bouxières.

— Tu feras comme en 40, tu passeras par Lay-Saint-Christophe, répondit Adèle avec fatalité.

— Ben dis donc, ça va faire un sacré détour ! Et s'il y a une alerte, mes tonneaux seront percés deux fois pour une, répondit Lucien.

— Je préfère que ce soient les tonneaux que mon homme, plaisanta-t-elle.

— Eh ! Si tu n'as pas assez de vin, passe à la brasserie, il y a encore un peu de bière, les Boches n'ont pas eu leur dernière livraison ! s'écria le petit René, alors que le cheval sortait de la cour.

Le petit René s'arrêta un instant.

— Je m'en retourne au travail. Tu sais, Lucien, qu'on a réussi à préparer notre petit brassin pour la victoire !

— Ne crie pas ça trop fort, les Ricains vont le picoler vite fait, bien fait. Tu sais comment ils sont, de bons vivants mais plutôt mal élevés !

— Je sais. Ils veulent tout, y compris nos jolies filles, assez bêtes pour leur faire des mamours. Honneur aux vainqueurs ! Les travailleurs de l'ombre, nos filles ne les reconnaissent même pas.

— En attendant, je vais livrer mon vin avant qu'il tourne au vinaigre. Salut, petit René !

Et Lucien lança son cheval en criant :

— Hue, Titou, à nous la grande vie !

TROISIÈME PARTIE

Louise, l'affranchie

1

10 juillet 1950

Lorsque Charlotte ressentit quelques crampes dans le bas de son dos, elle appela sa mère en frappant avec le manche du balai sur le parquet. Adèle grimpa l'étage qui la séparait de sa fille en un temps record. Elle savait que Charlotte risquait d'accoucher très vite. La sage-femme avait prévenu :

« Dès les premières douleurs, conduisez-la à Nancy, en juillet je ne serai pas là. »

Et, comme elle avait lu quelque doute sur le visage de Charlotte, elle lui avait rappelé la naissance de Marc, bien pressé, qui avait jailli tel un ouragan au printemps 1947, un jour d'inondations. La Meurthe était sortie de son lit. Tous les prés étaient inondés entre Bouxières-aux-Dames et le chemin des Sables. Une partie de la brasserie était déjà sous les eaux furieuses.

« J'ai eu très peur de ne pas arriver à temps ce jour-là, l'eau montait très vite. J'avais beau pédaler le plus rapidement possible en revenant de Bouxières, la digue ne suffisait pas à contenir les flots et la route était déjà mouillée. »

Elle n'avait rien eu à faire, le bébé était passé tout seul. La sage-femme était sûre que, pour le bébé suivant, le même scénario se répéterait.

Charlotte voulait la croire. Elle refusait de revivre son premier accouchement, avec une césarienne de fortune et la perte d'un des bébés qu'elle portait.

La douleur se fit plus vive et Adèle, qui était arrivée jusqu'à l'appartement de sa fille, comprit.

— Tu choisis ton jour, ma fille, le Robert et le Lucien sont absents.

— Je sais, maman, l'un comme l'autre font leur tournée. Robert ne rentrera pas de la journée. Il est parti tôt ce matin, il devait livrer à Nancy, au Palais de la bière et Aux Deux Hémisphères avant de filer vers Lunéville. Est-ce que la voiture de Lucien est là ?

— Tu ne vas quand même pas prendre le volant ?

— Ben si, je peux tenir pour aller jusqu'à la maternité.

— Et les médecins de Champigneulles ? Maintenant qu'il y en a deux !

— J'ai téléphoné. Ils font leurs visites à domicile et ne rentreront pas avant quatorze heures. Il est dix heures, je ne pourrai pas attendre jusque-là.

— C'est toujours comme cela, gémit Adèle. Chez nous, rien ne se passe comme chez les autres.

— Il ne faut pas s'affoler, maman. Une naissance n'a rien d'extraordinaire.

— Et si ton petit pointe le bout de son nez dans la voiture, qu'est-ce que tu feras ?

— Moi ? Rien. Toi, tu iras chercher du secours. Avec la chaleur qu'il fait il ne va pas mourir de froid. Tiens, tu prieras saint Arnould…

— Saint Arnould ?

— Oui, celui de Lay-Saint-Christophe qui a multiplié la bière en 642.

— Je ne vois pas le rapport.

— Notre famille est dans la bière jusqu'au cou, maman : saint Arnould peut bien nous accorder un peu d'attention, dit Charlotte en riant et en s'installant dans la traction de Lucien.

Arrivée à la hauteur de l'église Saint-Fiacre à Nancy, Charlotte doubla deux camions de la brasserie. Charlotte était euphorique, malgré les douleurs qui parfois l'obligeaient à se raidir. C'est elle qui rassurait sa mère.

— Ne t'en fais pas, maman, ça ira.

Porte Désilles, Charlotte dut pourtant s'arrêter, le souffle lui manquait. Adèle s'inquiétait. Elle regrettait de ne pas savoir conduire. Elle fit le serment, si tout allait bien jusqu'à la maternité, d'apprendre à conduire avant l'hiver.

Elles arrivèrent à la maternité sans encombre. Adèle dut sortir en trombe de la voiture, déjà affolée :

— Vite, vite, ma fille accouche !

C'est une petite fille très pressée qui risqua un œil sur le seuil de la salle de travail alors que Charlotte était encore sur le brancard. Elle naquit même coiffée.

— Une reine, murmura Charlotte, une reine, forcément.

— Avec une mère et une grand-mère qui furent « reines des bières », elle ne pouvait pas faire moins.

— Enfin, Robert sera content. Il aura eu un fils et une fille.

— Et Jean-Baptiste alors, gronda Adèle, il compte pour du beurre ?

— C'est différent, même si Robert le considère comme le sien.

— Il lui a tout de même donné son nom.

— Je ne lui en avais pas demandé autant.

— Ne sois pas ingrate, ma fille, Robert est un chic type.

— Mais c'est pour cela que j'ai accepté de l'épouser.

— Prétentieuse avec ça, ma fille ! Alors, on l'appelle comment, cette reine ?

— Louise, car Robert y tient, à cause de Louise Michel, institutrice, révolutionnaire, mais femme de cœur.

— D'accord. Ce sera donc Louise et puis...

— Louise tout court, il a dit que c'était suffisant.

Charlotte regardait le bébé qu'elle tenait dans les bras. Elle ferma les yeux. Cette délicieuse petite fille était celle de Robert. Elle se souvenait de Julien. Comment aurait-elle pu l'oublier ? Qu'était-il devenu ? Mort ? Robert l'avait prétendu. En tout cas, personne ne parlait plus des d'Auzécourt dans la région. Il était arrivé à Charlotte, un jour qu'elle se trouvait à Nancy, d'errer entre la place Carrière et la Pépinière. Avait-elle le secret espoir de revoir l'homme tant aimé ? Mais à quoi cela servirait-il maintenant qu'elle était mariée avec Robert, qui faisait l'impossible pour la rendre heureuse ? Etait-elle heureuse, pleinement heureuse ? Elle savait au moins une chose : elle n'était pas malheureuse. Il fallait avancer. Parfois, en épluchant quelques légumes dans le silence de sa grande cuisine, face au lavoir de la route de Bouxières, elle soupirait. Elle songeait aux femmes de sa famille. Depuis Lise, aucune femme n'avait vécu longtemps et pleinement le grand amour. Adèle gardait le silence sur le sujet ou bien feignait d'en rire en disant avec humour : « C'est de l'histoire ancienne, un beau souvenir. Il faut savoir regarder ce que la vie nous offre. Nos rêves d'amour sont seulement utiles pour nous aider à trouver le sommeil. » Charlotte était certaine que sa mère exagérait, masquait ainsi sa déception et ses regrets. Adèle avait connu des années difficiles auprès d'Hippolyte. « Le meilleur, disait-elle, c'est maintenant que je le vis, auprès de Lucien. » Charlotte cherchait à se convaincre qu'elle vivait, elle aussi, le meilleur auprès de Robert. Elle s'interdisait de penser à ce que serait son attitude si le destin faisait revenir Julien. Quand de telles pensées venaient la tracasser, elle se répétait jusqu'à n'en plus pouvoir : « Mais puisqu'il est mort, puisqu'il est mort ! »

Louise devint très vite la petite sœur chérie de Jean-Baptiste et de Marc, qui aimaient l'appeler Louisette. Puis, de Louisette, ils passèrent très naturellement à Zette, comme toute la famille et les proches. Dès qu'elle sut parler, et elle parla très tôt, avant deux ans, Zette se nomma ainsi. Elle faisait la fierté de Robert, toujours très amoureux de Charlotte. Il avait pour elle mille attentions, s'inquiétait de tout et voulait éternellement la protéger.

Au lendemain de la guerre, Robert avait retrouvé sa place de mécanicien au sein de la brasserie puis il avait accepté le poste de chauffeur-livreur. S'il était toujours syndiqué et rendait service aux uns et aux autres, aux yeux de la direction il s'était assagi. Depuis la naissance de Louisette, il s'était découvert une passion, la photographie. Il disait que, pour un mécréant comme lui, fixer les grands événements d'une vie sur pellicule, c'était construire un bout d'éternité. Ce paradis-là, il le voyait. L'autre, il fallait le rêver. Alors, où qu'il aille, Robert emportait toujours dans son portefeuille un stock impressionnant de photos qu'il aimait montrer à la moindre occasion, dès que la conversation le lui permettait. Ses fils, magnifiques et intelligents, iraient loin... Quant à Zette, c'était déjà sa petite reine. Elle serait Miss Reine des bières. Il en était sûr. Peut-être même qu'on la prendrait comme modèle pour figurer sur les étiquettes des canettes, à la place de la jolie blonde sur les bouteilles de la bière du cinquantenaire, dont on faisait la réclame partout.

2

Printemps 1959

Zette n'avait qu'un défaut. Elle n'était pas très obéissante. Son indépendance inquiétait sa mère mais faisait rire Adèle, qui retrouvait un peu de Charlotte en elle. Elle traversait volontiers la route de Bouxières pour rejoindre la vieille Lulu, une voisine, toujours heureuse de traîner derrière elle une flopée d'enfants à travers les prés et les bois pour aller cueillir les fleurs de saison. En mai, ces promenades avaient un but : la préparation des autels où la Vierge serait installée et célébrée. Les habitants de la route de Bouxières mettaient rarement les pieds à l'église. Mais on avait de la religion parce qu'on n'était pas des chiens. On était baptisé, on se mariait à l'église et l'on y était enterré aussi. Le Bon Dieu surveillait ses ouailles, protégeait ou punissait, mais la Vierge faisait l'unanimité. On se confiait à elle pour qu'elle intercède quand quelque chose n'allait pas dans les familles. Dès la fin avril, Christine, la fille aînée de Lulu, pédalait jusqu'à l'hospice-dispensaire Sainte-Isabelle, rue

Emile-Zola, et en revenait avec une immense statue de la Vierge soigneusement emballée et ficelée sur son porte-bagages. Elle tenait consciencieusement son petit calepin et y notait les noms des foyers désireux d'accueillir la Vierge, un soir, deux soirs pendant le mois de mai. Un honneur, car toutes les familles de la rue viendraient à dix-sept heures réciter le chapelet et chanter *Chez nous soyez Reine...*

— Cette année, dit Lulu à sa fille, tu n'oublieras pas la femme du directeur de la brasserie. Je l'ai rencontrée à boulangerie. Elle est venue vers moi. Je croyais que c'était pour me faire reproche. J'ai eu peur que toi, ou ton frère, vous soyez mal comportés. Mais non ! Elle a demandé si tu pouvais l'inscrire pour un ou deux soirs de la deuxième quinzaine de mai.

Les grilles de la grande maison du directeur, en partie cachée par une haute haie de troènes, étaient ouvertes pour accueillir celles et ceux qui viendraient réciter le chapelet. Les mères de famille firent se déchausser leur progéniture, pour ne pas salir. C'était si beau dans cette grande demeure ! L'autel avait été dressé dans le hall, habillé de tentures bleu ciel. Zette remarqua tout de suite une porte restée entrouverte avant l'escalier qui montait au premier étage. Elle resta à l'arrière du groupe pour regarder. C'était une salle à manger immense, au milieu de laquelle trônait une table où l'on aurait pu manger à plus de vingt. Mais ce qu'elle avait vu sur la table, c'étaient les gâteaux, escargots (pains aux raisins), petits pains au chocolat, chaussons aux pommes, bonbons. Et puis il y avait ces bouteilles de limonade et de soda, le fameux Sic orange et citron, des produits de la brasserie qu'on n'achetait que les dimanches. Ses narines étaient flattées, son palais s'aiguisait et elle ressentit les gargouillis de son ventre. Elle se régalait déjà par avance. Dans ces conditions, comment se concentrer sur la prière ? Les dizaines de *Je vous salue Marie* s'égrenaient. C'est ainsi que se tisse l'éternité, songea Zette. Tout cela est bien embêtant. Elle avait envie de bâiller. Ce qui la tenait éveillée, c'était la perspective du goûter. Et si madame Dubois avait prévu trop juste ? Zette n'en finissait pas de compter l'assistance. Il lui semblait qu'il y avait plus de monde que les autres jours. Pourvu qu'il y ait assez de bonnes choses pour tous ! Soudain lui revinrent en mémoire les mille et une recommandations de sa mère et de sa grand-mère.

« Tu nous fais honneur, tu ne te goinfres pas, tu attends qu'on te propose quelque chose, tu ne réclames rien. Et surtout tu n'oublies pas de dire : merci, madame Dubois. »

Oui, oui, elle ferait ainsi, mais Dieu qu'elle était impatiente et surtout qu'elle avait faim !

C'est en plein *Ave Maria* qu'on tambourina à la porte d'entrée en criant :

— Madame Dubois, madame Dubois, vite, on a besoin de vous à l'infirmerie ! Un accident vient de se produire à la canetterie !

Il arrivait, en cas d'urgence, qu'on fasse appel à la femme du directeur, qui avait fait des études de médecine mais n'exerçait pas. Elle aidait aux premiers soins, avant l'arrivée du médecin ou de l'ambulance, quand l'infirmière était débordée. Madame Dubois confia la suite de la prière et le goûter à Adèle, venue accompagner les enfants avec d'autres femmes de la rue. Elle demanda à deux jeunes mères de famille que la vue du sang n'effrayait pas de la suivre.

« Chic, pensa Zette, ça fera des parts en plus pour ceux qui restent. »

Et puis elle eut des remords, qu'elle fit taire aussitôt en se joignant au chapelet avec zèle et en fermant les yeux pour ne plus se laisser distraire.

Six femmes étaient allongées et Claudine, l'infirmière, secondée par une ouvrière, tentait de calmer et de rassurer les blessées. Marie-Claire, touchée à la tête, avait perdu connaissance. On attendait l'ambulance. Madame Dubois souleva le pansement.

— J'espère que les éclats de verre sont restés en surface, murmura-t-elle, sinon ses yeux sont perdus. C'est affreux. Avait-elle mis ses lunettes de sécurité ?

— Oui, répondit Claudine, elle les avait encore sur le nez. Regardez, j'ai eu toutes les peines du monde à les lui retirer, la monture s'était mêlée à la chair du visage.

Les autres blessées présentaient des coupures sur la face, dans le cou, sur les mains et les avant-bras. Il faisait chaud et les jeunes femmes travaillaient bras nus malgré l'interdit maintes fois réitéré par les équipes de sécurité.

— Il faut les comprendre, madame, la chaleur dégagée par les machines, ajoutée à la touffeur de certains jours, fait qu'il est difficile de travailler en permanence avec les protections. Une bouteille est sortie du tapis, mal bouchée sans doute, elle est retombée sur d'autres. Ce qui a provoqué des explosions en cascade. La chaîne a été arrêtée tout aussitôt. La surveillante a bien réagi, sinon nous aurions eu davantage de blessées.

L'ambulance arriva très vite pour emporter Marie-Claire à l'hôpital. Le médecin venait de faire son entrée dans l'infirmerie. Madame Dubois, Claudine et les deux aides avaient déjà fait des merveilles.

— Quelle efficacité ! murmura le médecin, mis au courant. Il faudra que je voie le responsable de la sécurité, ce genre d'accident revient un peu trop fréquemment. Et si cette jeune femme perd partiellement ou totalement la vue, c'est inadmissible.

Madame Dubois gardait le silence, partagée entre la compassion dont elle savait faire preuve pour les victimes et l'attitude de réserve qui devait être la sienne, puisqu'elle était l'épouse du directeur.

Le discours de son mari ne variait jamais : ce sont les risques du métier. Il était vain de s'appesantir sur les misères du monde. Il fallait avancer ou changer de métier. Elle soupira alors qu'elle terminait le pansement d'une très jeune fille qu'elle ne connaissait pas.

— Ça va ? lui demanda-t-elle.

Comme elle n'obtenait pas de réponse, Claudine intervint.

— Elle ne vous comprend pas. Elle est espagnole.

— C'est une saisonnière ?

— Oui, mais qui désire rester en France, précisa Claudine.

— Depuis quand est-elle arrivée ?

— Il y a trois semaines, avec les premiers camions. C'est la première année que des femmes sont du voyage. Il paraît que l'été sera chaud, expliqua Claudine. Il en faudra, de la bière, pour désaltérer les assoiffés !

— Prions le ciel de nous préserver de tout autre accident grave, dit en souriant madame Dubois. J'espère que la jeune femme transportée à l'hôpital n'est pas dans une situation délicate...

— Je voulais vous en parler, répondit Claudine. Elle est l'aînée d'une nombreuse famille. Son père s'était installé ici depuis trois ans avec les plus jeunes enfants. Mais il vient de mourir. Sa fille est donc venue travailler à la brasserie pour que le reste de la famille puisse continuer à bénéficier du logement qu'elle occupe aux cités Beausoleil. Ils avaient déjà reçu leur congé. Il ne faudrait pas leur chercher davantage d'ennuis.

Madame Dubois avait compris le message. Chaque fois que c'était possible, elle intervenait. Elle ne passait pas par son mari. Elle se rendait directement au bureau du chef du personnel. Quand monsieur Malot la voyait entrer, il savait qu'elle venait lui présenter une « requête de la plus haute importance ».

« Vous êtes la bonté même, madame.

— Non, rectifiait-elle, j'essaie seulement d'être juste. »

3

Fin mai 1959

Zette avait le nez collé sur les vitres de la fenêtre de la cuisine.

— Mais enfin, Zette, viens prendre ton petit déjeuner. Ton père est allé acheter des croissants tout chauds à la boulangerie. Tu sais, se lever tôt un dimanche, c'est un exploit qu'il fait pour toi.

Zette, pourtant gourmande, n'entendait rien. Elle regardait le lavoir situé juste en face de la maison de Lucien. Un lavoir investi par des hommes. Ginette allait s'énerver. L'entrée de son appartement, dans la première cité, donnait sur le lavoir. Elle allait encore sortir sur le perron et rappeler ses filles.

— Nénette, Zaza, Nini, rentrez, et tout de suite ! Non mais, il n'y a pas assez d'hommes chez nous… Ce n'est pas la peine d'aller chercher un étranger. On ne sait même pas qui ils sont, ni s'ils n'ont pas des choses à se reprocher pour venir de si loin. Vous rentrez tout de suite, j'ai dit ! Sinon, pas de bal samedi prochain !

Charlotte riait en entendant Ginette Burquin crier. Elle n'était pas la seule femme des cités à mettre ses filles en garde. Il était interdit de regarder ces hommes laver leur linge. Interdit d'aller chercher de l'eau à la goulotte quand ils s'y trouvaient. Il y avait des Espagnols et des Portugais, mais personne ne savait les différencier. Peut-être que les Espagnols chantaient plus souvent. Pablo, lui, ne lavait jamais son linge. Il s'asseyait sur le mur du lavoir et jouait de la guitare. Il lançait un couplet et tous les autres reprenaient en chœur. Parfois, tous s'arrêtaient et frappaient dans leurs mains, martelaient d'un coup de talon le ciment du lavoir avant de reprendre brosse et savon. Pour Zette, ces chants étaient du soleil qui inondait un côté de rue souvent gris et triste. Elle avait de la chance, elle, disait sa grand-mère, d'habiter en face des cités.

« Chez nous, disait Adèle, tu tournes le robinet et l'eau coule sur l'évier. »

Les gens des cités devaient faire les corvées d'eau avec des seaux et des brocs au lavoir et à la fontaine. Même les enfants s'y rendaient plusieurs fois par jour, un seau dans chaque main. Zette voyait bien ces allers et retours. Parfois, elle sortait, traversait la route et s'en allait chez Lulu.

— Je peux vous aider, je vais chercher de l'eau au lavoir.

— Alors, prends un petit seau. Ne va pas te casser les reins. Tu es trop jeune et trop belle encore.

Dans le lavoir, Zette faisait exprès de laisser passer son tour pour écouter les laveuses. Un vrai bonheur ! Zette prenait un réel plaisir à décoder leur langage quand elles évoquaient les choses de la vie. Zette répétait tout à sa grand-mère. Pas à sa mère, sinon elle récoltait parfois une gifle.

— Grand-mère, madame Millet va encore avoir un bébé.

— Comment le sais-tu ?

— Elle a dit : « J'ai encore gagné le gros lot », et les autres femmes lui ont répondu : « Ma pauvre, tu n'es pas gâtée. » Là-dessus, madame Millet s'est lamentée : « On peut dire ça. Moi, je vais vous dire, avec mon homme, c'est encore pis. Il n'a pas le temps de mettre son pantalon sur le lit que je suis déjà bonne pour la romaine. » Et ce n'est pas tout, grand-mère, la mère Juliette s'est mise à pleurnicher.

— On ne dit pas la mère Juliette, Zette. Si ta mère t'entend, ça va être ta fête. On dit « madame ».

— Madame Poussot, c'est pareil, tout le monde l'appelle la mère Juliette. Bon, madame Poussot a pleuré en lavant ses couleurs : « Il faut que je vous dise, mais ne le répétez pas, ça fait quatre mois que je me voyais plus. J'étais contente. Le retour de bonne heure, comme ma mère, à quarante-cinq ans. J'ai quand même été au médecin, vu que j'avais comme des coliques. Et alors là, je suis tombée sur le cul. Le médecin m'a examinée sur toutes les coutures, et l'intimité avec. Eh ben ! Il paraît que je suis bonne ! Mon homme, il n'aurait jamais dû me faire ça, à l'âge que j'ai. Mais qu'est-ce qu'elle va dire, ma fille déjà mariée et qui prépare une layette ? »

Adèle attrapa le fou rire. Zette racontait et mimait les expressions des femmes du lavoir.

— Qu'as-tu compris ?

— Que la mère Juliette aussi allait avoir son marmot. Du coup, j'ai eu peur pour toi, grand-mère. Et si ça t'arrivait, comment tu ferais ?

Adèle ne répondit pas tout de suite.

— Madame Poussot est plus jeune que moi, Zette. Est-ce que tu connais mon âge ?

— Ben non.

— Soixante-deux ans.

— Ben, je n'aurais jamais cru que tu étais si vieille. Tu ne vas pas mourir, au moins ?

— Ah ça ! Personne ne sait. Mais pour l'instant, tout va bien, et à mon âge, on ne peut plus avoir de bébés.

— Où est Zette encore ? gronda Charlotte. Jamais là !

— Elle n'est pas loin, chez Lulu avec la sœur de Christine, et Jojo.

— Je ne voudrais pas qu'elle aille traîner n'importe où.

— Elle est encore jeune pour ce à quoi tu penses, répondit Adèle.

— C'est vrai, mais il est des conversations qui ne sont pas pour elle. Ce n'est pas la peine de lui donner des idées, elle n'en manque pas. Sais-tu qu'elle tient un journal intime ? Je suis tombée dessus en faisant sa chambre. Elle va nous donner du fil à retordre. Elle n'a pas dix ans qu'elle se tracasse déjà pour savoir comment on embrasse pour de vrai. Elle écrit : « Faudra que je demande à Jojo, lui il doit savoir. »

— Tu ne te posais pas de questions, toi, à son âge ? essaya de plaisanter Adèle.

— Pas à neuf ans. Si ça continue, je vais déménager pour aller habiter dans un quartier plus chic. Robert ne veut pas. Il dit qu'on doit encore économiser avant de construire dans le haut de Bouxières.

— Il a raison, ton mari. Ici, le loyer est quasiment gratuit et tu n'es pas mal logée, même avec trois enfants. Lucien est généreux. Ne t'inquiète pas inutilement, Zette a simplement l'esprit plus vif que nous au même âge. Que veux-tu, la génération d'après-guerre est libérée de beaucoup de choses ! L'essentiel, ma fille, est de ne pas en faire des égoïstes, car les enfants d'aujourd'hui ont la vie plus facile. Les magasins ne manquent de rien. Et Zette a plus de chance que les petites filles des cités. Combien pourront aller au lycée ? Elles ne sont pas sottes, pourtant. Mais leurs parents n'auront jamais les moyens. Lulu me disait son désespoir lorsque Christine, après son CAP de couture, à la demande de son père, avait dû aller travailler à la brasserie, sur une chaîne.

— Nous y sommes bien allées, nous.

— C'est vrai, mais il y avait encore une certaine morale. Aujourd'hui, c'est moins le cas. Avec l'arrivée des saisonniers, la pauvre Lulu n'en dort plus. Elle voit déjà le déshonneur chez elle. Sa Christine engrossée par un gars qui repartira vite fait, bien fait, chez lui en septembre après mille promesses.

— Ce n'est pas pour Christine qu'il faut s'inquiéter, mais pour l'Annie, sa cadette. Et elle, elle n'a pas besoin des saisonniers, mais ça, sa mère n'en sait rien. Tu n'as qu'à aller demander au dadish[1]. Quand il mène les vaches au pré, entre le terrain de football et le pont de Lay-Saint-Christophe, il en voit, des choses.

— Alors, on refait le monde ? lança Lucien, qui rentrait. Qui ne sait pas que le wagon-vestiaire des équipes de football est un nid pour les amoureux ? Il suffit de payer un coup à boire à Gus et il prête sa clé. Ce n'est pas nouveau. Ces petites combines existaient déjà avant-guerre. Un coup à boire au gardien de la clé, c'est quand même moins cher qu'une chambre d'hôtel pour grimper jusqu'au septième ciel !

1. Garçon de ferme.

4

Printemps 1960

Christine raccompagnait souvent Zette chez Charlotte. Elle aimait s'asseoir dans la cuisine toute blanche et toute carrelée de Charlotte en attendant le café qui sifflait dans la cafetière italienne. Elle jetait un œil par la fenêtre.

— Vous voyez tout ce qui se passe dans le lavoir d'ici. Vous êtes aux premières loges.

Charlotte s'intéressait au travail de Christine. Comment était-ce aujourd'hui à la brasserie ? L'ambiance sur les chaînes ? Les nouvelles machines ? Tout devait sans doute aller très vite ?

— Vous savez, la tonnellerie est en train de disparaître. Il y a encore quelques femmes qui préparent la poix pour enduire les derniers fûts qui se fabriquent ou pour réparer les plus récents. Actuellement et de plus en plus, on voit arriver par wagons des fûts en tôle. De l'aluminium sans doute. Forcément, ça ne s'use pas, l'entretien en sera plus facile. Pour les laver, il y a d'immenses machines automatisées.

Christine était triste en racontant cela.

— Je sais, Christine. Dès la fin de la guerre, la brasserie a commandé de tels fûts. Si mon grand-père avait vu cela... Il aurait eu peur pour la qualité de la bière. Pour lui, une bonne bière se conservait dans du chêne exclusivement.

Charlotte songea encore à Baptiste, son grand-père, qui avait formé quantité d'apprentis, dont Tonio, qui avait ainsi appris la tonnellerie avant d'échouer à la salle des mariages[1]. Il était entré à la brasserie comme mousse. Il en avait raboté, des fûts, quand on fabriquait sur place les tonneaux en bois de chêne ! Aujourd'hui, Tonio racontait aux plus jeunes l'âge d'or de la tonnellerie : « Les trois quarts de la production étaient commercialisés en fûts et un petit quart en bouteilles. »

Les jeunes écarquillaient les yeux quand Tonio évoquait les batailles pour que les douves soigneusement découpées en carrés de bois prennent forme à l'assemblage pendant la chauffe et le cerclage. Il fallait ensuite que les mérins puissent s'encocher dans les jables.

Lorsqu'elle écoutait Tonio, Charlotte souriait. Elle croyait entendre Baptiste. Les mêmes termes, et l'accent italien en plus. Elle questionna encore Christine :

— Mais qui travaille encore au goudronnage et à la poix ?

— Vous les connaissez : les sœurs Jaulin.

1. Ou salle de brassage.

— Les deux demoiselles qui n'habitaient pas loin de la Maison des expulsés[1], près du château du Haut, oui, l'actuelle mairie ?

Christine avait fait un signe de tête affirmatif.

— Je les croyais à la retraite.

— Dans deux ans seulement.

— Elles mettent toujours leur petit chapeau ?

— Elles ont intérêt. Il faut voir dans quel état elles ressortent de l'atelier, sinon. Les vapeurs de paraffine, ça colle les cheveux. A cela, il faut ajouter les odeurs. Je me plains souvent des odeurs de colle quand je suis à l'étiqueteuse. Mais ce n'est rien en comparaison de celles dégagées par la poix. Des femmes comme les sœurs Jaulin, il n'y en aura plus. Et vous savez, Charlotte, il ne faudrait pas les changer d'atelier, elles en feraient une maladie. Elles aiment leur travail. Elles sont résistantes, pour respirer des trucs pareils. A leur place, d'autres ouvrières seraient déjà au cimetière depuis belle lurette.

— Et toi, Christine, tu n'aurais pas envie de faire autre chose ?

— Au début si. Maintenant, je me suis habituée à la chaîne, aux copines. On chante beaucoup, surtout les lendemains de bal. C'est plus facile. On attrape les canettes en cadence. A l'étiqueteuse, comme à l'embouteillage, c'est du pareil au même. On commence toujours avec *La Paloma*. Parfois, le chef braille : « C'est trop lent, les filles ! » Alors on enchaîne sur *Bambino*, c'est plus vif. Et, si le chef continue de

1. Maison d'accueil pour sans-logis.

hurler, on entonne *En passant par la Lorraine*, version *Champigneulles, Reine des bières.* Vous ne connaissez pas ? Je vous la chante :

En passant par la Lorraine, que savourons-nous ?
Champigneulles car c'est la reine
Des bières de chez nous.
Champigneulles la souveraine
De la Flandre à l'Aquitaine,
Ah, ah, ah ! Champigneulles partout.
Les grands noms de ces bonnes bières,
Les connaissez-vous ?
La Nectar dans votre verre
Vous fait les yeux doux.
Quant à moi la souveraine
C'est celle que je préfère,
Ah, ah, ah ! Champigneulles partout.

« Et, vous savez, on marque la cadence avec les bouteilles, les sabots. Le chef est si content qu'il en oublie les mises à pied. Mais, dès qu'il a le dos tourné, on reprend les chansons du bal et on pense à nos amoureux.

— Il est dur, ce chef ?

— Oui, surtout avec les saisonniers et les femmes qui ne lui reviennent pas, car celles qui lui tapent un peu dans l'œil, elles deviennent ses chouchoutes. Après, elles sont appelées pour une tâche, dans l'une ou l'autre cave. Il dit : « Suzie, travail spécial. » (Elle imitait l'homme parlant un peu du nez en se bouchant les narines.) Et Suzie quitte la chaîne sous les quolibets des copines : « Tu y as droit, ma belle ! Tu auras de l'augmentation bientôt. » Mais il a du mal avec les saisonnières étrangères. Elles ne se laissent pas tellement mener à la baguette. Elles restent distantes. Et, si elles ont des amoureux, c'est en dehors de la brasserie. D'ailleurs, elles ne logent pas avec les hommes dans les anciennes écuries transformées en dortoir.

— Où ? Répète un peu !

— Là où on mettait les chevaux avant.

— Ce n'est pas possible !

— La brasserie a quand même fait quelques travaux pour aménager les lieux, c'est correct, enfin... Moi, je ne voudrais pas y vivre. Mais eux ne se plaignent pas. Ils viennent pour mettre de l'argent de côté pendant quelques mois et ensuite ils repartent, jusqu'à l'année prochaine.

Charlotte repensa à sa conversation avec Christine, elle en parla avec Robert.

— Je crois qu'on ne peut guère faire autrement pour rester les meilleurs. Tu te souviens que l'an passé nous avons visité la brasserie Kronenbourg, près de Strasbourg. La bataille est rude, ils veulent être les premiers. Ils nous rattraperont si nous n'y prenons pas garde. Tu sais sans doute mieux que moi que Kronenbourg, c'est l'ancienne brasserie Hatt. Et chez les Hatt, on a su et on sait encore brasser.

Une évidence pour Charlotte, qui n'ignorait pas que Baptiste y avait, comme il disait, fait ses classes, tout comme à Lutterbach. Elle observait Robert. Il méritait d'être heureux et elle se demandait s'il l'était réellement à ses côtés. Elle avait tellement aimé Julien et il n'était jamais revenu. Elle y pensait encore souvent, malgré ses efforts pour le chasser de sa mémoire. Car ce souvenir faisait resurgir celui d'Emilienne... Julien avait-il su qu'un fils était né de leur union ? Jean-Baptiste, aujourd'hui âgé de seize ans, préparait son CAP de mécanicien, voulant ainsi suivre les pas de Robert, l'homme qui était devenu son père en lui donnant son nom. Jean-Baptiste espérait bien se mettre à son compte très rapidement. L'automobile se développait et son métier était plein d'avenir. Robert l'encourageait dans cette voie, comme il encourageait Marc, treize ans, qui nourrissait d'autres rêves. Il serait horticulteur. Après son brevet, il s'en irait près d'Orléans, là où on faisait pousser les plus jolies variétés de fleurs. Une passion telle qu'il acceptait l'internat. Et si ça ne marchait pas, il s'engagerait dans la marine. Quant à Zette, avec un an d'avance, elle venait d'attaquer le dernier trimestre de sa sixième au lycée Jeanne-d'Arc de Nancy et déclarait à qui voulait l'entendre qu'elle serait médecin.

— Sois déjà infirmière, répondait son père. Tiens, tu iras seconder Claudine à la brasserie. L'été, elle n'a pas le temps de dire ouf. Avec les saisonniers, il y a toujours des tas de bobos à soigner.

— J'ai dit que je serais médecin, pas infirmière. Sinon je serai écrivain.

— Remarque, tu peux être les deux. Tu sais ce qu'aime lire ta grand-mère, des livres de Frank Slaughter... Eh bien, cet écrivain est aussi médecin !

— Et moi, j'ai une nouvelle extraordinaire, coupa Robert, qui voulait détourner la conversation, car Zette ne cédait jamais. Remonte une Nectar, une fois n'est pas coutume. Il faut varier les plaisirs, la Grande Blonde, ce sera pour une autre fois. Tu peux aussi faire un saut chez Madeleine pour y acheter des bretzels géantes.

5

Fin mai 1960

Les verres étaient disposés, les paquets de bretzels ouverts et tous attendaient cette grande nouvelle.

— Alors ? dit Charlotte, avec un rien d'impatience dans la voix.

— Je vais suivre le Tour de France avec mon camion.

— Et pourquoi ? Joël ne veut plus ? questionna Charlotte.

— Son camion est en panne. Il faut un camion sûr, alors on a choisi le mien. Tu sais comment je m'en occupe.

— D'accord, mais le camion, ce n'est pas le chauffeur !

— Justement, moi j'ai dit : « Si vous voulez le camion, il faudra prendre le bonhomme avec. » Je n'y croyais guère. Pourtant la réponse ne s'est pas fait attendre ! Ce matin, j'ai été convoqué au bureau. Tu ne me crois pas ? Ce n'est pas bien, Charlotte, de douter de ton mari. Lis.

Robert lui tendait sa lettre de mission. Après l'avoir parcourue, elle la donna à Jean-Baptiste. Il la lut en même temps que Marc, qui émit un sifflement admiratif.

— Ouais ! Tu vas véhiculer Yvette Horner et rencontrer les vedettes qui suivent le Tour. Tu vas faire des photos avec Louison Bobet, Charly Gaul ou Jacques Anquetil ?

— Ah oui, et je ne vais pas me priver !

— On pourra aller avec toi ? interrogea Zette.

— Cela risque d'être un peu difficile.

Charlotte se taisait, le regard perdu.

— Ben, Charlotte, tu n'es pas contente ?

— Que veux-tu que je te dise ? Pendant trois semaines, je ne te verrai pas du tout. Je serai là à t'attendre pendant que tu feras le joli cœur un peu partout en France. Joël, il a parfois raconté comment cela se passait. Il mettait une fille dans son lit chaque soir, et jamais la même.

— C'est un vantard, tout le monde le sait. De toute façon, il n'est pas marié. Il ne fait donc de tort à personne.

Charlotte n'était pas convaincue et prit une mine boudeuse.

— Ma parole, mais tu es jalouse, Charlotte ! s'écria Robert.

— Non, mais je tiens à défendre ce qui m'appartient.

— Voilà un aveu qui fait plaisir ! s'exclama-t-il en l'enlaçant et en la retenant contre lui.

Elle ne savait pas pourquoi elle avait dit cela, car elle avait une confiance totale en son mari.

Depuis l'annonce de Robert, Zette ne le quittait pas. Elle le harcelait de questions. Quel allait être son rôle ? Comment serait-il habillé ? Est-ce qu'il serait pris en photo avec les vedettes ? Est-ce qu'elle le verrait dans le journal ?

— Il faut que je raconte à mes copines, je vais les faire *maronner*[1] !

Elle disait à son père son désir de le suivre. Elle obtint, un samedi après-midi, d'aller voir la transformation du camion Berliet de quinze tonnes en camion transportant un foudre énorme qui allait servir de vestiaire et de réserve de canettes et autres objets publicitaires.

— Est-ce que tu veux voir où sera assise Yvette Horner pendant le Tour ?

La question était superflue.

— Regarde bien, Zette, la couronne en haut du camion.

Zette se hissa sur la pointe des pieds. Mais elle était encore trop petite. Alors Robert l'attrapa et la hissa sur ses épaules, comme lorsqu'elle était une toute petite fille.

— Tu vois mieux ? A l'intérieur de la couronne, il y a un banc où elle pourra s'asseoir et jouer les javas, les valses musettes.

— Je voudrais y monter, papa, pour me rendre compte, et puis raconter aux copines.

Zette fit l'ascension du foudre par la petite échelle extérieure et put s'installer dans la couronne.

— Alors ?

1. Rendre jaloux.

— On a une belle vue de là-haut. Mais tu demanderas un coussin à maman. Ton siège est rembourré avec des noyaux de pêche. La belle Yvette aura les fesses un peu talées. Tous ces kilomètres, parfois sur les pavés...

— Pour le coussin, tu as raison. J'en parlerai à ta mère.

Depuis qu'elle avait appris la promotion de son père le temps d'un Tour de France, Zette ne tenait plus en place. Elle en parlait partout. Cela commençait chez Madeleine, l'épicière du coin de la rue, se poursuivait chez Zabette la coiffeuse. Toute la rue était au courant. Elle bavardait beaucoup au lycée, pendant les cours et les études. Elle récoltait même quelques heures de colle. Elle ne racontait plus l'Alsace de ses vacances, elle racontait son futur Tour de France. Elle disait qu'elle allait le suivre et serait dans la tribune d'honneur le jour de l'arrivée à Paris.

Robert allait partir. Heureux et triste à la fois. C'était la première fois qu'il quittait Charlotte aussi longtemps depuis leur mariage, après la guerre. La valise était prête. Joël était venu un soir passer le flambeau, pas mécontent du reste de faire une pause. Il avait raconté les précédents Tours et la difficulté de certaines étapes de montagne. « En haut du Galibier ou du Tourmalet, parfois la neige se mêle à la pluie et le pull-over n'est pas de trop. » Charlotte y avait déjà pensé. Elle se souvenait de certains articles sur le Tour de France.

Charlotte accompagna Robert jusqu'aux grilles d'entrée de la brasserie et attendit la sortie du camion complètement transformé. Brillant de tous ses chromes, porteur de l'immense fût où s'étalait *Champigneulles* en toutes lettres. Pour être beau, le camion de Robert l'était. Pas un grain de poussière. Repeint, astiqué de partout. Même si, par pudeur, Charlotte se tut, on lisait la fierté et l'émotion dans son regard. C'était son mari qui avait été choisi pour suivre le Tour de France. D'ailleurs, tous les voisins partageaient cette fierté-là. Robert était leur représentant. C'était un peu d'eux qui partait dans l'Hexagone. Robert klaxonna en sortant de la brasserie. Il s'arrêta, baissa la vitre de la portière du côté conducteur.

— De toute façon, on se reverra avant l'arrivée à Paris, puisque Nancy est une ville-étape et que le Tour fera escale à la brasserie. Le coureur qui passera le premier sous l'arche des tonneaux recevra une prime. Et tous iront boire notre bière. « Après l'effort, le réconfort. »

— Encore une lettre, madame Beauchamp, c'est le Robert, regardez le timbre est oblitéré des Pyrénées.

Charlotte attrapa vivement la lettre tendue et courut la lire dans la salle à manger.

Ma chère Charlotte, et chers enfants

Je profite du calme de ce soir pour vous écrire. Une étape de montagne, magnifique comme les Pyrénées peuvent en offrir. Oui, nous avons grimpé le Tourmalet, les coureurs avec leur vélo à la force de leurs mollets, moi avec mon quinze tonnes. Les organisateurs croyaient que je n'y arriverais jamais, que je mettrais tellement de temps que je bloquerais les coureurs. Je leur ai dit qu'ils ne me connaissaient pas. Je suis parti deux heures avant eux pour grimper. J'ai cru ne jamais y parvenir. Là-haut, à 2 115 mètres, la neige tombait. Certes elle ne tenait pas sur la route, mais elle la rendait glissante. Les flocons se posaient sur les arbres et le décor était féerique. Heureusement que Charlotte m'a fourni en pulls car j'aurais attrapé une congestion pulmonaire. En revanche, en descendant dans la vallée, le soleil était de retour, et là, j'ai dû, comme souvent, déplier une feuille de journal et la poser sur mes cuisses. Le soleil sur les vitres du camion, ça roussit un bonhomme. J'étais comme dans une serre. A l'arrivée de l'étape, comme tous les jours, j'ai procédé à une grande distribution de canettes. Tout le monde voulait se réconforter. J'aime bien faire la distribution, rendre les gens heureux. Et puis je suis fier de porter le nom de Champigneulles si loin. Ça fait un bel effet, les arrivées, les coureurs sur le podium quand ils enfilent leurs maillots où, dans le dos, s'étale Champigneulles.

Hier soir, tout le monde s'est retrouvé autour d'un méchoui. C'était bien gentil, mais on s'est couchés tard. Je n'étais pas le dernier. Les plus jeunes ont vraiment fait la fête car aujourd'hui est un jour de repos. C'est pour cela que je peux vous écrire une lettre plus longue que d'habitude.

Malgré les vedettes, je me sens bien seul loin de vous tous. L'idéal serait que nous puissions faire ce

Tour tous ensemble. En attendant, comme vous savez, je fais des photos.

Je vous embrasse tous de tout mon cœur,

Robert.

La route de Bouxières avait fait sa toilette en l'honneur du Tour de France. Et quel honneur ! La caravane, les vedettes, la radio, les journalistes, les coureurs, tous allaient passer dans leur rue. Que du beau monde dans une petite rue ouvrière ! Les ménagères avaient nettoyé trottoirs et caniveaux la veille. Les fenêtres étaient fleuries ; on avait tendu des banderoles de l'une à l'autre. A la hauteur de l'épicerie-buvette et jusque chez la coiffeuse, on avait lavé les pavés au jet très tôt le matin même. On attendait les premières voitures de la caravane dès dix heures. Un spectacle que personne ne voulait manquer, surtout pas les jeunes, sans doute à cause des objets publicitaires jetés depuis les camions. Ballons gonflables, crayons, porte-clés, casquettes... Les mains se tendaient ou ramassaient avec une certaine fièvre. Charlotte avait demandé à Zette de savoir se tenir.

— Tu dois nous faire honneur. Nous ne sommes pas des mendiants. Tu sais que nous sommes invités ensuite à la réception à la salle des mariages.

Ah oui ! Elle savait. Elle verrait les vedettes de la chanson de près, Annie Cordy, Bourvil. Elle verrait Yvette Horner...

La caravane passait, musique, haut-parleurs, animations diverses. Le soleil était déjà chaud. Et soudain, l'immense camion, porteur d'un foudre surmonté de la couronne, fut annoncé.

— Le Robert est au passage à niveau, il arrive, il s'engage sous les arbres, le long de la digue.

— Voilà Yvette !

— Vive Yvette et l'accordéon !

— Vive papa ! cria Zette en agitant les bras.

Robert conduisait vitres des portières abaissées pour avoir moins chaud. Il souriait, faisait des signes à ses amis.

— Mon Dieu donc ! Le roi n'est pas son cousin ! lança Lulu.

— Je voudrais t'y voir, répondit le vieux Jules, son mari, conduire une vedette dans toute la France, ce n'est pas rien ! C'est une responsabilité. Oui, madame.

Charlotte eut presque du mal à reconnaître Robert, tant il était bronzé, et un peu amaigri, semblait-il. Elle était cependant très fière de son époux. Et Zette et ses frères, debout sur la fenêtre de cuisine d'Adèle au premier étage, l'étaient bien plus encore.

Et venaient les motocyclistes Cinzano qui pirouettaient sur leurs motos. Ils se livraient à mille acrobaties. Debout sur leur véhicule qui roulait, couchés, à l'envers, en équilibre sur un bras, une jambe. Certains jonglaient. Ils avaient fière allure, vêtus de bleu et blanc pour un numéro soigneusement réglé. Parfois, côte à côte, deux motocyclistes se rejoignaient, pirouettaient avant de retomber sur le siège de leur deux-roues au milieu des bravos, acclamations et applaudissements nourris.

Et puis une voiture équipée de haut-parleurs annonça le passage des premiers coureurs moins de cinq minutes plus tard. Personne ne savait qui était ce premier cycliste échappé depuis plus de cinquante kilomètres. Il appuyait courageusement sur les pédales, le nez dans le guidon pour passer sous l'arche de tonneaux juste à l'entrée de la brasserie. A lui la prime offerte par la brasserie ! La bise donnée par la « reine des bières » ! Et le bock empli de Grande Blonde, rafraîchissante et gouleyante à souhait ! Un brassin spécial Tour de France.

Le peloton avait rejoint les premiers arrivés et toute la caravane dans la cour d'entrée de la brasserie. Une jolie foule colorée sous le soleil, entre le quai d'embarquement devant la première malterie et la salle de brassage où allait avoir lieu la réception officielle.

Doucement, les femmes de la canetterie s'approchaient. Elles ne portaient pas leur tablier, ni leurs lunettes, et avaient rangé leurs sabots, mais le cœur et la voix étaient là, et elles entonnèrent :

En passant par la Lorraine,
Que savourons-nous ?
Champigneulles car c'est la reine
Des bières de chez nous...

Zette n'avait jamais vu la salle de brassage avec ses cuves en cuivre rutilant, ses magnifiques carrelages et ses rampes d'escalier exhibant le savoir-faire et la beauté de l'Ecole de Nancy. Elle allait d'une cuve à l'autre, risquait un œil par la petite porte, respirait le moût, l'amertume du houblon... Elle devinait la décoction qui se faisait. L'orge rendue à l'état de malt chauffait. Tonio, qui avait rejoint la salle de brassage depuis plusieurs années, avait expliqué à Zette que cette première immense tisane serait filtrée pour éliminer les déchets, puis rincée.

— Que fait-on des déchets ?

— Tu veux parler des drêches ? Autrefois, elles servaient à nourrir les chevaux de la brasserie et ceux de quelques fermiers proches. Aujourd'hui, les fermiers des alentours viennent toujours en chercher pour leurs bêtes. Le reste est cédé à l'industrie agroalimentaire. Un secteur en plein développement.

— Et après, poursuivait Zette, le houblon, on l'ajoute quand ?

— Pendant qu'on fait bouillir, mais, tu sais, le houblon c'est du saupoudrage. Tout juste deux cents grammes par hectolitre et qu'on ajoute petit à petit en trois tiers. La bière, c'est une cuisine de spécialistes.

— A ce moment-là on voit cette fumée blanche sortir de la grande cheminée de brique rouge et on respire cette odeur si particulière...

— Très juste, quand le moût bout. On respire alors les vapeurs de malt mélangé au houblon.

— C'est après que la bière se repose dans les énormes cuves que vous m'avez déjà montrées ?

— Elle est curieuse, n'est-ce pas ? lança Jean-Baptiste, qui arrivait jusqu'à Tonio en compagnie d'Annie, la jeune sœur de Christine. Et après ? Et pourquoi ? Et comment ?

— Et toi, tu fais ton joli cœur ? Je le dirai, je le dirai à Marc si tu m'embêtes...

Annie sentit le rouge lui monter aux joues. Tonio s'efforça de reprendre son cours tandis que Jean-Baptiste s'éloignait avec Annie.

— Je crois que tu sais déjà beaucoup de choses, Zette. Oui, après toutes ces opérations, quand le moût aura été refroidi sur le baudelot, la bière sera ensemencée avec la levure. C'est une opération délicate qui va transformer les sucres en alcool. Ça produit du gaz carbonique et de la chaleur. La levure s'est multipliée. Il faut la récupérer. Et tu sais qu'ici on récupère aussi le gaz carbonique qui sert pour les sodas, Sic orange et Sic citron, que l'on fait. Rien ne se perd.

— Mais la bière ?

— Alors, notre bière, débarrassée du trop de ses levures, va être refroidie à zéro degré et aller mûrir dans des caves de garde. Après quoi, elle sera une dernière fois filtrée pour éliminer les dernières traces de levures, c'est pendant cette opération qu'elle fait sa brillance, et sa pureté. C'est une coquette. Elle sera alors prête à couler dans nos verres, ou à être conditionnée avant la mise en bouteille. A propos, sais-tu combien de litres d'eau il faut pour faire un litre de bière ?

— Deux, trois ?

— Tu es loin du compte : il en faut dix.

La petite leçon fut interrompue par l'arrivée d'Yvette Horner, souriante, l'œil pétillant, accompagnée du directeur de la brasserie qui la conduisait auprès des cuves. En la voyant très intéressée, Tonio fut sous le charme. Il était ému de se trouver face à une vedette qu'il admirait, car lui-même, pour son plaisir, taquinait le piano à bretelles, mais il redoutait surtout ce trop-plein d'émotion au sein de son équipe. Pourvu que l'un ou l'autre de ses gars n'oublie pas son travail ! Un brassin se préparait. Tonio redoutait toujours une catastrophe. Il imaginait un temps trop long d'infusion, ou bien trop de houblon versé. Il savait certes remédier à ce genre de problèmes. C'était déjà arrivé quand des pannes se produisaient ou qu'un brasseur manquait et était remplacé par un novice. Il fallait alors mettre en réserve le moût trop amer et l'incorporer progressivement à plusieurs autres brassins. L'opération était fort délicate. Les yeux et le nez entraient en action. Le brasseur est toujours le maître à bord de ses cuisines. C'est lui qui soulève le couvercle et apprécie le bon déroulement des opérations. Lorsqu'on voulait féliciter Tonio et le qualifier de maître brasseur, il se défendait : « Je suis un bon exécutant. J'applique les recettes et je fais en sorte d'obtenir le meilleur rendement possible avec les matières qui me sont fournies. Mais je ne suis pas un maître brasseur. Car un maître brasseur invente des recettes. A chacun son métier. »

Il était du genre, quand c'était nécessaire, à dormir dans la salle de brassage. Cela arrivait deux ou trois fois l'an. Après une panne de matériel. Il craignait toujours une « nouvelle tuile » alors, et il restait sur place pour surveiller, rattraper. Il couchait en haut de l'escalier sur un lit de camp de fortune.

Mais, comme il disait, il ne perdait jamais le nord. Son équipe l'aimait et il faisait tout pour qu'il en soit ainsi. Lorsque la direction offrait une petite réception à des visiteurs, en plus de la bière une coupe de champagne était offerte à la salle de brassage. Tonio, lui, détournait deux ou trois bouteilles pour ses ouvriers. Une action qui nécessitait un esprit très pratique, inventif, car les placards n'existaient pas dans la salle de brassage.

« Tonio, les bulles, on les met où ? demandait le mousse désigné pour cette mission.

— Dans la petite cuve à trempe.

— Mais, chef, les étiquettes vont se décoller et remonter à la surface.

— Il suffit de les récupérer discrètement pendant que les invités conversent. Une petite main qui traîne. Et hop, ni vu ni connu ! On recueille l'étiquette flottante. Et demain, on se fait notre fête à nous, après le service. »

Cette pratique s'était installée à la salle de brassage et Zette remarqua soudain la valse de quelques bouteilles. Elle sourit à Tonio d'un air entendu, approbateur.

— Zette, te voilà donc des nôtres. Je compte sur ton silence, naturellement.

Elle tendit la main à Tonio.

— Topez, à la vie et...

— A la mort, répondirent-ils en chœur en se tapant dans les mains.

— Oui, en souvenir de Baptiste, reprit Tonio, c'est bien lui qui m'a tout appris, la tonnellerie comme le brassage. Mais lui, c'était un maître.

Charlotte se tenait un peu en retrait. Robert allait et venait parmi les gens du Tour, convaincu qu'il vivait le grand moment de sa vie. Charlotte observait, essayait de reconnaître les uns et les autres. Soudain, elle fut troublée. Cet homme, parmi quelques personnalités de la brasserie, qui venait de parler avec Robert, ressemblait à... Non, c'était impossible ! Charlotte se frappa le front. « Allons, je n'ai pourtant pas bu, se dit-elle. Je ne rêve pas. » Et cette façon de pencher sa tête, ce petit air mystérieux pour écouter, autant d'attitudes qui n'étaient pas sans rappeler... Julien. Mais oui, c'était lui, elle en était presque sûre, au point de vaciller et de voir comme dans un brouillard. Alors, elle passa une main dans ses cheveux, ferma les yeux, les rouvrit. « Aurais-je des visions ? songea-t-elle. C'est à cause des lieux : est-ce le fait de me retrouver dans la brasserie qui fait resurgir les fantômes du passé ? » Elle se gronda secrètement, se traita de gamine. Il y a des quantités de gens qui ont les mêmes manières de faire. « Cet homme ne peut être Julien puisque Robert m'a dit qu'il était mort. » Elle se reprit, s'imposa un raisonnement très rationnel. Robert lui avait dit avoir perdu la trace de Julien. (Sans doute était-il mort...) Donc, logiquement, cet homme qui parlait avec Robert ne pouvait pas être Julien. Mais Dieu qu'il lui ressemblait ! Charlotte voulait cependant en avoir le cœur net. La ressemblance était trop troublante. Demander à Robert, ce n'était pas possible. Le passé n'avait jamais été évoqué depuis leur mariage. Une fois, Charlotte avait risqué une question sur Julien et les d'Auzécourt, dont plus personne ne parlait. Elle avait vu des nuages sombres passer dans le regard de Robert. Il était sorti en silence dans la cour. Charlotte avait regretté d'avoir peiné ainsi son mari, qui avait fait preuve de beaucoup de générosité à son égard en l'épousant, en donnant un nom à Jean-Baptiste. Et ce chapitre n'avait plus jamais été abordé. Cependant, en ce jour, Charlotte voulait savoir. Il fallait que les choses soient claires. Elle essaya d'approcher cet homme qui lui causait un si grand trouble. Si elle parvenait à croiser son regard, elle saurait. Elle en fut empêchée, notamment par Violette, qu'elle n'avait jamais perdue de vue depuis leur action au sein du réseau de la brasserie pendant les années de guerre. Violette s'était mariée mais n'avait jamais pu avoir d'enfants. Elle avait continué à travailler au laboratoire de la brasserie et s'en trouvait heureuse. Elle faisait également partie de la commission sociale de la mairie.

— Il faut bien remplir sa vie, puisque je n'ai pas eu la joie d'avoir des enfants. Tu es heureuse, Charlotte, et je t'admire souvent.

— Il n'y a rien d'admirable dans ma vie, répondit Charlotte. Les enfants sont venus sans que j'y sois pour grand-chose. Toi, tu agis pour tes semblables… Moi, je ne fais rien, ou si peu de tout cela.

— Ce n'est pas vrai, Charlotte, tu es trop modeste. Tu es ma première aide dans ton quartier. Quand quelqu'un de la route de Bouxières ou du chemin des Sables se trouve dans l'embarras et qu'il vient me voir avec un quelconque dossier, je n'ai plus qu'à mettre quelques tampons, tu as déjà débrouillé l'affaire.

Charlotte était agacée. Elle avait répondu à Violette et l'homme qu'elle avait tenté de ne pas perdre du regard s'était soudain évanoui de l'assemblée. C'était trop tard. Elle ne saurait pas qui était cet homme. S'il était ou non Julien. Faudrait-il demander à Robert ? Elle soupira et songea à son grand-père, qui lui aurait dit : « A quoi bon ! Les choses sont déjà écrites là-haut, ma petite fille. Ici-bas on ne peut que se plier. » N'est-il pas vain d'épuiser ses forces à courir après des rêves et des chimères ? Elle entendait toujours Baptiste : « Les années façonnent les êtres. Ce que nous sommes devenus est rarement à la hauteur des espérances du passé. » Charlotte fit taire le tumulte de son âme avec la seule pensée qui pouvait y parvenir. « De toute façon, je ne suis plus digne de Julien. » Ainsi tomba l'accablement.

6

Octobre 1960

L'automne avait fait son apparition avec ses brumes matinales et un méchant petit vent qui rougit le bout du nez des écoliers. L'après-midi laissait venir un joli soleil qui posait des lumières ambrées et douces un peu partout.

Charlotte était allée faire quelques courses à Nancy. Elle allait se dépêcher de tricoter pulls, écharpes et gants avant les premiers vrais frimas. Robert, lui, voulait des mitaines pour conduire.

Au port, elle descendit de l'autobus et jeta un œil à sa montre. Seize heures. « Chic, songea-t-elle, je serai à la maison avant le retour de Zette et Marc. » Ils grandissaient mais aimaient toujours être accueillis par leur mère pour le goûter. Un petit chocolat, une tartine beurrée à la confiture faisaient leur régal. Mais pourquoi tout ce monde, sur le pont du canal ? se demanda-t-elle en regardant autour d'elle afin de comprendre. Elle vit deux voitures de pompiers, la police, et eut froid. Un immense frisson la parcourut. « Encore un malheur », songea-t-elle.

— Un accident ! Mon Dieu, lâcha-t-elle à haute voix.

— Oui, dit Lulu, qui marchait à sa rencontre, un terrible accident !

Charlotte observait le parapet défoncé sur l'autre côté et soudain posa son regard sur les eaux. Quelques caisses de la brasserie flottaient. Elle pâlit.

— Un camion est tombé ? articula Charlotte.

— Il paraît, continua Lulu.

— Et le chauffeur ?

Lulu haussa les épaules. On ne savait pas. Il devait être coincé là-dessous sans avoir pu remonter. Les plongeurs exploraient le canal.

L'esprit de Charlotte tournait à cent à l'heure. Robert, que faisait-il cet après-midi ? Elle était incapable de s'en souvenir. Il fallait qu'elle sache, mais son esprit tournait à vide.

— Le pauvre homme ! s'écria une femme. Regardez, il n'y a que sa casquette qui a pu remonter.

Charlotte se pencha davantage et pâlit encore avant de s'évanouir dans les bras de Lulu.

On fit cercle autour d'elle.

— Aidez-moi à l'asseoir. La pauvre, elle a reconnu la casquette de son homme, c'est le Robert qui est au fond. Elle a compris.

Charlotte revint à elle. Lulu et Henriette, la patronne du Café de la Gare, voulurent la conduire jusqu'au café. Elle refusa car elle voulait rester sur la berge jusqu'à ce qu'on retirât Robert du canal.

— Ça va prendre du temps, venez vous remettre, insistait Henriette.

— Je veux rester.

— Il faut attendre la grue pour sortir le camion des eaux. Les sauveteurs n'ont pas réussi à dégager Robert du véhicule.

Charlotte se laissa convaincre. L'émotion lui donnait froid. Elle suivit Lulu et Henriette jusqu'au café et songea à Zette et Marc, qui allaient arriver avec l'autobus de dix-sept heures trente.

— Il ne faut pas qu'ils voient cela, cela va être trop dur pour eux.

— A quelle heure montent-ils dans le bus ? demanda Henriette.

— Ils prennent le bus scolaire de dix-sept heures, place Carnot.

Henriette s'adressa à son mari, en train de frotter le comptoir :

— Va les chercher, Jean, et ramène-les chez eux en passant par Frouard et Montataire. Trouve une excuse : une course à faire chez ton cousin garagiste à l'entrée de Frouard. Lulu va raccompagner Charlotte jusque chez elle.

La nouvelle se répandit de maison en maison, semant la tristesse. Personne ne comprenait ce qui avait bien pu arriver. Robert était un chauffeur chevronné, sobre et d'une grande prudence. Jean-Baptiste, alerté par son chef, avait quitté l'atelier dès qu'il avait su. Il prit sa mère dans ses bras.

— Le chef de gare dit avoir vu une vieille traction complètement folle descendre le pont. Elle semblait n'avoir plus de freins. Papa a voulu l'éviter en donnant un brusque coup de frein. Malheureusement, il n'a pas pu redresser à temps.

— Heureusement que personne ne se trouvait sur le trottoir, murmura Adèle. Une heure plus tard, c'était la sortie des classes…

— Pourquoi Robert, gémit Charlotte, pourquoi lui ?

Tard dans la soirée, une grue vint de Maxéville pour retirer le camion du canal. Jean-Baptiste assista à la manœuvre et Adèle entoura Charlotte de son mieux. Robert était effectivement resté coincé dans la cabine, prisonnier des tôles et du volant qui avaient empêché tout secours. On s'aperçut que Robert était gravement blessé à la tête et au thorax. Des blessures dues au choc quand le camion avait percuté le parapet.

— Il n'est pas mort noyé, constata Jean-Baptiste.

Ce que confirma le médecin légiste.

— Il était déjà sans connaissance quand le camion est tombé dans le canal. La position du corps indique qu'il n'a pas cherché à s'extraire du camion pour remonter à la surface.

Charlotte fut apaisée par ces quelques conclusions. Elle imaginait la terreur de Robert tentant de sortir de son cercueil d'acier qui prenait l'eau. Elle espéra qu'il n'avait pas souffert.

Jusque tard dans la nuit, les voisins, les amis défilèrent devant Charlotte et les enfants. Tous voulaient témoigner leur compassion. La vieille Lulu proposa à Zette de venir dormir chez elle. Mais Zette refusa, prenant sa mère par le cou avant de se réfugier dans les bras d'Adèle, sa grand-mère, puis de se lover contre Jean-Baptiste. Très choqué, Marc demeurait silencieux.

Charlotte refusa le transport du corps de Robert à la morgue.

— Il sera veillé à la maison jusqu'au jour de l'enterrement. Et il passera à l'église même s'il ne courait pas à la messe chaque dimanche.

Robert avait toujours été respectueux des croyances de Charlotte. Leur mariage avait été célébré à l'église et les enfants élevés dans la foi. Ce que comprit bien le prêtre quand Charlotte fit les démarches pour l'enterrement.

L'église Saint-Epvre était trop petite pour contenir la foule venue rendre hommage à Robert. Jean-Baptiste soutenait sa mère et Zette et Marc donnaient la main à Adèle. Pierre et Margritte s'étaient déplacés depuis Manosque pour entourer Charlotte. Prudence, veuve depuis quelques années, était venue d'Alsace, où elle avait suivi une de ses filles après la mort d'Eugène. Pépino, reparti en Italie avec Augustine dès qu'il eut l'âge de la retraite, fit le voyage depuis le Piémont, mais sans son épouse, clouée dans un fauteuil roulant à la suite d'une attaque. Albert, qui ne s'était jamais marié, était mort quelque part au Canada. Adèle observait sa fille pendant la messe de funérailles. Elle se sentit vieille soudain, très vieille. La famille devenait autre. Les anciens, encore très soudés, disparaissaient. Quant à la nouvelle génération, Adèle s'inquiétait de ne pas sentir de liens aussi forts entre ses membres. Le travail dispersait, les jeunes écrivaient peu et ne se déplaçaient plus pour les événements familiaux qui autrefois rassemblaient une famille dans la joie comme dans la peine. Un monde s'en allait. La guerre était passée par là, apprenant l'urgence et le présent. Plus rien ne pouvait être pareil. Elle observa ses petits-enfants. Jean-Baptiste si différent, enfant de la souffrance, mais pourtant celui du fol amour. Et Marc ? Marc le ténébreux, Marc si grand de silence. Le fils réparation pour Charlotte, le fils offert à Robert, le fils récompense pour lui. Quant à Zette, Adèle savait qu'elle était l'enfant surprise pour Charlotte, qui n'avait pas souhaité qu'une autre fille s'inscrive dans cette lignée de femmes en marge du grand amour. Adèle songeait à sa mère, à Lise follement aimée de Baptiste et dont l'histoire s'était achevée précocement à cause d'une maladie qu'on guérissait maintenant. Mais Lise avait aimé autant qu'elle avait été aimée. Avec le temps, Adèle se demandait si elle n'avait pas rêvé son amour avec Charles. Elle se souvenait surtout des années vécues auprès d'Hippolyte. Les années du sacrifice, se disait-elle avant de s'endormir. Elle n'arrivait pas à gommer de sa mémoire cette histoire de femme vendue. Le dégoût lui venait quand elle repassait, malgré elle, le film. Un film muet. Tout était silence quand Hippolyte la parcourait goulûment. Il fallait se taire. C'était le prix à payer pour les études de Prudence et d'Augustine... Un prix élevé quand elle songeait à Emilienne, à sa fuite pour n'être à la charge de personne. D'une certaine manière, Emilienne s'était, elle aussi, sacrifiée. Elle en était morte alors qu'elle aimait la vie. Emilienne n'avait trouvé personne pour l'aider. Adèle n'avait rien su de la détresse de cette petite sœur tant aimée, qu'elle avait bercée comme sa propre fille. Elle se reprocha sa trop grande réserve. Elle aurait dû, oui, elle aurait dû forcer la porte d'Emilienne qui n'appelait pas au secours. Elle songea tout aussitôt à Albert, son frère, parti outre-Atlantique. C'est à Augustine qu'il écrivait une ou deux fois l'an. Il avait réussi dans les affaires et n'avait jamais éprouvé le besoin de revoir son pays. Il avait régulièrement invité sa famille à venir au Canada. Mais le Canada est si loin pour les gens modestes qu'Adèle n'avait jamais envisagé un tel voyage. Albert était mort il y avait quelques mois. Un notaire avait écrit à Augustine pour le partage de ses biens. Adèle regardait encore Charlotte, sa fille, qui, elle, avait pu donner corps à son amour. Elle devina cet amour né dans l'urgence, quelques rayons de soleil happés, volés au quotidien, qui risque de mourir à tout instant. Au moins Charlotte était-elle entrée dans ce pays qui resterait à jamais inconnu à sa mère. Et Zette ? se demandait Adèle pendant que le prêtre balançait doucement l'encensoir autour du cercueil. Qui serait-elle ? Quel rôle jouerait-elle ? Adèle espéra vivre assez longtemps encore pour observer le devenir de sa petite-fille. Elle lui souhaita de vivre mieux que sa mère et sa grand-mère et d'être pleinement heureuse dans l'amour.

La cérémonie religieuse s'achevait. Le temps du dernier adieu était déjà là. Les employés des pompes funèbres emportaient les couronnes de fleurs vers la sortie de l'église avant d'empoigner le cercueil et de le conduire au cimetière. Adèle savait combien peut être éprouvante la descente du cercueil dans le caveau. On jetterait quelques fleurs. On bénirait encore Robert avant de reposer la plaque de marbre sombre. Tout serait dit. Sous ses voiles de deuil, Charlotte demeurait figée. Adèle eut soudain peur de l'abîme qui risquait d'aspirer sa fille. Elle la revit après l'accouchement de Jean-Baptiste, perdue dans un ailleurs qui n'appartenait qu'à elle. Robert avait su lui rendre un semblant de vie au sortir de la guerre. En mourant, ne risquait-il pas de le lui reprendre ? Adèle se promit d'être vigilante. Elle savait Charlotte fragile, bien trop fragile. Comment pourrait-elle être père et mère pour les enfants ?

Les semaines qui suivirent furent assez étranges pour Charlotte, absorbée par un chagrin silencieux. Elle pouvait rester assise des heures dans sa cuisine, le regard vide, absent. Ce même regard qui avait tant inquiété Adèle en 1944. Lucien proposait des sorties en voiture. Une promenade à Gérardmer... Deux jours en Alsace. Charlotte suivait. Elle n'exprimait rien. Son visage demeurait impassible, exempt de toute émotion. Parfois, elle disparaissait. La première fois, Adèle, Lucien et Jean-Baptiste avaient eu très peur. On avait cherché Charlotte partout, de Bouxières-aux-Dames à Lay-Saint-Christophe. Ce fut Adèle qui la retrouva derrière la brasserie, le long de la Meurthe, assise sur quelques pierres autour desquelles des touffes d'ortie poussaient en abondance.

— Où était-elle ? gronda Lucien.

— A l'endroit où furent déversées les pierres de la chapelle du pont tournant.

— Il n'y a plus rien, tout le monde est venu se servir, lâcha Lucien.

— Je l'y ai trouvée assise, comme dans la cuisine, le regard absent, reprit Adèle. On devrait la montrer à un spécialiste.

Le spécialiste, un neurologue, ne détecta rien de particulier. Il expliqua que les manifestations du chagrin après un deuil pouvaient être très différentes d'une personne à l'autre. Il fallait laisser du temps à Charlotte et continuer de vivre en n'oubliant pas de l'inclure à la vie de la famille. Il prescrivit quelques vitamines, un peu de somnifères, mais rien de trop fort, assura-t-il. « Le chagrin fait partie des choses de la vie. »

Adèle n'était pas convaincue et Jean-Baptiste, étonnamment mature pour son âge, encore moins. Il s'inquiétait pour sa mère et se demandait quand elle pourrait de nouveau accrocher un vrai sourire sur ses lèvres.

Mais le chagrin de Charlotte était autre. Elle avait rangé les affaires de Robert. Elle avait parcouru quelques lettres, dont l'une signée J., postée de Paris un jour de septembre 1959. Charlotte avait déplié la feuille blanche tapée à la machine.

> *Mon cher Robert,*
>
> *Je n'oublierai bien évidemment jamais ce que tu as fait pour moi et pour nous. Le temps a passé et fait son œuvre. Je n'ai rien oublié de nos actions et de nos vies. N'aie aucun regret, ni aucune crainte. Le temps n'est pas venu pour moi de bouleverser quoi que ce soit. Tu as bien agi et du mieux que tu le pouvais. Sois heureux avec les tiens, qui sont aussi un peu les miens. Pour moi, tout est trop tard.*
>
> *J.*

Charlotte avait maintenant la certitude que Julien n'était pas mort à la guerre. L'homme qu'elle avait revu à la brasserie peu avant l'accident de Robert était Julien. Elle consulta les bottins téléphoniques de Nancy et des environs. Elle se rendit à Nancy et arpenta les rues où elle pensait retrouver une trace de lui. En vain. Elle se posait mille questions. Quand Robert avait-il eu des nouvelles de Julien ? Pourquoi n'en avait-il jamais rien dit ? Que craignait-il ? La fuite de Charlotte ? Pourquoi Julien n'était-il pas revenu plus tôt ? Que s'était-il passé ? Ils s'aimaient tellement, tous les deux ! Certes, Charlotte n'aurait pas quitté Robert après leur mariage. D'ailleurs, Charlotte n'aurait jamais osé vivre avec Julien après l'épisode vécu avec Karl. Mais elle eût aimé être certaine de l'amour de Julien. Il était vivant et il n'avait pas cherché à la revoir. Et maintenant qu'elle était veuve, savait-il son malheur, sa solitude ? La seule chose dont Charlotte était certaine, c'est qu'elle avait le droit de rêver. Et c'est vers le passé qu'elle retournait. Un passé heureux, malgré la douleur, la cruauté des événements. Aurait-elle l'occasion de revoir Julien ? Qu'était-il devenu ? Etait-il heureux ? Savait-il qu'il avait eu un fils ? Un jeune homme merveilleux et qui lui ressemblait trait pour trait. Les mois à venir s'annonçaient difficiles pour Charlotte. Chaque déplacement, chaque démarche réveillait en elle un peu d'espoir, elle finirait bien par le retrouver. Leurs routes se croiseraient à nouveau. Mais sur cet espoir, elle demeurait secrète et silencieuse. Elle se repliait. Un repli qui rongeait ses jours autant que ses nuits.

7

Eté 1962

Deux ans s'étaient écoulés. Jean-Baptiste avait été dispensé de faire son service militaire. En tant qu'aîné, les autorités militaires lui avaient accordé le statut de soutien de famille. Il en fut heureux, car il ne se voyait pas partir en Algérie, même pour consolider une paix encore fragile depuis que le pays avait accédé à l'indépendance. Il n'avait jamais approuvé la position de la France et les idées colonialistes.

« De quel droit avons-nous pris ce pays ? » répétait-il souvent.

Adèle était d'accord avec lui et parfaitement scandalisée que toute une jeunesse s'en fût allée servir de bouclier aux politiques. Rien n'est plus stupide que la guerre. Il savait que la violence avait fait de lui un orphelin. Il connaissait en partie son histoire. Robert l'avait adopté et lui avait donné son nom parce que son père de sang, comme il disait, n'était pas revenu de la guerre. Jean-Baptiste trouvait son histoire romantique et très belle. Zette se retenait de dire tout haut ce qu'elle pensait de la famille paternelle de Jean-Baptiste. Qu'est-ce qu'une famille qui laisse courir son sang ? Elle s'en ouvrit à sa grand-mère.

— Ce sont des choses difficiles à t'expliquer, Zette.

— Eh quoi, j'ai douze ans ! Je suis une vraie femme maintenant ! Tu me l'as dit quand ce qui arrive aux filles s'est produit pour moi : « Te voilà demoiselle », et tu as ajouté : « Toi seule peux veiller sur toi, ne provoque pas les garçons, évite leur compagnie si tu es seule. » Alors, je veux savoir.

Adèle soupira.

— S'il faut que je te dise tout, ce sera très long. Il faudra peut-être que je le fasse un jour où Charlotte sera présente, réellement parmi nous. Cela arrive. Cela lui fera peut-être du bien. Un jour, je te raconterai l'histoire de notre famille.

— Quand ?

— Dès que ta mère ira un peu mieux.

— Alors ce n'est pas encore pour demain. Moi, je voudrais tout connaître de ces mystères.

— Que tu es impatiente ! As-tu remarqué que ta mère réagit beaucoup plus au passage des camions de la brasserie qui vont vers Bouxières-aux-Dames ? Les mois qui ont suivi l'accident de ton père, elle ne bougeait pas, demeurait impassible. Elle n'entendait rien des bruits du monde. Dieu sait qu'avant elle s'agaçait du vacarme produit par les caisses de bouteilles qui s'entrechoquent sur la chaussée pavée.

— C'est vrai que ce bruit de verre vide ou de verre plein est assez énervant.

— Eh bien, maintenant, ta mère est parfois agacée ! Hier, elle s'est levée de sa chaise et est allée à la fenêtre en murmurant « encore un... ».

Adèle entourait sa fille, lui parlait toujours, même si elle n'obtenait aucune réponse. Elle faisait des projets pour elle.

— Il serait bon que tu retravailles, pour préserver tes droits à la Sécurité sociale. Le directeur de la brasserie a proposé de te faire entrer dans les bureaux puisque tu as fait des études. Avec le rachat des brasseries de Charmes, le travail ne manquera pas. Champigneulles produira la bière Kanter, comme celle de la Meuse.

Parfois, Charlotte levait les yeux sur sa mère et répondait :

— Je sais.

— Je te donnerai un coup de main, je m'occuperai du linge... Et puis cela te fera voir un peu de monde.

8

Mi-août 1963

Zette entra en trombe dans la cuisine d'Adèle.

— Est-ce que tu connais la nouvelle ?

— Ben, non.

— Christine, Christine va se marier. Tu as vu, elle est enceinte, fit Zette en tendant son ventre en avant.

— Ce n'est pas grave puisqu'elle est fiancée avec son Paul, le fils de Madeleine, l'épicière.

— Oui, mais le fiancé n'est pas là.

— Il est en Algérie... Il aura une permission. C'est un cas de force majeure, comme on dit. Avec un peu de chance, ce mariage lui permettra de ne pas repartir si loin. C'est peut-être ce à quoi ont pensé les tourtereaux.

— Si tu entendais les vipères du lavoir ! Elles disent que Lulu n'a pas surveillé sa fille. Elles ajoutent même que Lulu, sous ses grands airs, a poussé sa fille à se laisser faire au terrain de football pour que Paul puisse la marier ; sans cela, la famille n'en aurait jamais voulu, à cause des sous.

— Il ne faut pas les écouter. Ce sont des jalouses. La famille de Paul n'est pas si riche que cela. Une épicerie et une petite buvette, c'est bien peu.

— Les vipères ont compté les terrains à Homécourt, les vignes à Toul. La Nénette dit que la goyotte[1] est bien garnie.

— C'est aux grands-parents et ils ne sont pas encore morts.

— C'est quand même du bien au soleil, disent les vipères.

— Mais quand tout sera partagé, il n'y aura pas de quoi s'acheter un château.

— Si j'ai bien compris, tu ne dirais rien si je me retrouvais enceinte.

— Attention, on ne couche pas avec n'importe qui. Il faut beaucoup d'amour pour cela, et être sûre du garçon.

— Ça alors ! Tu ne parles même pas de la faute, du péché.

— Ce péché-là n'a pas retenu grand monde. La plupart font semblant.

— Toi, quand tu étais jeune, tu étais très sage. Le péché te faisait peur, c'est maman qui l'a dit.

Adèle se tut un instant.

— Tu as raison, il y a un peu de cela. Moi, j'avais surtout peur d'être abandonnée par le garçon qui me courtisait. Il était vraiment d'un autre milieu. Or les princes n'épousent pas les bergères, sauf dans les contes.

— Et pour maman, raconte-moi.

1. Mot lorrain : bourse.

— C'est à elle de te dire.

— S'il te plaît, grand-mère.

— Il se trouve que ta mère, sans que je le sache, a aimé le fils de l'homme qui m'avait courtisée. Mais elle...

— Elle a fait la chose, et Jean-Baptiste est venu.

— Tu sais tout cela ?

— Hum, hum ! C'était quelle famille ?

— Ah ça !... Tu demanderas à ta mère.

— Elle ne risque pas de me répondre, elle est encore dans son monde en ce moment. Il faudrait pourtant qu'elle en sorte, si elle veut retravailler.

— Alors, Zette qui sais tout, le mariage de la Christine, c'est pour quand ? reprit Adèle, qui voulait détourner la conversation.

— Annie, sa sœur, m'a dit que Paul attendait une permission, parce que, comme tu sais, en Algérie, malgré l'indépendance, les risques existent encore. Lulu a envoyé tous les certificats. Après, Inch'Allah.

— La Christine m'en a parlé. Elle est très inquiète. Elle n'avait pas imaginé tout cela. Elle aime très sincèrement son fiancé, comme il l'aime. J'espère que tout ira bien pour eux.

— Bon, je te laisse, grand-mère. Avec Jojo et Annie, on va au cinéma.

— Où ça ?

— Au cinéma. Ne t'en fais pas, au cinéma du patronage. On y est surveillés et bien surveillés. Côté fille, c'est Mariette. Côté garçon, c'est monsieur l'abbé. Es-tu rassurée ?

— Et le Marc ?

— Il vit sa vie. Tu ne crois pas qu'il va continuer à surveiller sa petite sœur de treize ans quand il en a seize ? Depuis qu'il sait qu'il ira dans la marine, il joue les importants. Même qu'Annie... Bon, je me tais. Remarque, moi, je me trouve un peu godiche pour fréquenter le cinéma du patronage. Annie et Jojo pensent la même chose. Alors, on aide Mariette à la caisse et aux bonbons à l'entracte... Tu vois, on n'a pas le temps de faire les choses interdites. Mais ça viendra, grand-mère.

Adèle se retenait de rire. Zette devenait une jolie jeune fille, un peu vive, curieuse de tout, parfois un peu provocante, mais tellement attachante ! Au fond, Zette faisait souvent passer sur l'immense maison de Lucien un rayon de soleil qui œuvrait pour le meilleur, en chassant le pire.

Charlotte se remettait doucement et avait accepté le poste d'aide-comptable proposé par la direction de la brasserie. « Pourvu que tout aille bien », songeait Adèle.

Le travail à la brasserie avait beaucoup changé. Les machines étaient de plus en plus perfectionnées et permettaient une production fabuleuse qui se comptait en millions d'hectolitres dont les trois quarts en bouteilles dans une canetterie complètement transformée. Avant de se lancer dans le travail, Charlotte avait désiré visiter les chaînes à la canetterie. L'une était réservée aux litres, une autre aux bouteilles de soixante-quinze centilitres, une autre encore aux petites bouteilles de trente-trois centilitres. Elle reconnut des femmes, debout aux différents endroits de la chaîne.

Les bouteilles à laver, à rincer, à décapsuler, étaient orientées dans le pasteurisateur, d'où elles ressortaient prêtes à recevoir la nouvelle bière, après qu'un contrôleur eut retiré les bouteilles douteuses, mal lavées, ébréchées. Le geste devait être précis pour présenter les bouteilles à la soutireuse à douze becs. Le tapis roulant continuait de passer devant les ouvrières, apportant des lots de bouteilles qu'on fermait soit d'un bouchon en porcelaine pour les grandes, soit d'une capsule posée par une nouvelle machine automatique pour les petites. Les bouteilles arrivaient ensuite à la mireuse, une place souvent réservée aux femmes qui entretenaient des liens privilégiés avec les chefs de groupe. Puis venaient l'étiquetage et une ultime vérification. Vers la fin de la chaîne, les bouteilles étaient mises dans les caisses à casiers. Charlotte remarqua le mouvement cadencé des femmes qui attrapaient les caisses pour les vider en début de chaîne, et les remplir à la fin. D'autres les saisissaient pour les déposer sur des chariots avant de les pousser jusqu'au quai d'embarquement. Mais elle constata aussi que les femmes bougeaient parfois le long de la chaîne, ne faisaient pas toujours la même tâche pendant les huit heures de travail. Cela leur permettait de changer de mouvement et d'être moins fatiguées ensuite. Elle salua Liliane, une voisine de Christine, penchée sur la laveuse, et qui préparait le nombre nécessaire de bouteilles pour le pasteurisateur.

— J'espère que le chef ne va pas m'envoyer au quai de chargement. Il me tourne autour. Mais, comme ce vieux machin ne me fait pas envie, il peut toujours attendre. Hier, j'ai accepté, alors que je suis du matin, de revenir de treize à dix-sept heures. C'est toujours ça de pris, c'est un peu de beurre dans les épinards. Eh bien, ce vieux cochon voulait que je le rejoigne à la pause dans un des nids d'amour. Je lui ai fait un bras d'honneur, en lui disant : « Il y a assez de beaux gosses ici. Je ne suis pas en manque au point de me faire le premier vieux venu. » Mal m'en prit, car pendant tout l'après-midi, tandis que d'autres réparaient tranquillement les caisses à la menuiserie, moi je me suis cassé les reins à « gerber » les caisses dans le wagon. Et tu sais ce qu'il a osé dire, le chef : « Tu seras si crevée que tu ne pourras pas t'envoyer en l'air. » Mais tu peux me croire, Charlotte, je lui ai fermé le clapet en lui répondant que ça, ça ne fatiguait que les vieux croûtons comme lui, moi au contraire, ça me rendait gaillarde. Tout le monde a rigolé, sauf lui bien sûr.

Liliane était une gentille fille, un cœur d'or qui ne s'encombrait pas de principes. Comme elle était une force de la nature, on abusait parfois d'elle pour les travaux pénibles.

— Un jour, on finira par me faire porter les pains de glace et j'irai les livrer comme les hommes.

La brasserie fabriquait encore des pains de glace qu'elle livrait dans les épiceries et cafés. Souvent, les glacières de ces lieux hébergeaient, pendant les grandes chaleurs, les produits d'alimentation des foyers ne disposant pas de réfrigérateur.

— Tu sais, Charlotte, il faut s'estimer heureuses de bosser ici. On pourrait très bien nous envoyer dans les brasseries que Champigneulles rachète dans la Meuse ou dans le Nord.

La couronne de la Reine des bières ornait la devanture de nombreuses brasseries de l'Hexagone. Champigneulles allait de conquête en conquête, absorbant toujours plus de brasseries. Celles de la Meuse étaient tombées dans son escarcelle, une partie de celles du Nord également, tout comme la brasserie du Havre. On descendait progressivement vers le Centre et le Sud. Comme certains ouvriers, Adèle se demandait si la Champigneulles resterait longtemps la Reine des bières, cette bière incomparable brassée à l'eau de la source de Bellefontaine, qu'on disait d'une pureté exceptionnelle. A la fabrication, on assurait que les bières produites gardaient leur spécificité, leur goût. Champigneulles n'avait pas le choix. Car Kronenbourg, sa rivale, qui avait acheté la célèbre brasserie Hatt, opérait de la même manière. Elle voulait devenir la première des brasseries de France et d'Europe. A Champigneulles, on savait donc qu'il fallait rester vigilant, garder l'esprit d'entreprise pour conserver l'avance prise sur la brasserie alsacienne. Mais Kronenbourg grandissait, s'équipait, grandissait encore, produisait beaucoup et, surtout, avait trouvé les chemins de la publicité pour s'exporter toujours plus loin.

9

Septembre 1963

Il y eut ce matin de septembre où Lulu prit des risques pour traverser la route et aller chez Charlotte. Poussé nonchalamment par le dadish qui faisait claquer son fouet sur le sol pavé pour guider les bêtes, le troupeau de la ferme gagnait les prés derrière la digue. Lulu fendit le troupeau de plus de quarante bêtes à cornes et sonna chez Charlotte et Adèle.

— Un grand malheur est arrivé chez nous. Il n'y aura pas de mariage dans quinze jours. Paul vient de mourir en Algérie. Il rentrait d'une mission pacifique. Il a perdu le contrôle de son véhicule, qui s'est encastré dans un rocher de l'Atlas. Ma pauvre petite Christine... Que va-t-elle devenir avec son bébé ?

Un déclic se produisit dans la tête de Charlotte. Elle se mit à trembler et appela Adèle afin qu'elle réconforte Lulu. Il n'existe pas de mots pour vaincre tant de malheur. Charlotte retrouvait ses moyens. Ce drame évoquait le sien, mais elle eut le courage de se souvenir d'un autre malheur survenu quelques années auparavant à Fréjus, quand le barrage de Malpasset avait cédé, faisant des centaines de morts. Un jeune couple était sur le point de se marier et la petite fiancée attendait un heureux événement. Le jeune homme avait péri après avoir sauvé plusieurs personnes des flots boueux. La presse avait parlé de l'autorisation exceptionnelle accordée par le président de la République. Avec l'accord de la famille du garçon, la très jeune femme avait pu « épouser » son promis. Ainsi, son enfant n'avait pas été un enfant naturel.

— Les parents de Paul ne s'opposeront pas à ce « mariage », déclara Charlotte. Voulez-vous que je les rencontre ? C'est sans doute plus facile pour moi d'aller en parler avec eux.

Lulu remercia Charlotte.

Convaincre la famille de Paul ne fut pas un exploit, car les parents de Paul, qui ignoraient cette possibilité de mariage, désiraient aider Christine. Ils aimaient très sincèrement cette jeune fille qui portait l'enfant de leur fils. Et, lorsque Charlotte expliqua en long et en large le possible mariage, ils dirent oui sans aucune hésitation.

— De toute façon, ce mariage était prévu. Les papiers étaient signés. Paul n'a jamais caché ses intentions. Nous avons toujours approuvé son choix, déclara Madeleine en se mouchant pour refouler les larmes qui venaient.

Christine était sur le point d'accoucher quand arriva l'autorisation accordée par le général de

Gaulle. Elle put « épouser » Paul le jour de la Saint-Nicolas. Charlotte fut le témoin de la mariée.

— Te voilà jeune mariée et veuve le jour de ton mariage, murmura Madeleine en la serrant dans ses bras. Un jour, tu trouveras quelqu'un pour t'aimer, mais tu resteras un peu notre fille grâce à l'enfant de Paul, notre petit-fils ou petite-fille. Tu pourras toujours compter sur nous.

Charlotte promit son aide. Elle aimait bien Christine et, pour tenir sa promesse, elle fut obligée de laisser son chagrin de côté. On avait l'impression qu'un peu de vie revenait irriguer son corps. Cependant elle gardait ses rêves pour les très longues soirées de solitude. Elle parvenait au moins à survivre si la vie était encore souvent difficile pour elle.

Il y eut la naissance de François, un bien beau bébé, le 20 décembre, alors que la neige s'essayait à tomber. Il était blond comme les blés, un vrai petit soleil au cœur de l'hiver.

— Son père était ainsi, s'extasia Madeleine.

— Et son grand-père paternel aussi, à ce qu'on dit, reprit Francis, l'heureux grand-père. Merci, Christine.

— Et alors, de chez nous, il n'a rien, ce chérubin ? protesta Lulu en se penchant sur le berceau.

Elle observait le bébé et éclata d'un grand rire.

— Ah, mais dites donc ! Vous avez vu ce que je vois : son petit menton en galoche. C'est tout mon homme, et le nez donc ! Faut bien qu'il soit aussi à nous, pas tout pour les mêmes, crénom !

Christine était partagée entre la joie de la naissance et le chagrin de vivre l'événement seule puisque son bien-aimé ne reviendrait plus.

— Il n'y a que vous pour me comprendre, glissa-t-elle doucement à Charlotte, vous êtes aussi passée par là.

— La vie qui est là aujourd'hui reste le plus beau des cadeaux. Je parle en connaissance de cause. Le rire te reviendra. Il faut y croire.

Charlotte s'obligeait à de telles paroles, mais les pensait-elle vraiment ? La mort de Robert avait rouvert tant de blessures qu'elle croyait guéries ! Julien disparu, évanoui, Dieu sait où. Elle restait persuadée qu'il était vivant. L'homme aperçu à la brasserie venait hanter ses nuits quand elle n'était pas entraînée dans la ronde de ses chers disparus : Baptiste, Emilienne, Robert... Et Julien dont elle ne savait rien.

Et lui revenait ce geste dont elle ne pouvait plus s'ouvrir à personne, puisque Robert avait quitté cette terre. Cette mort au bout d'un revolver dont elle avait pressé la détente. Pendant des années, Robert lui avait répété qu'elle était en état de légitime défense, elle et l'ensemble du réseau. « Je te supplie de me croire, tu n'as assassiné personne, tu as sauvé des vies. »

Elle n'avait pas eu le choix, bien sûr. « J'ai quand même porté le coup qui a tranché une vie. » Un geste terrible qui la poursuivrait jusqu'à la tombe.

10

Avril 1964

Zette revint très rouge et très excitée en ce samedi après-midi d'avril. Charlotte n'était pas là. Il n'y avait qu'Adèle, qui fronça les sourcils en la voyant courir dans la salle de bains. Elle l'entendit aspirer de l'eau et la recracher.

— Qu'est-ce qui ne va pas, Zette ?

— Tout va très bien, grand-mère, je me rince.

— Ah bon ! Et de quoi ?

— Tu ne le diras pas à maman, mais j'ai fait une expérience.

— Une quoi ?

— Une expérience avec Jojo. Je sais comment on embrasse sur la bouche. On était sur la digue avec toute la bande et Jojo est venu. On parlait un peu de tout et c'était plutôt rigolo. Annie, la sœur de Christine, racontait des tas de trucs sur les vrais baisers. Je lui ai dit de ne pas parler de ce qu'elle ne connaissait pas. Là-dessus, Jojo m'a dit : « Parce que tu sais, toi ? » J'ai haussé les épaules. Il est venu près de moi et a parlé bas près de mon oreille : « Je peux t'apprendre, comme ça tu sauras. » Je n'ai pas dit oui, mais je n'ai pas dit non. Et, quand toute la bande s'en est allée, nous avons traîné à l'arrière et il a plaqué sa bouche sur la mienne. « Les langues doivent se toucher, après c'est très bon », qu'il a dit, Jojo. Vraiment, c'est plutôt dégoûtant, tout cela, que je lui ai répondu. Il était un peu embêté. Alors, j'ai fermé les yeux le temps de l'expérience et j'ai pensé très fort à Elvis Presley. Tu comprends, je ne voulais pas avoir l'air d'une idiote.

— Maintenant que tu sais, dit la grand-mère, et que tu trouves cela...

— ... dégoûtant, c'est très dégoûtant de se mélanger les salives. Vulgaire, mais troublant, il faut le reconnaître. Je ne recommencerai pas. Remarque, c'est peut-être parce que Jojo n'a pas su.

— Zette ! dit Adèle sur un ton de reproche.

— Je blaguais, grand-mère. Ne prends pas cet air tragique. Mais tu ne dis rien à maman, tu promets ?

Adèle avait fermé les yeux en signe d'acquiescement.

— Si Jojo vient me chercher, je ne suis pas là. Depuis l'autre jour, il n'arrête pas de me suivre partout. Il veut qu'on aille au cinéma, et pas à celui du patronage. J'ai compris. Il veut renouveler l'expérience, et moi, je n'en ai pas l'intention du tout.

— Voilà qui est sage.

— Parce que ce n'est pas lui que j'aime.

— Ah ! Tu aimes donc quelqu'un ?

— Ben, oui, peut-être. C'est un gars qui prend le bus avec moi et va au lycée Poincaré ; un grand, un vieux déjà. Il est en terminale et habite Bouxières-aux-Dames, tu ne le connais pas.

— En es-tu certaine ? J'ai habité Bouxières-aux-Dames pendant longtemps. Et ce petit gars veut aussi faire des expériences ?

— Ah lui, il parle d'amour ! Mais avec des poèmes qu'il me glisse dans la poche. C'est très bien, les poèmes de Musset, et pas démodé du tout.

— Et tu lui réponds ?

— Oui, avec des poèmes aussi.

— De qui ?

— De moi, grand-mère, mais je ne parle pas d'amour. Il est quand même très content de les lire. Il voudrait qu'on aille danser au Rêve à Maxéville, seulement un dimanche après-midi. J'ai dit qu'il ne fallait pas y compter et qu'il valait mieux pour lui. Sinon, je lui marcherais sur les pieds.

— Dis-moi le prénom de ce prince, supplia la grand-mère.

— Alain. Mais quelle importance pour toi ? Nous aimons beaucoup parler bouquins. Ce qui est rare avec un garçon. Il dit qu'il sera avocat ou prof.

— Et toi ?

— Toujours médecin ou écrivain, sauf si les études coûtent trop cher. Remarque, je peux aussi aller travailler, à la brasserie par exemple, n'en déplaise à Jean-Baptiste.

— C'est vraiment un chic garçon, généreux et sensible !

— Tu parles de Jean-Baptiste ?

Adèle leva les yeux au ciel. C'était une évidence.

— Justement, reprit Zette, Jean-Baptiste doit penser à lui, être heureux. Il veut protéger tout le monde, sa mère, son frère, sa petite sœur.

— Tu as raison, le Marc n'a pas besoin de lui. Il vient d'être admis à l'école des officiers de marine. Les décorations de son père pour faits de guerre l'auront aidé. Il a abandonné ses espoirs d'horticulture pour se consacrer à ses rêves de navigation.

— En attendant, c'est sur maman que nous devons tous veiller. Je ne sais pas ce qu'elle fabrique le soir, mais elle fouille, range, trie tout. Je crois qu'elle cherche des lettres qu'elle lit et relit.

— Elle a besoin de ses souvenirs, c'est normal.

— Si elle en parlait au lieu de s'isoler ! Tu sais, grand-mère, elle parle la nuit, elle rêve à haute voix. L'autre fois, c'était « Emilienne, non, non ». Elle criait tant que je me suis levée et suis entrée dans sa chambre. Elle m'a dit avoir fait un cauchemar. Emilienne venait avec un couteau pour se venger. Maman était terrorisée. Je lui ai demandé si elle avait des photos d'elle. Elle m'en a montré quelques-unes. C'est une tante, non ?

— Pour toi, c'est une grand-tante. L'Emilienne est ma petite sœur. Je l'ai élevée et ta mère a grandi en sa compagnie. Pourquoi faut-il que ces souvenirs soient régulièrement ressassés ? J'en parlerai à ta mère, elle se sent coupable, comme moi d'ailleurs.

— Je peux entendre, grand-mère.

— C'est que c'est une histoire bien compliquée.

Zette s'agenouilla près d'Adèle, mit la tête sur ses genoux pour qu'elle lui caressât les cheveux. Un geste qui leur appartenait. Et Adèle raconta sa jeunesse. La mort de Lise, sa mère, quand Emilienne était si petite. Emilienne, qui éveilla précocement chez elle le sentiment maternel. Emilienne, qu'elle emmena avec elle le jour de son mariage avec Hippolyte pour l'élever ensuite avec Charlotte. Elles étaient comme deux sœurs. Pour la protéger et lui éviter le STO, Charlotte, avec l'aide de Julien, son grand amour, l'avait fait entrer au service de madame de Morville, une tante de Julien. Elle s'était mariée avec un neveu de la vieille dame, qui l'avait prise en affection. Et puis il y avait eu cette histoire de bague disparue. Emilienne avait subi le rejet de sa belle-famille et avait préféré mourir plutôt que de vivre avec le poids du soupçon. Emilienne était honnête et sensible. Elle n'aurait jamais pu accomplir un tel acte.

— L'Emilienne est morte pendant que ta mère se noyait dans le chagrin après la naissance du Jean-Baptiste, poursuivit Adèle. Mon père avait perdu la vie en allant chercher l'indispensable chloroforme pour anesthésier Charlotte au moment de son accouchement. Je devais me battre sur tous les fronts. J'ai privilégié ma fille et son petit. Peut-on me le reprocher ? Je n'ai pas entendu les appels au secours de cette petite sœur. Ta mère se sent autant coupable que moi.

— Dans notre famille, on dirait que vivre est difficile. Tiens, pour changer, je vais aller faire un tour au garage de Jean-Baptiste, déclara Zette. Il faudrait qu'il se décide à épouser Christine. Il la mange des yeux quand il la voit. Mais cet idiot de frère n'ose pas lui parler parce qu'il a trois ans de moins qu'elle. Comme si c'était important.

— Tu as remarqué cela ? dit Adèle d'un air amusé.

— Ben, comme le dit Lulu, je ne suis pas née de la dernière pluie.

11

Juillet 1966

Avec deux ans d'avance, Zette fut reçue au baccalauréat. Elle postula donc, en trichant sur son âge, pour aller travailler à la poste pendant l'été. Mais, comme elle ne connaissait personne qui pût la recommander, on lui répondit que tous les postes étaient pourvus et on lui laissa entendre que l'an prochain, peut-être... Zette ne s'en formalisa nullement. Qu'à cela ne tienne, pendant l'été, pour se faire quelques sous, elle irait travailler à la brasserie de Champigneulles. Charlotte n'y vit aucun inconvénient. Sa fille rejoindrait les nombreux étudiants qui se mêlaient aux saisonniers pour quelques semaines. Zette se sentit tout de suite à l'aise. Elle commença à l'étiqueteuse aux côtés de Dolorès, une jeune Espagnole installée à Champigneulles et qui n'avait pas vraiment le mal du pays.

— Tou sais, j'en ai assez bavé avant pour comprendre qu'ici on peut faire pousser le paradis si on a de l'imagination. J'ai dix ans de plous que toi, cela fait cinq ans que je souis ici. Je ne regrette rien. C'est mon destin. On a tous oune destin. Il faut seulement le connaître, le reconnaître quand il passe. A partir de là, si tou sais agir, tou peux faire ta place. Mais attention, jamais en marchant sur les autres, seulement par ta valeur.

Dolorès parlait comme un livre. Elle s'essuyait parfois les yeux en expliquant à Zette son itinéraire. Son amour blessé, son cœur piétiné. Juan ne l'avait pas attendue. Il avait gardé le trousseau pour sa remplaçante. Depuis quelques mois, elle vivait un autre amour. Mais l'homme n'était pas libre ; sa femme était restée au pays.

— Oune homme ne peut pas rester sans femme. Et moi, Dolorès, devant Dieu, je le joure, je ne pourrai jamais me marier. Alors tou vois, et c'est mon destin, je remplis oune solitude. Jamais je ne prendrai cet homme à sa femme qui a besoin de loui là-bas. J'essaie de le rendre heureux ici, pour qu'elle le trouve apaisé et non pas déchiré de la quitter. C'est tout oune art. Savoir aimer pour l'autre.

Zette écoutait Dolorès, qui tentait de la mettre en garde contre les chefs de groupe, toujours prêts à trousser les femmes en échange d'un régime de faveur.

— D'ailleurs, tou vois, sur les trois filles qui sont à la mireuse, deux ont plous de trente ans, ce sont celles qui intéressent le chef. L'autre est comme toi, c'est oune étudiante. Le chef ne la regardera que s'il n'a personne. Observe bien, Zette, la pause est plus longue pour ces femmes que pour nous. A tour de rôle, elles disparaissent pour être honorées par ce chien. A midi, s'il fait beau, l'oune ou l'autre sort manger au bord de la Meurthe. Sa préférée, c'est Martine, la fausse blonde. Tou verras aussi quand Martine met sa barrette rouge dans les cheveux, c'est que le sang coule. Elle est alors dispensée de son travail spécial à la cave de garde.

— Tous les chefs de groupe sont ainsi ?

— Non, pas tous, mais beaucoup. Ils se prennent pour le coq dou poulailler. Je les hais, ces hommes qui sont pires que des chiens. Ne te laisse pas faire. Le bel amour, ça existe quand même. Cherche-le, tou as oune destin aussi.

Zette rentrait épuisée de la brasserie, mais heureuse de gagner quelques sous. Elle avait la ferme intention de poursuivre des études de médecine, aussi devait-elle économiser. Elle demanda à faire des heures supplémentaires de treize heures à dix-sept heures et se retrouva à la menuiserie, près du quai de chargement, où elle rencontra Alain qui gerbait les caisses avec d'autres étudiants.

— Zette, toi ici ?

— Et toi ?

— C'est pareil, je veux me faire de l'argent avant de repartir à l'internat. Tu sais que je suis à l'Ecole des Mines.

Il voulait la revoir. Elle accepta d'aller au cinéma à Nancy un dimanche après-midi. Il lui prit la main pendant la projection de *La Peau douce* de François Truffaut. Si elle fut troublée, elle n'en laissa rien paraître. Elle se souvenait de Dolorès, « Tou as oune destin ». Elle eut l'intuition que son destin, ce n'était pas Alain. Alain, c'était un bon copain. Elle se laissa tout de même embrasser mais ne donna rien de plus.

— Tu ne m'aimes plus ? demanda-t-il.

— Comme un bon copain, le meilleur que j'aurai sans doute. Je crois que pour toi c'est la même chose. Il ne faut pas se gâcher.

— Mais il ne faut pas perdre de temps, la vie passe vite.

— Ce n'est pas une raison pour céder à toutes ses pulsions, comme la pauvre Liliane.

— Elle, c'est un cas. Elle vieillit mal et recrute de plus en plus jeune pour quelques exercices corporels. Elle est l'initiatrice pour certains d'entre nous. Je la trouve osée. Elle regarde sous nos shorts quand nous sommes en haut de l'échelle en train d'empiler les caisses et elle ne se prive pas pour clamer nos mensurations intimes.

— C'est tout de même une brave femme, au fond plus malheureuse que méchante. Parle-moi littérature, Alain. Je n'aime plus Lamartine.

Alain était déconcerté. Zette passait avec tellement d'aisance de la condition féminine à l'amour romantique qu'il se demandait ce qu'elle allait encore dire. Cette jeune fille était imprévisible.

— Tu préfères Chateaubriand peut-être ?

— J'aurais bien un petit faible pour lui, pour ses engagements. Un petit côté sauveur de l'humanité en quête de spiritualité, mais incapable de s'appliquer les recettes. Allons, il lui sera beaucoup pardonné, car il aura beaucoup aimé. Très sérieusement, j'ai découvert Albert Camus et l'absurde, et je suis un peu perdue.

— D'où tes interrogations sur l'amour ?

Zette sourit pour ne pas répondre aussitôt. Elle déclarait n'avoir pas eu l'envie de s'arrêter à Sartre, qu'elle trouvait prétentieux et donneur de leçons. Un côté professeur un peu trop tourné vers l'Est. Camus, c'était bien autre chose. Le cœur de l'être. L'éblouissement jusqu'à une aveuglante beauté qui pouvait s'écraser contre le mur des pourquoi et du sens.

Zette et Alain se rencontrèrent régulièrement pendant tout l'été. Alain semblait amoureux. Zette ne l'était pas, ne l'était plus. Mais elle aimait bien sa compagnie. Elle le forçait à s'exprimer. La vie, l'amour, la mort. Le pourquoi de l'engagement, la fraternité entre les humains et le destin des femmes, leur asservissement bien trop fréquent.

— Tu es la plus délicieuse des enquiquineuses, lâcha-t-il un jour.

— L'adjectif est de trop. Tu te comportes comme tous les mâles, lança-t-elle avec colère. Tu affiches ton air supérieur face à une femme et tu corriges avec un adjectif qui appartient à l'amour courtois et est repris par des hommes qui ne cherchent dans la femme que l'objet de leur désir.

Alain resta sans voix, et si le désir ne l'avait guère tourmenté jusque-là, il le ressentit soudain violemment. N'était-il pas en train de tomber amoureux ?

Pendant le mois d'août, on les vit à la fête de La Pelouse à Bouxières-aux-Dames. On les vit encore à la fête foraine à Champigneulles. Zette demanda un tour de manège sur les petites chaises suspendues à des chaînes.

— A condition que ce soit moi le garçon qui aie le droit d'emmêler nos chaînes et de te faire valser dans les airs.

Zette sourit. Elle connaissait le tarif de ces tours de manège. Quand les chaises se rejoignaient, il fallait réussir à s'embrasser. Un vrai baiser, profond.

— Ce sera uniquement pour la sensation.

— Mais un beau baiser donne des sensations.

— Je parlais du tour de manège, rectifia-t-elle.

Elle devenait mystérieuse et ce voile-là augmentait l'amour qu'Alain lui portait. Il tenta bien de lui voler un baiser qu'elle ne refusa pas. Mais ce baiser demeura chaste. Il en fut ému.

— Il va falloir que je te demande en mariage.

— Surtout pas ! Je veux rester libre, lança-t-elle.

— Que puis-je faire pour te prouver ma bonne foi et mon attachement ?

— Rien, Alain. Rien. Reste tel que tu es. Tu as beaucoup de grandeur d'âme. C'est ce qui me conduira toujours vers toi. Tu es mon ami. Mais tu ne seras pas mon amant.

— Tu serais capable d'avoir des amants ?

— Pas des… Un… Si la passion s'emparait de moi. Mais je ne crois pas. Je veux étudier. Et dans de longues études, il n'y a pas de place pour la passion. Une passion est souvent destructrice.

Ils marchèrent longtemps rue de Bellefontaine. Absorbés par leur conversation, ils avaient laissé la fête foraine derrière eux et étaient parvenus au bord de l'étang de Bellefontaine. Zette regardait partout autour d'elle, levait le nez au ciel et respirait l'endroit.

Soudain, face à elle, elle aperçut ce qui restait de la guinguette de madame Grandin.

— Là, ma grand-mère est venue, murmura-t-elle. Là, elle a dansé, aimé, espéré. Ma mère aussi est venue.

— Et aujourd'hui, tu t'y trouves.

— Avec un cœur très apaisé, serein.

— Pense un peu à moi, murmura Alain, à moi qui ne le suis pas.

Il se pencha vers elle, elle ne se déroba pas. Il effleura ses lèvres pour la seconde fois de l'après-midi. Il la prit soudain dans ses bras et la serra à l'étouffer avec le secret espoir de briser le mur qu'elle élevait entre eux. Doucement, il caressait ses cheveux, puis son dos avant de poser les mains sur sa taille.

— Je t'aime comme un fou, Louise.

Il l'appelait Louise, son vrai prénom, celui utilisé officiellement par les professeurs du lycée Jeanne-d'Arc. Elle fut déstabilisée et sut, en cet instant précis, qu'elle était bel et bien en train de gravir l'escalier la conduisant à la vie des grands. Louise, Louise, Louise, chantait-elle dans sa tête. Elle serait Louise et ne permettrait plus qu'on l'appelât Zette. Elle n'en avait jamais souffert. Mais un homme avait utilisé son prénom en griffant doucement la porte de son cœur. Ce nom, il le lui offrait. Le lui rendait. Elle acceptait de s'en vêtir, mais pour cela il fallait ranger Zette au rayon enfance.

Elle ferma les yeux. Alain se reprit à espérer. Encore un peu et elle céderait. Une ivresse qui n'était que celle du corps. Non, elle n'avait pas le droit. Elle avait « oune destin », comme disait Dolorès. Elle irait jusqu'au bout. Et pourtant, oui, elle eût aimé répondre aux avances d'Alain, se laisser aller, savourer l'instant. Mettre l'avenir entre parenthèses. Elle posa la tête contre sa poitrine et il fut bouleversé.

— Un jour peut-être, osa-t-il.

— Un jour peut-être, reprit-elle. Merci pour Louise.

12

Avril 1968

Louise était heureuse de franchir les grilles d'entrée de la brasserie. Pendant trois mois, elle allait être utile. Un stage à l'infirmerie dans le cadre de ses études de médecine. Comme toute sa famille, elle nourrissait un inexplicable attachement envers cette brasserie, sans pour autant idéaliser les lieux. Elle connaissait les difficiles conditions de travail des ouvrières et ouvriers, la rudesse de certaines tâches, les cadences à tenir. Mais c'était ce travail, sa dureté, qui reliait les uns et les autres. La solidarité n'était pas un vain mot entre les femmes d'une même chaîne. Un malaise, et les copines se relayaient pour garder la cadence. Un chagrin rongeait l'une, les autres l'entouraient. Une brimade d'un chef de groupe, et elles faisaient bloc. Certes, les mesquineries existaient d'une génération à une autre. Les petites nouvelles devaient faire leurs preuves, mais elles trouvaient toujours l'appui d'une ancienne face à l'adversité, jusqu'au jour où elles étaient enfin admises dans le cercle des femmes.

Chez les hommes, les comportements étaient sensiblement les mêmes. Les anciens se souvenaient tous être allés, à la demande du chef, chercher au grand garage la fameuse clé à dévisser les culs de bouteille. Tous avaient encore dans les oreilles le rire du mécano. « Quand tu réussiras à dévisser les culs de bouteille avec une clé, je te paierai des prunes, mon petit ! »

De même que chaque apprenti devait être passé par le trou d'homme. Dans la première semaine de leur apprentissage, on leur avait demandé d'aller racler les fûts dans les caves de garde, puisqu'il fallait les nettoyer des traces d'anciennes levures. S'il y avait bien un peu d'appréhension d'entrer à plat ventre dans le fût par le trou d'homme, on ne le montrait pas. Et la porte se refermait. Pris au piège, dans le noir, pendant qu'un bruit étrange de manette se faisait entendre, un sinistre grincement. Quelqu'un ouvrait les vannes. Quelqu'un qui ne savait pas que le foudre était habité. La cuve se remplissait. Alors, le jeune apprenti, terrorisé, criait, s'époumonait, tapait contre les parois… Enfin, on le délivrait, on le portait, on le rinçait, car il puait la bière. Le gamin en était quitte pour une peur bleue. Il paraît que c'était ainsi que l'on devenait homme. C'était une affaire d'hommes et qui restait entre hommes. « Te voilà des nôtres, petit ! Tu as le droit de boire un coup avec nous avant de reprendre le boulot. »

Louise entendait régulièrement ces histoires. Il fallait s'adapter. Parfois, elle s'agaçait un peu, trouvant les plaisanteries trop dures pour des âmes sensibles.

Claudine, l'infirmière en titre, mit rapidement Louise au courant de la situation.

— Dans trois mois, à la Saint-Arnould, on fêtera les deux ans de la Société européenne de brasserie, la SEB. Tu es au courant ?

— Oui. Est-ce que ça change quelque chose ?

— Franchement, non. Mais on aimait notre Reine des bières. Nous voilà dans le Marché commun. Un jour, disent les anciens, la SEB sera aussi absorbée et on ne parlera plus de nous.

La brasserie concurrente s'était lancée dans une course sans merci. Depuis 1966, Kronenbourg s'agrandissait et construisait un deuxième site à Obernai, en Alsace. Laquelle de ces brasseries deviendrait la première ?

Louise écoutait le discours de Claudine. Bien que la brasserie tînt toujours une grande place dans sa vie, elle se sentait un peu loin de toutes ces considérations. Etaient-ce les six semaines qu'elle venait de vivre en cancérologie à l'hôpital de Nancy ? En un mois, elle avait vu quatre patients décéder, dont un quasiment dans ses bras après une longue et bouleversante confession en attendant l'arrivée du prêtre. Jamais elle n'oublierait ces instants. Au seuil de la mort, un homme qui n'avait pas soixante ans avait demandé pardon pour le mal fait à une jeune femme, la sienne.

« Elle est morte, vous savez, à cause de mon silence. Ma famille l'avait chassée et je ne l'ai pas vraiment défendue. Il y a de cela plus de vingt ans et j'y ai pensé tous les jours. Je serai maudit. »

Louise avait tout de suite fait le rapprochement avec l'histoire d'Emilienne.

« C'est moi qui ai dérobé la bague de ma tante pour payer mes dettes, et elle a été accusée à ma place.

— Je sais, dit Louise. La police la harcelait. Alors elle a préféré la mort à la suspicion et au déshonneur. Elle aimait tant madame de Morville...

— Comment savez-vous tout cela, mademoiselle ?

— Je suis la petite-nièce d'Emilienne, qui vous a épousé pour que votre famille et vos proches ignorent votre situation particulière.

— Emilienne me connaissait. Je ne lui ai jamais rien caché. Vous n'êtes pas obligée de me croire, mais j'ai vraiment aimé Emilienne avec force.

— Mais pas assez cependant pour vous dénoncer, et pas assez pour prendre le risque de la défendre face à votre famille.

— J'ai été lâche, victime du chantage de mon amant qui voulait de l'argent quand nous nous sommes quittés. Si je ne payais pas, il révélait qui j'étais. Me pardonnez-vous ? »

Louise avait senti monter en elle la colère. Une terrible colère. Elle avait eu l'envie furieuse de lui crier : « Toute une famille a été éclaboussée par votre lâcheté ! » Or elle vit cet homme aux portes de l'ultime. Et soudain, elle ne sut ni pourquoi ni comment, mais elle fut, en quelque sorte, apaisée, inondée par la grâce. La colère qui l'irriguait faisait place à une immense pitié. Elle eut l'envie d'appeler Adèle, Charlotte pour que toutes deux entendent cette confession. Mais l'homme respirait difficilement. Le cœur faiblissait. Avant la fin du jour, il serait passé sur l'autre rive.

« Me pardonnez-vous ? répétait cet homme.

— Qui peut pardonner ? Emilienne, seulement elle. Mais elle est morte, monsieur. Qui peut pardonner ? Sa sœur, sa nièce dont la vie a été marquée par cet événement ? Je ne sais pas.

— Alors donnez-moi un crayon et un papier, et appelez un prêtre, s'il vous plaît, je veux dire, je dois dire... »

Aidé, soutenu par Louise, il avait tenté d'écrire « Pardon, c'est moi... », mais les sueurs de la mort l'avaient déjà saisi. Louise se sentit obligée de mettre fin à cette inutile souffrance. Elle savait désormais avec certitude qu'Emilienne n'était pas coupable.

« Restez calme. Restez calme, et prions en attendant l'arrivée du prêtre.

— Dites-moi que vous me pardonnez. »

Il suppliait, petit et misérable sous le poids de cette faute qui le rongeait jusqu'à le priver d'air.

« Vous ai-je mal soigné ? » articula alors Louise.

Il soupira, ferma les yeux et n'eut plus la force des les rouvrir. Quand le prêtre s'approcha du lit, ce fut pour le bénir.

Louise avait raconté à Adèle et Charlotte la fin d'Hervé de Morville, le mari d'Emilienne. Un peu de paix inonda le cœur des deux femmes. Elles pouvaient être apaisées si elles n'étaient pas consolées. Quant à Louise, elle gardait ses sentiments en son cœur. Si l'honneur était certes lavé, une sourde révolte l'avait saisie. Quel gâchis que tout cela ! Un gâchis meurtrier puisqu'il avait précipité Emilienne dans les eaux de la Meurthe. Elle ne connaissait sa grand-tante qu'à travers les dires des uns, les photos des autres. Une vie volée, évanouie à l'aube de la trentaine. Elle songea au film de François Truffaut, *La mariée était en noir*[1], un film terrible. La vengeance... La vengeance quand un amour n'a pu s'épanouir. Mais dans le cas d'Emilienne, il n'y avait même pas eu d'amour. Emilienne ne l'avait sans doute jamais connu, et il était trop tard pour aller faire justice. Son meurtrier venait de mourir. Louise songea que l'homme avait assassiné deux fois la jeune femme. En la privant d'amour de par son état, et en lui volant son honneur. Elle fut surprise en mesurant la violence qui pouvait l'habiter à la pensée qu'Emilienne avait été bafouée, niée dans son existence de femme, humiliée même.

— Si je rencontre un jour un Morville ou un proche, il paiera, je le jure, il paiera, avait-elle balbutié, blême, en serrant les poings, avant de pousser le chariot jusqu'à la réserve des médicaments.

A chaque fois que Louise laissait son esprit errer à l'Hôpital central, la rage lui revenait. Elle savait pourtant que la violence est un sentiment vain, tout aussi destructeur que l'injustice.

Claudine tira Louise de ses pensées en évoquant la petite Zette quand elle passait pour aller à l'école chaque matin.

— Tu sautais d'un pied sur l'autre sur le trottoir. Tes nattes volaient autour de toi. Tu étais toujours avec les garçons.

1. D'après le roman de William Irish.

— Quand on vit avec deux frères, on rencontre plus de garçons que de filles. J'aimais bien aussi être avec Annie.

— Annie, tout le monde l'aime bien. Après son CAP de coiffure, elle a trouvé un patron à Nancy. Elle travaille au salon Thiers. Elle est très appréciée. Elle aimerait se mettre à son compte. Mais que je suis sotte ! Tu es au courant. Annie, c'est la sœur de Christine.

— Jean-Baptiste est très secret quant à ses relations avec Christine. Un jour oui, un jour non.

— Eh bien, sache qu'ils se rencontrent chaque jour ici, à l'heure du déjeuner. Approche un peu de la fenêtre. Depuis que l'infirmerie a été transférée côté Meurthe, j'en vois, des choses... Tu connais ce petit chemin.

— Oui, c'est celui qui conduit à la Reculée. C'est le chemin des amoureux.

— Eh bien, poursuivit Claudine, ton frère et Christine le fréquentent.

— Ah, que je suis heureuse ! s'écria Louise.

Louise aurait pu aller déjeuner tous les jours chez sa mère ou sa grand-mère, mais elle préférait prendre ses repas à la cantine de la brasserie. Le lieu où son arrière-grand-mère, parfois aidée d'Adèle, avait officié au début du siècle. Elle voulait connaître les conditions de travail des ouvrières, se faire admettre, recueillir leurs confidences. Le soir, elle écrivait. Elle avait envie, grâce à son métier, d'entendre plus que les blessures du corps. La souffrance intérieure la bouleversait. Elle avait l'intuition que parfois l'une entraînait l'autre, et réciproquement.

Le temps du repas rassemblait, libérait. Louise écoutait les injustices rapportées ici et là. On ne venait plus travailler avec le même esprit qu'autrefois. On se sentait exploité. Il y avait au cœur de chacun à la fois un trop-plein d'une vie subie et le vide d'une vie qui n'était pas comblée. On savait les événements extérieurs, même s'ils n'étaient pas commentés sur l'instant. On avait en tout cas connaissance de leur existence. Que signifiait l'assassinat de Martin Luther King ? Cet homme qui avait fait un rêve, celui de voir les Noirs marcher aux côtés des Blancs dans une Amérique enfin libérée de ses démons racistes. Le racisme existait aussi en Europe et en France. Et la Lorraine pas plus que d'autres provinces n'était épargnée par l'injustice. Elle pouvait s'interroger, battre sa coulpe : comment y traitait-on les étrangers ? Dolorès, qui avait réussi à être mutée au caveau de Saint-Arnould, nouvellement construit et lieu de réception de la brasserie, en savait quelque chose. On avait médit. Elle avait trouvé sur la porte de son armoire des inscriptions à la craie : *Les étrangers, dehors !* Avec humour, elle avait déclaré en effaçant les lettres : « Comme je ne lis pas le français, je ne saurai jamais qui m'a déclaré sa flamme. C'est dommage, j'ai perdou oune amoureux. »

Dès que Dolorès eut connaissance de la présence de Louise à l'infirmerie, elle vint faire soigner un petit bobo. Elle avait besoin de revoir sa petite Zette, de la serrer sur son cœur.

— Mais que tou es belle ! Si belle, si intelligente ! Oune soleil, cette petite ! Tout est là, s'écria-t-elle en frappant le front de Louise de son index. Viens que je te dise. Je souis au caveau. La reine dou caveau, c'est moi, tou sais. Je n'écoute plous ce qu'on dit de moi. Les méchantes choses ne m'intéressent pas. Elles empêchent seulement de dormir. Mais tou ne sais pas tout encore. Regarde mon ventre. Tou le vois un peu rond. Bientôt il sera énorme. Oune petit donné par mon amour, mais loui, mon amour, ne le sait pas. Je ne veux pas briser son ménage. Le cadeau me souffit. Et tant pis pour les mauvaises langues qui diront que les étrangers viennent manger le pain des Français. Si je souis étrangère, c'est à la connerie, comme on dit en France.

Louise avait embrassé Dolorès.

— Et toi, tes amours ? Alain, Jojo ?

— Aucun, je ne pense qu'à mon futur métier, car, comme vous le dites, Dolorès, je dois accomplir mon destin.

Dolorès avait ri et agité son index en signe d'entendement.

— Oui, mais garde oune place à l'amour. Je souis sûre que tou iras loin. Ton destin, Louise, est immense. A propos, tou es au courant pour ton frère ?

— Lequel ?

— Celui qui aime Christine ?

— Oui, Jean-Baptiste, qui veut se mettre à son compte avant d'épouser sa belle. Ce sera pour l'automne. C'est merveilleux, non ?

Louise, l'affranchie

Mai 1968

Jamais le mois de mai n'avait été si beau en Lorraine. Il embaumait des parfums de lilas sous un soleil radieux. Mais le soleil peut cacher de grands troubles. Les rues de Paris grondaient de la révolte étudiante. Elle avait commencé à Nanterre. Le temps était venu d'en finir avec l'hypocrisie et un certain ordre bourgeois, disaient les slogans s'étalant sur les murs et les banderoles des manifestations. A Paris, Dany le Rouge, chef de la révolte étudiante, avait été interpellé dès fin avril. En mai, il fut interdit de séjour, mais on le revit, ici et là, au cœur des manifestations. Les étudiants en grève tenaient de vastes assemblées, débattaient, insistaient sur le besoin de réformes, non seulement pour eux, mais pour l'ensemble de la société. Ils voulaient un pays fraternel où l'on puisse enfin se rencontrer, échanger, quels que soient l'origine et le milieu. Ils s'intéressaient à l'état du monde et certains guettaient les signes de détente à l'Est, où Prague installait son printemps. Louise s'indignait de la position du PCF, étrangement silencieux pour ne pas déplaire à Moscou. Les dirigeants pouvaient toujours se retrancher derrière les événements français. « Nous n'avons pas vraiment le temps de nous intéresser à l'étranger, la situation intérieure est trop préoccupante », déclaraient certains leaders en privé. Il est vrai que les étudiants parisiens étaient allés chanter *L'Internationale* sur la tombe du Soldat inconnu à Paris après l'ordre d'évacuation de la Sorbonne donné par Georges Pompidou.

A Nancy, des assemblées générales commençaient à se tenir dans les différentes facultés, puis dans les cafés où les étudiants se réunissaient habituellement. Les parents s'étaient d'abord inquiétés de la révolte de la jeunesse avant de s'y intéresser. Les jeunes n'avaient pas tort, disaient-ils, de mépriser l'argent. Ils voulaient la justice et ils osaient hurler : « Nous faisons la guerre au fric ! »

Louise et Claudine écoutaient, recueillaient commentaires et confidences pendant qu'elles soignaient les bobos des uns et des autres.

— Depuis la fin de la guerre, on n'a eu qu'un souci : gagner des sous, vivre mieux que nos parents. On a cru que le bonheur, c'était le progrès.

— Il y contribue pourtant, souligna Louise. Demandez donc aux ouvriers des cités de la route de Bouxières, qui attendent qu'on leur installe l'eau sur les éviers, s'ils ne se trouveront pas plus heureux le jour où ils seront dispensés de la corvée d'eau. Maintenant que le niveau de vie s'élève, la plupart des femmes peuvent s'offrir une machine à laver le linge. Eh bien, pour elles, la chose est impossible si l'eau ne coule pas sur l'évier. Elles doivent continuer à aller laver au lavoir, par tous les temps, été comme hiver.

— Ici, c'est une exception, souligna Mauricette, déléguée syndicale, car il y a, dans le monde du travail, bien d'autres injustices à combattre. C'est dans les têtes que les choses doivent changer.

Et soudain Louise se souvint du règne des petits chefs, des passe-droits accordés aux femmes très soumises, comme elle se souvint de certains écarts de salaire entre cadres et employés, entre un Français et un Espagnol.

— C'est scandaleux, rugit Louise. Un Espagnol gagne souvent vingt pour cent de moins qu'un Français.

— Et alors ! En Espagne, il ne gagnerait peut-être rien du tout.

— Mauricette, vous parlez n'importe comment, reprit Louise. Pour une syndicaliste, ce n'est pas très malin. Voudriez-vous être logée là où la brasserie les entasse, c'est-à-dire dans les écuries qui ont été aménagées pour eux ?

20 mai 1968

Une assemblée générale de l'intersyndicale de la brasserie s'était réunie pour savoir quelle attitude adopter. Les usines des alentours avaient déjà voté la grève. La France comptait six millions de grévistes, et le général de Gaulle, de retour de Roumanie, avait déclaré : « Les réformes oui, la chienlit non ! » Aux grilles de la brasserie, les sidérurgistes de Pompey et de Frouard étaient venus expliquer qu'il fallait s'unir pour changer la société.

— J'ai peur, lança Claudine.

— Pas moi, répondit Louise. Il faut faire bouger les choses. L'injustice m'a toujours révoltée, je suis prête à suivre les ouvriers.

— Bien sûr, tu n'as rien à perdre, tu es stagiaire.

— Ecoute, si nous faisons tous bloc, si nous sommes unis, que veux-tu que fasse la direction ? Elle ne peut pas licencier mille personnes d'un coup. Ailleurs, c'est la même chose. Ici, nous avons un atout. Il fait chaud, et si la production de bière est arrêtée, il faudra bien que la direction cède. Elle cédera, d'ailleurs, tout comme le gouvernement devra revoir les conditions de vie des ouvriers au niveau national. Le ras-le-bol est général. Chaque personne doit être considérée dans son humanité. Viens donc à l'assemblée générale. Ça n'engage à rien.

Claudine suivit Louise. Et soudain, lorsque les délégués syndicaux prirent la parole, Louise intervint :

— On parle de sous, et toujours et encore de sous, c'est bien. Mais il serait bon de s'intéresser enfin aux êtres humains qui gagnent ces fameux sous. Comment sont-ils perçus ? Comment s'adresse-t-on à eux ? Changer la société, c'est aussi cela ! Nous allons chercher des étrangers pour produire plus. Faire ce que parfois nous ne voulons pas faire. Comment considérons-nous ces travailleurs ? Mal. N'écrit-on pas sur leur porte, en ville ou ailleurs : « Dehors les étrangers ! » ?

Louise fut applaudie, et pas seulement par les travailleurs étrangers. On l'invita à monter sur l'estrade, à prendre le micro.

— Nous devons oser agir. C'est parce que nous n'aurons plus peur que nous serons forts et respectés. Les femmes, ici même, ne sont pas toujours respectées. Bonnes à travailler à la chaîne, à produire, pendant que les hommes surveillent et s'offrent des suppléments de paradis...

Ce fut un tonnerre d'applaudissements et l'instant que choisit Philippe Delcourt, un jeune journaliste de *L'Est républicain*, pour prendre des photos. Il fallait interviewer l'audacieuse jeune fille.

— Qui est-elle ? insista le journaliste en rechargeant son appareil.

— Elle est en stage à l'infirmerie, mais sa famille travaille à la brasserie depuis plusieurs générations.

Tonio, venu en touriste, car il était retraité, jubilait.

— C'est bien la fille de la Charlotte, admit-il. Et surtout du Robert, un syndicaliste hors pair. Ah, le Robert, comme il serait fier ! Sa fille, futur médecin, mais qui pense aux petits.

— Il faut que je la rencontre, il faut que je fasse une interview, déclara le jeune journaliste enthousiaste. Vous pourriez m'aider à l'approcher, vous semblez bien la connaître.

— Tout le plaisir sera pour moi, jeune homme. En avant ! lança Tonio.

Philippe avait réussi à entraîner Louise au café-épicerie de la route de Bouxières.

— De quel côté vous placez-vous, du côté des étudiants ou des ouvriers ? Votre parole tout à l'heure était-elle celle des étudiants ou des ouvriers ?

Louise eut envie de rire au nez de Philippe.

— Et vous, monsieur, votre question est-elle la vôtre, celle d'un homme ou celle de votre fonction ?

Il fut interloqué. Elle ne lui laissa pas le temps de répondre et poursuivit :

— Ma prise de parole est celle d'une jeune fille interpellée par l'injustice et la condition ouvrière, que je côtoie au jour le jour. Je n'ai pas besoin d'être étudiante pour regarder. Je n'ai pas besoin d'être ouvrière pour le vivre. J'observe. Pourquoi séparer ceux qui étudient et ceux qui travaillent ? Ensemble nous produisons, ensemble nous agissons. Je hais les barrières qui séparent les êtres humains, les empêchent de passer librement d'un espace à un autre, comme je hais l'injustice et le non-respect. Il n'y a pas besoin d'être allé à l'université pour comprendre cela. C'est une question de cœur.

Elle s'animait davantage à chaque parole. La passion faisait étinceler ses yeux verts. Philippe la buvait du regard. Subjugué, il ne pouvait écrire qu'un mot sur deux.

— J'espère que vous aurez assez de mémoire pour vous souvenir de ce que je vous ai dit, car vous n'avez pas écrit grand-chose sur votre bloc, lança-t-elle avec un brin d'humour.

— Peut-être aurai-je besoin de vous revoir pour compléter ce papier, le puis-je ? Ce soir par exemple ?

— Pourquoi ce soir ? Il n'est pas encore quatorze heures. Vous avez le temps de vous y mettre et de revenir me voir dans deux heures. Je serai à l'infirmerie. Si vous le voulez, je vous ferai visiter certains lieux. Mais, un bon conseil, ne venez pas avec votre attirail de photographe. Soyez discret.

Philippe fut heureux. Il n'aurait pas su dire pourquoi, mais il ressentait une grande joie à l'idée de la revoir, de la faire parler. Il rentra au journal, fonça au labo photo et évoqua Louise, sa jeunesse, sa détermination, son engagement.

— Ma parole, tu es amoureux ! s'exclama Freddy en développant les photos prises en fin de matinée.

— C'est elle, c'est elle, là, sur l'estrade, regarde ! lança Philippe.

— Mais c'est une gamine !

— Elle a bien vingt ans, elle est en deuxième année de médecine.

Freddy émit un sifflement.

— Et tu la revois quand ?

— Tout à l'heure, je n'ai pas réussi à noter tout ce qu'elle disait.

— C'est ça ! Tu es mordu, mon vieux, mordu par une gamine !

— Ne te moque pas. Elle est si... différente ! Comment te dire, avec... déjà une conscience politique.

— C'est bien ce que je disais. Cupidon ne t'a pas manqué. Touché, en plein cœur. Remarque, tu sembles être bien tombé. Elle est plutôt jolie. Un peu blonde ou rousse, non ? Des yeux clairs, verts ?

Philippe revint à la brasserie le jour même, et les suivants, jusqu'au dimanche. Il était heureux que son journal lui ait confié le suivi des grèves pour continuer à bavarder avec Louise. Il aimait son courage, sa détermination, sa révolte parfois, mais aussi sa générosité.

— Ma petite révolutionnaire, disait-il.

— Il faut se méfier des révolutions, elles sont souvent porteuses d'outrances, mais il est bon de garder intacte la possibilité de s'indigner.

— Personne n'a jamais aussi bien porté son prénom.

Louise fronçait le nez et cherchait.

— Louise Michel, la communarde.

— Sauf que, elle, elle avait trouvé son Victor pour la soutenir… Et si je te dis que ma maman, qui ne fut pas insensible à l'action du Front populaire en 1936, s'appelle Charlotte ? Une Charlotte audacieuse pendant la guerre, une résistante qui prit des risques.

— Je comprends mieux.

— Tout ça nous vient de Lise, l'arrière-grand-mère alsacienne, qui se jeta après 1870 dans les bras de Baptiste, un Lorrain, pour rester française. C'est dans le sang…

— Bien vu… Charlotte Corday et Louise Michel ! lança-t-il en riant.

13

Dimanche 26 mai 1968

C'est à la Pépinière que les jeunes gens s'étaient donné rendez-vous. Philippe avait promis à Louise de ne pas parler politique. Elle avait beaucoup ri.

— Comment faut-il interpréter cette invitation ?

— J'ai simplement envie de me trouver en ta compagnie, de mieux te connaître.

— Pour nourrir un prochain papier ? Maman n'était pas très contente de me voir en première page du journal. Mais grand-mère lui a dit : « Bon chien chasse de race. »

— Quel âge avait ta maman en 1936 ?

— Seize ans.

— Et toi, tu as quel âge ? Attends, laisse-moi deviner... Ça ne doit pas être difficile. On passe le bac à dix-huit ans... Alors, vingt ans ?

— Parfois, on a du retard.

— Non !

— Ou de l'avance, taquina Louise, amusée, mais je ne te dirai pas.

— Peu m'importe ! Tu es toi, Louise. Moi, je ne vais pas tricher. J'ai vingt-deux ans.

— Tu fais plus que ton âge. Je t'aurais bien donné disons... vingt-cinq ans.

— C'est parce que je suis grand et que j'ai l'air fatigué avec tous ces événements.

— Qu'est-ce qui t'a conduit au journalisme ?

— Je suis venu au journalisme parce que mes parents, ma mère surtout — mon père n'est jamais là —, souhaitaient me voir reprendre une affaire de famille qui ne m'intéresse pas du tout. J'ai horreur de la gestion et des comptes... Disons que je travaille pour terminer mes études à la faculté de lettres. Le journalisme me plaît beaucoup.

Ils se découvraient des goûts communs en littérature, ou pour le cinéma intimiste. Ils avaient surtout envie de rire ensemble... Philippe voulait encore revenir à la brasserie dont Louise savait si bien lui parler. Ce lieu de famille, disait-elle, où elle rencontrait l'humanité. Et puis, elle avait fini par lui confier ce besoin d'écrire qui la tenaillait si souvent le soir et l'hésitation qui avait été la sienne quand elle avait dû choisir son orientation.

— J'ai d'abord choisi les lettres. Mais après le bac philo, je suis entrée en médecine. Et je trouve que ce n'est pas si mal. On ne peut soigner les corps si on ne s'intéresse pas l'âme. Et l'âme a besoin de mots, de textes, d'un soupçon de philosophie pour mieux vivre.

— Mener de front l'écriture et la médecine me paraît difficile, conclut Philippe.

— Tu vois, je voudrais vivre deux vies en même temps. C'est extraordinaire, la médecine. Je suis passionnée par les greffes de cœur qui sont tentées en ce moment. Et je me demande ce que ça doit faire de vivre avec le cœur de quelqu'un d'autre. Pas toi ? Est-ce que ça change les sentiments ? Non, bien sûr. Mais il reste, forcément, une inconnue, quelque chose qui relève de l'indicible. Le mariage de la science et des lettres, c'est magnifique. On pourrait en parler pendant des heures. Mais il faut cependant garder les pieds sur terre, ne pas s'enfermer dans sa bulle...

— C'est pour ça que tu t'engages, comme tu dis ?

— Oui, une fois par semaine, avec quelques copines de la faculté, on réfléchit, non seulement au tiers-monde, mais aussi au quart-monde. Tu ne connais pas ? Cet été, j'irai faire un stage en région parisienne pour aider le père Joseph Wresinski, le fondateur de ce mouvement. Lui, la pauvreté, il la combat par le savoir. Il ne donne pas à manger aux gens. Il leur apprend à être, à devenir, pour avoir la capacité de se nourrir. Il applique un proverbe chinois : « Quand tu vois quelqu'un qui a faim, c'est bien de lui donner un poisson, mais c'est encore mieux de lui apprendre à le pêcher. » J'aime cette démarche qui fait des hommes des acteurs de leur développement.

Philippe siffla, admiratif :

— Tu causes comme dans un livre.

— Ne te moque pas. Je t'emmènerai si tu veux. Tu aimeras, j'en suis sûre.

Philippe écoutait Louise. C'était une fille de feu. Soudain, il s'arrêta non loin de l'horloge florale pour l'attirer à lui.

— Et moi, j'aime ce que tu dis et ce que tu es, Louise. J'ai envie de te voir tous les jours. Je m'endors avec toi, et quand je me réveille ma première pensée est pour toi.

— Philippe, il ne faut pas plaisanter. On ne joue pas avec les sentiments et on ne se moque pas non plus.

— Mais je suis très sérieux.

Il mit un index sur ses lèvres et effleura doucement sa bouche du bout des doigts. Elle tremblait de crainte et d'espoir mêlés et son cœur s'affolait tandis qu'il se penchait vers elle.

— Je suis très sérieux, Louise, reprit-il d'une voix caressante.

Elle ferma les yeux, fort troublée, avant de se dégager des bras du jeune homme.

— En tout cas, ce que tu fais dans ton association pourrait intéresser le journal. Et puisque tu veux écrire, envoie donc à Louis Guérin, mon chef de service, une chronique chaque semaine : « Paroles de femme d'aujourd'hui ». Il est en quête de tels papiers. Il aimera beaucoup ce que tu dis.

Les grèves se poursuivirent jusqu'à la fin du mois de mai. Début juin, elles continuaient encore. La Sorbonne fut de nouveau évacuée le 16 juin. Cette fois, la fin des événements se profilait. On savait bien que les examens n'auraient pas lieu normalement. Les sidérurgistes ne reprirent le travail que le 18 juin. Mais les usines Citroën et Usinor de Dunkerque étaient bien décidées à poursuivre leur lutte. La brasserie rouvrit ses portes. La haute cheminée de brique rouge se remit à cracher ses vapeurs blanches de malt et de houblon mêlés, dans une grande confusion et une grande amertume. Certes, des augmentations avaient été décidées. Mais les promesses ne furent pas tenues. La direction s'était retranchée derrière sa position hiérarchique. Les anciens disaient qu'autrefois ça ne se serait pas passé comme ça. Louise fut très déçue.

Les feux de mai s'éloignaient déjà et la routine allait reprendre comme par le passé, ou presque. Mais, sous la cendre, le feu couvait. C'est après coup que l'on mesurerait ce qu'avait signifié cette révolte contre l'ordre établi, cette grande agitation, ce besoin de liberté et cette soif de dialogue. Plus rien ne serait comme avant.

Le 14 Juillet s'annonçait. A Champigneulles, comme partout ailleurs, on s'activait pour préparer la fête nationale dans le parc du château du Bas, derrière la nouvelle école de filles. Le comité des fêtes se réunit, et il décida d'élire, comme jadis, la « reine de la bière ». Elire, un bien grand mot, car Louise fut choisie sans avoir fait acte de candidature. Quand on lui annonça qu'elle était l'heureuse « élue », elle rougit et lâcha le plateau où se trouvaient les différents désinfectants qu'elle venait de sortir d'un carton pour les ranger sur les étagères.

— Je suis bien embarrassée, parce que je suis contre le règne des miss et des reines de toutes sortes. C'est contraire à mes convictions. La femme ne doit pas être utilisée tel un objet, décréta Louise avec fierté.

— Toi, c'est différent. On ne t'a pas choisie pour tes seins ou pour ton tour de hanches. De ce côté-là, il te manquerait plutôt quelques kilos. On te veut pour reine, parce que tu es des nôtres et que tu l'as prouvé. Cela te va ? argumenta Jojo.

— Dans ce cas, déclara-t-elle en souriant, je ne peux qu'accepter, comme ma mère et ma grand-mère le firent en leur temps. Mais promettez-moi de ne pas me promener sur un char.

— Tu auras droit à l'estrade, au discours, à la robe et à la couronne. Tu remettras les prix et les médailles aux uns et aux autres, et tu devras danser.

Au soir de la fête, Louise n'eut que l'embarras du choix pour danser. Les cavaliers se bousculaient. Et soudain Philippe réussit à l'approcher.

— Vous permettez, c'est pour *L'Est républicain*, dit-il en dispersant les candidats. La reine m'accordera-t-elle un baiser, après la photo ? Puis-je poser ma candidature comme prince consort ?

Louise éclata de rire.

— Ces deux-là s'aiment, n'est-ce pas ? dit soudain Marc en permission, en entraînant Annie sur la piste de danse.

— On dirait.

— Et moi, au loin sur mon bateau, sais-tu que je ne pense qu'à toi ?

Elle sourit, secrètement flattée et heureuse.

— Nos familles sont déjà réunies, ou sur le point de l'être, par Christine et Jean-Baptiste...

— Verrais-tu un inconvénient à ce que les liens se renforcent encore ? Je suis très sérieux.

Annie rougit. Le temps avait passé. Marc avait toujours été silencieux, et la jeune fille n'avait jamais osé espérer la moindre attention de la part du bel élève officier de marine, qui poursuivit :

— Je pense même que ce serait bien de célébrer nos fiançailles en même temps que le mariage de mon frère.

Pour toute réponse, Annie se serra contre Marc alors que le couple croisait Jean-Baptiste et Christine sur la piste de danse. Jean-Baptiste adressa un clin d'œil complice à son frère et leva le pouce droit en signe de victoire, tandis que le chanteur de l'orchestre reprenait la chanson d'Adamo, *Vous permettez, monsieur, que j'emprunte votre fille*...

In the Moon réunit Louise et Philippe dans un rock endiablé. Et chacun paria sur la couronne : tomberait, tomberait pas. Si elle tombait, Philippe devrait un baiser à sa reine. La couronne vacilla, mais ne tomba point.

— Je compte bien la faire tomber, cette couronne, pour te voler un baiser. Mais ce sera quand nous serons seuls, ma reine.

Philippe raccompagna Louise en passant par le chemin des amoureux. La nuit était encore chaude sans parvenir à faire descendre un peu de fraîcheur. La Meurthe était si basse qu'en certains endroits on aurait pu la traverser à pied sec. On entendait les grillons chanter dans les herbes et le coassement de quelques grenouilles. Philippe voulut s'asseoir.

— Il ne faut pas s'arrêter, dit Louise, cet endroit porte malheur. Ceux qui voient leur histoire commencer ici ne peuvent la poursuivre. Dans ma famille, ce fut le cas à deux reprises. Deux valses inachevées, c'est trop triste.

— Tu veux donc… mais ailleurs ?

— Je ne veux rien, reprit-elle doucement, je ne veux surtout pas gâcher ce qui pourrait être une belle histoire.

— La nôtre, Louise ? Personne ne le pourra jamais.

Ce fut Louise qui lui ferma la bouche.

— On ne dit pas de bêtises. Tu ne sais rien de moi, et je n'en sais guère plus sur toi.

— Tu es drôlement bourgeoise sous tes airs de fille libérée.

— Aimer, ce n'est pas bourgeois. Dans l'histoire, la bourgeoisie n'a fait que des mariages arrangés. L'amour s'est souvent accompli hors mariage. Moi, je vivrai l'amour comme je l'entends, mais je ne veux pas me tromper, car je ne veux pas souffrir. On n'a pas encore inventé le médicament pour soigner les peines de cœur.

Il l'embrassa avec passion pour la faire taire. Elle lui rendit ses baisers, tremblante, mais avec une fougue qu'elle ne parvenait pas à réprimer. Le désir tendait Louise. Philippe savait qu'il n'aurait pas longtemps à attendre pour qu'elle fût sienne.

Elle fut sienne au soir du 24 août. Philippe avait fait le voyage jusqu'à Stains, en région parisienne, où elle travaillait dans un bidonville, s'occupant des enfants qui n'étaient pas partis en vacances. Elle avait la permission du dimanche et Philippe l'enleva dès le samedi soir.

— J'ai trouvé un petit hôtel très sympathique, lança Philippe, avec deux chambres, précisa-t-il. Demain, ma reine, tu te réveilleras sur l'île Saint-Louis.

— Un petit hôtel sur l'île Saint-Louis, Philippe ! gronda-t-elle doucement.

— Je t'invite chez moi. Une tante m'héberge depuis longtemps dans un appartement qui lui appartient.

Louise ne répondit pas. Elle savait que leurs noces auraient lieu ce soir. Ainsi en avait-elle décidé. Après, elle ne le reverrait plus. Mais elle voulait connaître l'amour, le vrai, dans les bras de celui qu'elle avait choisi. Elle aimait Philippe de tout son cœur, et si elle n'avait fait le vœu de vivre pour les autres, elle eût aimé le suivre partout.

Un ascenseur les emporta au troisième étage. Sur la porte de l'appartement, Louise lut avec effarement *Mireille d'Auzécourt*. Elle eut un choc.

— C'est… la sœur de Julien d'Auzécourt, ta tante ?

— Tu connais ?

— Les d'Auzécourt ? Un peu, fit-elle en baissant la voix avec gravité, comme tout le monde.

— Et alors ? demanda Philippe, embarrassé.

— Je t'en parlerai plus tard. Mais quel est le lien avec toi, un Delcourt ?

— Delcourt est un pseudonyme, je ne voulais pas signer d'Auzécourt. C'est trop lourd à porter à Nancy.

— Tu es un d'Auzécourt ?

— Ça te gêne ?

Soudain, Louise ne sut plus si elle allait consentir à ce « mariage » avec Philippe.

— De qui es-tu le fils, Philippe ? De quel fils d'Auzécourt ?

— A la génération de mon père, il n'en restait plus qu'un.

— Madame de Morville était-elle une fille d'Auzécourt ?

— Ah non, c'était une sœur de ma mère, une Germont, originaire des hautes Vosges, mariée à un monsieur de Morville !

— Elle avait un neveu, Hervé de Morville, du côté de son mari, un neveu qui tenait une galerie d'art rue Stanislas.

— Tu sais tout cela ! siffla-t-il. Hervé de Morville était un homme un peu particulier qui avait des amants. Un de ses amants l'a roulé dans la farine avant de le ruiner. C'est un interrogatoire que tu me fais subir ! Suis-je digne de toi, au moins ?

— Ce n'est pas ainsi qu'il faut dire les choses. Que sais-tu de moi, Philippe ?

— Que je t'aime comme un fou. N'est-ce pas suffisant ?

Il avait l'air sincère et elle souffrait terriblement. Elle ne comprenait plus l'agitation intérieure qui s'était emparée d'elle ou elle comprenait trop, soudain. De quoi était-elle l'héritière, de qui portait-elle le chagrin ? Un chagrin si lourd qu'il risquait bien de faire obstacle au bonheur qui lui venait. N'était-elle pas en train d'accomplir une vengeance ? « Je suis injuste, Philippe n'est pour rien dans tout cela, se dit-elle. Je l'ai aimé sans savoir qui il était. »

Il lui montra sa chambre.

— J'espère que tu seras heureuse, murmura-t-il en lui caressant la nuque. Te sens-tu bien ?

— Très bien, très bien, Philippe, dit-elle en se retournant et en se pendant à son cou comme pour y chercher du secours.

Elle eût voulu se trouver à mille lieues, peut-être à la Reculée ou au bord de l'étang de Bellefontaine. Elle frissonna en imaginant se donner alors que la source coulait de roche en roche. Elle était à Paris. Pourquoi pas Paris après tout ?

— L'appartement est au nom de ma tante Mireille, mais elle n'y vient jamais. C'est le mien. Décoré par mes soins. Elle dit que j'en hériterai puisqu'elle n'a pas d'enfant et que je suis son filleul. Voilà toute la vérité. Je suis chez moi ici. D'ailleurs, tu peux constater que tout est très masculin. Néanmoins, j'ai essayé de t'offrir une jolie chambre. Je veux simplement te donner du bonheur.

— J'aime ce blanc partout, dit Louise, les larmes aux yeux.

Elle s'approcha de la fenêtre et son regard se perdit sur les toits de Paris. Elle était venue quelquefois dans la capitale. Des visites organisées par l'un ou l'autre professeur du lycée. Elle se souvenait de l'immensité, de la démesure de cette ville qu'on disait unique au monde. Mais elle se demandait comment on pouvait y vivre. En ce jour, elle se trouvait dans un appartement parisien, un appartement de riches, aurait dit Adèle en regardant les hauts plafonds, les immenses portes-fenêtres et les tapis. Pourtant, la simplicité de la décoration le rendait accessible, humain. Elle oubliait le plafond à moulures, les boiseries et les parquets de chêne vitrifiés qui craquaient doucement sous les tapis. Elle se trouvait avec le jeune homme qu'elle aimait le plus au monde et à qui elle eût aimé dire oui, devant les hommes comme devant Dieu. Ce serait lui et pas un autre, se répétait-elle depuis plusieurs semaines. Il fallait chasser de son esprit l'histoire de sa grand-mère, celle de sa mère comme celle d'Emilienne pour ne penser qu'à elle, qu'à aujourd'hui. Comme les destinées sont étranges parfois, songea-t-elle. Pourquoi cette répétition ?

— Philippe, hasarda Louise, je voudrais te poser une question : as-tu déjà parlé de moi à ta famille ?

— Pourquoi l'aurais-je fait, grands dieux ? Je suis quasiment brouillé avec les miens depuis plusieurs années. Nos liens sont inexistants. Mes parents se sont séparés quand j'étais très jeune. Ma mère s'était offerte à mon père, par défi, un soir de désarroi, au sortir de la guerre. Elle ne l'aimait pas. Lui ne l'aimait pas davantage. Il avait, paraît-il, un peu bu, et je suis venu. Ma mère se serait servie de cet « accident » pour extorquer pas mal d'argent aux d'Auzécourt. Une vieille histoire de vengeance entre les deux familles. Rien de très reluisant. Puis ma mère s'est remariée dix ans plus tard avec un homme qui ne voulait pas se charger d'un enfant. Mon père a quasiment toujours vécu à l'étranger et n'a fait que quelques apparitions dans ma vie. C'est Mireille qui m'a élevé. Aujourd'hui, elle estime que je suis un grand garçon. Oui, elle, elle sait que je t'aime, elle sait comment je t'ai rencontrée pendant un reportage.

Tandis qu'il parlait, il s'était approché d'elle. Il la devinait inquiète. Il lui caressait les cheveux, jouait à y passer ses mains et promenait ses doigts dans son cou. Elle, elle ne retenait qu'une chose. Le père de Philippe était probablement encore en vie. Louise se perdait dans un dédale de déductions généalogiques un peu compliquées. A qui en parler ? Devait-elle s'en ouvrir à sa mère ou à sa grand-mère ? Ce serait à sa grand-mère. Adèle saurait quelle conduite tenir.

— Ma reine est soucieuse, dit doucement Philippe pour la tirer de ses pensées. Elle fait trop de choses. Son petit cœur généreux l'aspire dans son association.

Il effleurait le bout de son nez avec tendresse, faisait un peu le pitre pour la faire rire.

— Tu as besoin de t'aérer. Que dirais-tu d'un repas au restaurant ? Un petit plateau de fruits de mer, à la Coupole ou au Café de Flore ? Ça te tente ?

Louise ne connaissait pas plus la Coupole que le Café de Flore. Elle eût été aussi heureuse de suivre Philippe dans le premier bistrot venu. Il voulait la distraire, la combler. Il avait raison et il avait tort. Du moins, c'est ce qu'elle pensa en posant la tête sur sa poitrine et en levant le visage vers lui. Pour la première fois depuis leurs retrouvailles, il l'embrassa sur les lèvres. Il la devinait troublée et tremblante. Dieu qu'elle était attachante ! Il se demanda comment il ferait pour la conduire à sa chambre, lui souhaiter bonne nuit et aller ensuite dormir dans la sienne, de l'autre côté du petit salon.

— Je veux retrouver ma petite Lorraine, mon amoureuse des textes, ma faiseuse de mots. Je veux entendre ton rire et lire le bonheur dans tes yeux, dit-il en l'entraînant joyeusement dans l'escalier.

Le bonheur, Louise l'effleurait. Il caressait sa joue comme une douce brise. Tout était enchantement en cette soirée. Elle rêvait et n'avait pas envie de s'éveiller. D'abord le repas avait été délicieux et Philippe s'était montré le plus charmant et le plus attentionné des amoureux. Il n'était pas minuit lorsqu'ils regagnèrent l'appartement. Il la conduisit jusqu'à sa chambre, lui souhaita le bonsoir mais fut stupéfié d'entendre :

— Je veux dormir avec toi.

Il ouvrit ses bras. Elle s'y blottit. Emu, il la porta sur le lit. Elle se laissa dévêtir. Elle attendait tout de lui, mais elle s'offrit si généreusement qu'il en fut bouleversé. Si d'autres femmes avaient traversé sa vie, en cette nuit aucune ne comptait. Louise s'imposait doucement, tendrement. Il sut qu'avant elle il n'y avait eu personne dans sa vie. Il sut aussi que, à partir de cette nuit, ce serait Louise et aucune autre. Pour la première fois, il découvrait que passion pouvait rimer avec amour et il se jura de tout faire pour ne jamais la perdre. Au petit matin, ils s'endormirent enfin. Ce fut le grand soleil qui les réveilla. Le premier, Philippe ouvrit les yeux pour découvrir avec ravissement Louise tout contre lui. Elle était belle, abandonnée dans le sommeil telle une petite fille qui retrouve cette part mystérieuse d'enfance. Il bougea très légèrement et elle s'étira à la manière d'un chaton.

— Ma reine, je suis heureux avec toi et je ne veux plus te quitter.

Il lui avait saisi les mains pour les parcourir de petits baisers.

— Je voudrais aussi toujours rester avec toi, ici au creux de tes bras. Viens, susurra-t-elle doucement, viens... Tu seras le seul, je le jure.

S'il fut effrayé d'entendre Louise prêter serment, il chassa bien vite la petite angoisse qui tentait de l'étreindre en aimant Louise follement.

Au soir, il la reconduisait à Stains. Elle y resterait, disait-elle, jusqu'à fin août. Mais il voulait venir la chercher dès le dimanche suivant. Elle demeurait évasive lorsque Philippe faisait des projets pour eux deux. Il compta chaque jour qui le séparait des retrouvailles avec Louise. N'y tenant plus, il partit dès le vendredi soir. Il ne pouvait plus attendre. Il frappa à la permanence des volontaires.

— Louise est repartie. Son stage s'est achevé hier, comme prévu.

— Mais où est-elle repartie ?

Personne ne savait. Il se rendit à Champigneulles, chez Adèle et Charlotte, à l'infirmerie de la brasserie, au garage de Jean-Baptiste. Il alla chez Lulu. En vain. Louise avait disparu. Volatilisée. Alors il revécut les quelques heures passées avec elle. Si Louise s'était donnée avec bonheur, elle avait juré. Elle ne pouvait mentir. Il se souvenait de leur nuit, une cérémonie d'amour, tragiquement belle, généreuse comme si Louise accomplissait l'irrémédiable. La jeune vierge était entrée en religion. Cette nuit-là avait été une fête, et l'amour y avait été divinement célébré.

Philippe n'avait rien oublié, des élans comme des retenues de Louise, de sa douceur, comme de cette part sauvage qui irradiait d'elle. Nue, elle s'était drapée dans les voilages de la fenêtre, un instant, les bras croisés sur elle-même. « Comment trouves-tu ta petite épousée, ton offrande nue ? »

Il n'avait pas ri, parce qu'il y avait dans ce geste accompagné de cette question quelque chose de sublime qui lui échappait. Il ne percevait pas encore l'immensité de la tragédie qui se jouait, mais la sombre lumière avait, en partie, dessillé son regard. Et il comprit l'offrande nue, ce don suprême malgré l'impossible accomplissement. Mais quel était cet obstacle ? Il refaisait leurs promenades, jusqu'à fouler les herbes du sentier menant à la Reculée afin d'en retrouver les parfums. « Le lieu porte malheur », avait-elle dit un jour... Quelque chose échappait à Philippe. Louise l'aimait, de cela il était certain. Alors pourquoi avait-elle décidé de changer de chemin, de s'écarter d'un possible bonheur ? Pourquoi avait-elle verrouillé toutes les portes de leur avenir ?

Il relut la presse d'août. La Tchécoslovaquie venait de tourner la page. Ils en avaient tant parlé tous les deux, de ce printemps de Prague. Enfin la France et le PCF avaient condamné l'intervention des troupes du pacte de Varsovie. Prague, la ville dorée, n'étincelait plus de toutes ses coupoles. Le printemps avait cédé la place à l'automne sans laisser à l'été le temps d'être. Les jours de grisaille seraient longs encore avant la venue d'un hiver sans espoir. Il resterait, pour Alexander Dubček et pour le peuple qui l'avait suivi, le souvenir d'un beau rêve. « Comme pour moi, songea Philippe. Mais sacrebleu, pourquoi ? Je la chercherai partout, je le jure, je la retrouverai », gémit-il en entrant aux Deux Hémisphères, où il commanda une bière.

— Dans un verre à couronne, précisa-t-il.

Forcément, en souvenir d'une reine, la sienne errant en quelque royaume.

En guise d'épilogue

Mai 1997

— Louise, tu couvres le centenaire de la brasserie de Champigneulles les 13, 14 et 15 juin 1997. Ça te fait plaisir, n'est-ce pas ?

— A vrai dire, pas tellement, Matthieu. Cette brasserie, aujourd'hui alliée de Kronenbourg, n'est plus celle de la Reine des bières. Elle ne parle pas à mon cœur. On me dira que cela est nécessaire pour subsister. Le groupe BSN ayant déjà absorbé Kronenbourg, au moment où Champigneulles s'effaçait devant Kanterbraü, il valait mieux consentir à ce mariage des deux K. Kronenbourg est donc la première brasserie française et la deuxième brasserie européenne.

— Tu n'es pas blasée, quand même ?

— Mais non ! Matthieu, le directeur de Kronenbourg-Champigneulles, est un homme charmant qui a magnifiquement organisé ces fêtes du centenaire avec une superbe exposition montrant l'évolution de la brasserie fondée par Antoine Trampitsch, que mon arrière-grand-père a connu. Cette brasserie est inscrite dans les gènes de ma famille. Un jour, je te raconterai, si tu es sage, taquina Louise.

— En attendant, tu feras attention, Louise, l'événement a fait se déplacer la presse alsacienne. Ne les froisse pas. Des journaux comme *L'Alsace* et *Les Dernières Nouvelles d'Alsace* seront là. La direction de Kronenbourg-Alsace a d'ailleurs envoyé son service de communication. Quant à nous, nos images iront pour une fois jusqu'en Alsace puisque Kronenbourg c'est aussi l'Alsace.

— Oui, comme Champigneulles reste pour la Lorraine la Reine des bières avant d'être Kronenbourg ou Kanterbraü.

— Tu as raison. En poursuivant ton raisonnement, les Alsaciens pourraient dire que Kronenbourg, c'est aussi et encore et toujours la brasserie Hatt…

— C'est très juste, admit Charlotte. Hatt est le nom d'une grande famille de brasseurs alsaciens qui remonte au dix-septième siècle.

— Tu en sais, des choses.

— Mon arrière-grand-père est passé par la brasserie Hatt. C'est là qu'il a appris son métier.

— En somme, le grand témoin de ce jour, ce devrait être toi.

— Tu ne sais pas encore tout, plaisanta-t-elle. Il est temps que je te laisse, je vais justement à Champigneulles terminer mes repérages pour les différents reportages qui seront proposés pendant les festivités.

Vendredi 13 juin 1997

— Le ciel n'est pas avec nous, constata Louise en se levant et en se dirigeant vers la cafetière. C'est bien dommage avec tout le mal que se sont donné des dizaines et des dizaines de personnes pour que cette fête du centenaire de la brasserie soit réussie.

Le ciel était si bas qu'on pouvait presque toucher les nuages du bout des doigts. Et soudain une petite pluie fine et très pénétrante se mit à tomber.

La pluie tombait toujours tandis que la fanfare jouait et qu'arrivaient les premiers invités et visiteurs. On remarquait le député, le maire de Nancy, celui de Champigneulles, le conseiller régional et les représentants des localités voisines, les chefs d'entreprise des environs, tous venaient célébrer les cent ans de cette brasserie. Une surprise, madame Giovanna Trampitsch, épouse d'Armand Trampitsch, le fils d'Antoine, avait répondu à l'invitation. Jusqu'en 1970, son mari avait été administrateur de cette brasserie qu'il avait dirigée de 1940 à 1945. La pluie pouvait tomber, les familles ne boudaient pas cette fête. Cette fête était la leur. Tous avaient lié une partie de leur vie à la brasserie. Un père, un grand-père, un frère, une mère… Et ils venaient revoir les lieux, revivre des émotions en regardant l'exposition *Raconte-moi Champigneulles*.

Louise avait installé plusieurs équipes pour filmer les réactions du public pendant ces trois jours de fête. Elle observait la joie du directeur, visiblement heureux de faire visiter la salle de brassage qu'il aimait appeler comme autrefois « salle des mariages ». Il était fier de raconter les différentes étapes de sa rénovation. Il montrait les détails des ferronneries des magnifiques rambardes entourant les cuves.

— L'œuvre de l'Ecole de Nancy, comme le superbe vitrail de Gruber.

En grattant l'ancienne peinture, il s'était aperçu que certains motifs étaient en cuivre, du même cuivre que les cuves. Il eut très vite l'explication. Pendant la guerre de 1914-1918, les ouvriers avaient voulu protéger leur brasserie. On racontait à cette époque que les Prussiens saisissaient le cuivre et l'acheminaient dans les usines d'armement. Le personnel avait donc recouvert l'ensemble d'une peinture noire, faisant croire que tout était en fonte. Et puis on avait oublié le cuivre et plus personne n'en avait jamais parlé.

Mais en ce jour de fête, dans la salle de brassage, les grandes heures de la brasserie resurgissaient. Le souvenir des trente-quatre hommes penchés sur les cuves et les chaudières se mêlait à celui des visites prestigieuses. Les lieux restaient habités. Le directeur attribuait cette atmosphère si particulière à cette restauration réussie. Les carrelages de faïence semblaient faire chanter les couleurs. Une faïencerie avait réussi à reproduire les motifs et couleurs des carrelages d'origine. Le soleil passait par les vitraux de Gruber, l'une des grandes figures de cette école qui s'apprêtait, elle aussi, à fêter son centenaire. Le plus fier était Tonio, dont le petit-fils, Mattéo, un vrai maître brasseur, avait passé des semaines à mettre au point un brassin spécial centenaire. Sa recette resterait secrète, mais celles et ceux qui avaient goûté cette bière du centenaire savaient qu'elle était incomparablement fruitée et gouleyante à souhait. Certains disaient qu'elle avait un arrière-goût de bergamote. Et si elle possédait un peu d'amertume, une délicieuse sensation de miel venait doucement l'effacer.

— Il y a plus, dit un goûteur, on perçoit un petit goût de caramel délicieusement doux sous le palais.

— Pas du tout, Mattéo a su mettre juste ce qu'il fallait de mirabelle, une petite pointe pour un mariage parfaitement réussi.

— Vous avez observé la tenue de la mousse, crémeuse et d'une incomparable légèreté.

On visitait avant d'aller se restaurer, boire et danser. Roland Zaninetti, l'un des accordéonistes qui avaient suivi plusieurs fois le Tour de France à bord du camion de la brasserie, avait répondu à l'invitation. Et Jacques, l'heureux conducteur pendant cinq Tours de France, était fort ému de retrouver son ami accordéoniste. Les anciens de la brasserie étaient conviés avec leur famille. Charlotte n'avait pas été oubliée. Elle viendrait avec Christine et Jean-Baptiste, Annie et Marc et tous ses petits-enfants. A quelques années près, Adèle aurait pu l'accompagner. Mais elle était morte depuis trois ans, à l'âge de quatre-vingt-dix-neuf ans.

L'émotion avait été grande, route de Bouxières, le jour où l'on avait appris sa disparition. Car Adèle avait encore toute sa tête, n'avait rien perdu de son humour. Elle était tombée dans sa cuisine. Un peu d'eau avait rendu le carrelage glissant. Adèle avait ri quand on l'avait relevée de sa chute.

« Je le savais, qu'il y avait de l'eau, je venais de lâcher une tasse. Le plus fort, c'est que j'ai songé à appeler Charlotte pour qu'elle essuie et puis j'ai oublié. Je serai toujours aussi étourdie, jusqu'à ma mort, souligna-t-elle, un jour j'oublierai de respirer, et *pff*, plus d'Adèle. »

Elle s'était juste un peu plainte de la tête.

« Tu as une jolie bosse, maman. »

Adèle s'était allongée dans son fauteuil, le temps d'un petit somme. Et elle ne s'était jamais réveillée.

« Une belle mort, avait-on dit.

— Mais elle aurait dû attendre de fêter ses cent ans pour nous quitter, avait souligné Charlotte, j'espérais, alerte comme elle était, qu'elle verrait le centenaire. »

Charlotte n'avait pas remis les pieds à la brasserie depuis le jour de sa retraite, à soixante ans. Elle avait assisté au lancement de la bière Kanterbraü, depuis que la brasserie de Charmes était tombée dans l'escarcelle de Champigneulles. Elle se souvenait aussi de la première bière Gold et de la Chopp. Il y avait eu le mariage des deux K puisque la SEB, qui regroupait plus de vingt-trois brasseries, avait été absorbée par le groupe BSN (Gervais-Danone), tout comme Kronenbourg. Mieux valait s'unir plutôt que de se déchirer au sein du même groupe. S'unir pour s'exporter hors de l'Hexagone. Champigneulles avait modernisé ses installations. D'immenses TOD, Tank out Door, fabriqués par la société Nordon s'élevaient à l'extérieur de la brasserie qui s'étendait maintenant sur vingt-sept hectares de terrain. La production dépassait les trois millions d'hectolitres. Mais cette superproduction avait nécessité un changement radical du paysage sur lequel Louise refusait de s'arrêter pour ne pas souffrir. Elle venait régulièrement voir sa mère et sa grand-mère, qui avaient conservé leur appartement dans l'ancienne maison de Lucien, mort à la fin des années soixante-dix. Si on ne vendait plus de vin, les lieux demeuraient pourtant. Louise entrait en coup de vent dans la grande maison, face au lavoir qu'elle avait vu disparaître non sans chagrin. Elle entendait encore le bruit de l'eau qui tombait de la goulotte dans les bassins. Quand elle ressortait, son regard se heurtait au garage municipal et elle tendait l'oreille. Alors le chant de l'eau dans les bassins montait jusqu'à elle. Au bout de la route, on avait coupé les arbres qui bordaient la digue. Elle constatait le vide immense, glacial sans ce magnifique écran de verdure entre cette route et la colline de Bouxières, si proche dorénavant. Le pont de Bouxières-aux-Dames avait été réaménagé avec la bretelle d'autoroute récemment construite. Louise ne voulait plus y aller, elle voulait préserver les souvenirs d'enfance et les promenades faites avec Lulu qui traînait toujours derrière elle une nuée d'enfants pour fleurir les autels du mois de Marie. Quant aux escapades le long de la Meurthe, elles étaient devenues impossibles. La brasserie s'était étendue avec gourmandise et avait mangé les sentiers et les prairies.

La brasserie avait aussi changé. Louise l'avait vérifié pendant ses reportages. La canetterie était là, gigantesque, mais fonctionnait sans êtres humains. Les bouteilles défilaient à une incroyable vitesse, se remplissaient, se capsulaient, s'étiquetaient, se rangeaient par packs sur des palettes sur lesquelles tombaient des voiles d'épaisses feuilles de plastique avant d'être dirigées sur les quais d'embarquement. Si on remplissait les canettes avec le contenu du plus gros TOD, on pouvait, disait le directeur, faire le tour de la Terre. Louise fut surprise en visitant la brasserie de ne rencontrer personne. Elle aperçut derrière quelques vitres des ingénieurs et des techniciens penchés sur des écrans. Au conditionnement, elle ne rencontra qu'un vieil homme chargé d'approvisionner en cartons et plastiques les immenses machines qui régissaient le ballet des bouteilles... Pas d'hommes, pas de femmes pour accompagner cette fabrication. Et dire que la brasserie avait compté en pleine saison jusqu'à mille cinq cents personnes ! Aujourd'hui, un peu plus de trois cents suffisaient. Mais où étaient-elles ? Cachées dans des cages vitrées, derrière des écrans... Les murs se souvenaient-ils de *La Paloma*, des premières chansons de Jean Ferrat, et des cha-cha-cha repris en chœur à mesure que les bouteilles étaient capsulées ? Louise entendait encore « Je sais bien que tu l'adores, Bambino, Bambino », et elle se souvenait des bouteilles mises dans les casiers des caisses d'expédition au rythme de la chanson. Elle respira... inspira... L'odeur était là, de malt et de houblon mélangés. Cette doucereuse âcreté imprimée dans les murs et qui s'échappait encore de la cheminée, verte quand le moût était porté à ébullition.

— Il faut vivre avec son temps, avait murmuré le directeur qui l'accompagnait parfois dans ses repérages.

Il parlait, parlait pour taire la nostalgie qui l'envahissait. Louise revoyait Christine, Dolorès, Jojo, Alain et les autres. Elle entendait les femmes soupirer quand un chef de groupe tentait de les approcher. Elle se souvenait des dimanches matin quand elles allaient nettoyer la chaîne à coups de jet d'eau. Elles chantaient, ces femmes et ces jeunes filles occupées à faire briller comme un sou neuf les installations de la brasserie. La bière n'en serait que meilleure. Et venait la détente, le pique-nique au bord de la Meurthe en compagnie de leurs amoureux. Louise avait interviewé Christine, sa belle-sœur, sur ses souvenirs, pour montrer l'évolution de la brasserie. Et Christine avait été parfaite. Elle avait expliqué le fonctionnement d'une chaîne à la canetterie. Elle avait conservé les tabliers, les sabots, les lunettes. Louise visionnait les images et vérifiait la qualité des commentaires des différents reportages qui illustreraient les journaux qui auraient lieu en direct le lendemain, lorsqu'une voix s'éleva dans son dos :

— De la belle ouvrage, mais un peu critique tout cela…

Elle allait être désagréable, détestant être interrompue dans son travail. Qui était ce malotru pour se permettre de la juger ? Elle n'était pas là pour cirer les pompes de qui que ce soit. Elle n'était pas au service de la brasserie mais faisait son travail le plus honnêtement possible. Elle était sur le point de répondre. Elle ouvrit la bouche mais fut incapable de prononcer la moindre parole. Le son de la voix entendue la paralysait. Elle se retourna lentement et pâlit un instant.

— Je ne me trompe pas, murmura l'homme, vous êtes Louise. Tu étais si près et je t'ai cherchée si loin, et pendant si longtemps.

— Philippe, fit-elle en portant une main à son cœur et l'autre sur son front.

— Je vais être obligé de te demander de te déplacer et de t'installer dans la pièce à côté. Lorsque les visiteurs vont venir ici pour la conférence, tu seras gênée. Je vais t'aider, je sais encore, j'ai bossé à France 3 Alsace avant de prendre la direction de la communication de Kronenbourg à Strasbourg.

— Peux-tu attendre un petit quart d'heure, demanda-t-elle, le temps que je cale ce dernier reportage ?

— Oh, j'attendrai ! Je n'ai fait que cela depuis presque trente ans, dit-il en riant, alors quinze minutes, une heure, une journée...

— Non, ni une heure, ni une journée, coupa l'ingénieur du son, on est attendus à la Fourasse pour un autre reportage avec d'anciens ouvriers.

Philippe se mit à rire.

— Tu y seras, Olivier, c'est promis.

Louise et Philippe se retrouvèrent dans la salle mise à la disposition de la presse par la brasserie. Ils avaient tant à se dire qu'ils ne savaient par où commencer.

A quarante-sept ans, Louise avait conservé la même silhouette. Et si elle avait raccourci ses longs cheveux, la coupe adoptée, qui encadrait son visage comme autrefois, n'avait guère modifié son allure. Quelques rides d'expression au front, autour de ses yeux et à la commissure des lèvres étaient présentes mais sans l'avoir enlaidie. Elle n'avait pas grossi. On pouvait dire qu'elle était encore belle et qu'elle ne faisait pas son âge. Elle portait parfois des lunettes pour mieux voir de près, comme Philippe, du reste. Entre quarante et cinquante ans, les marques du temps redessinent un visage. Elle observait Philippe et cherchait dans sa personne les ravages du temps. Il avait bien vieilli, sans trop perdre ses cheveux parsemés de fils argentés. Il portait une barbe de deux jours comme la plupart des jeunes. Elle n'aimait pas, mais c'était très à la mode. Et son poids ? Voyons, avait-il grossi ? Il la devança et répondit :

— Seulement trois kilos de trop, pas plus, je fais du sport depuis que j'ai arrêté de fumer. Le docteur est content ?

— Je n'ai pas poursuivi mes études de médecine… soupira-t-elle.

— Quel dommage ! s'exclama Philippe, désolé. Et pourquoi ?

— Des raisons personnelles… Je suis devenue infirmière dans un premier temps. Puis je me suis consacrée au journalisme pour défendre quelques causes humanitaires.

— Tu aurais fait un excellent médecin, j'en suis sûr.

— Je n'ai guère eu le choix. J'avais besoin d'argent. Mais je ne regrette pas. J'ai écrit... Grâce à toi, d'ailleurs, qui m'avait recommandée à Louis Guérin.

— Louis t'a fait écrire !

— Pas dans *L'Est républicain*, mais chez le concurrent, *Le Républicain lorrain*. Puis il m'a appelée à la radio et à la télé locale. Mais je suis restée en lien avec ATD Quart Monde. De permanente, je suis devenue alliée. Voilà !

— Tu étais donc toute proche et jamais nous ne nous sommes rencontrés.

— Peut-être nous sommes-nous évités ?

— Toi, Louise, toi. Pas moi. Je t'ai cherchée partout. Pourquoi es-tu partie ? J'ai su, tardivement, très tardivement, les ombres sur nos familles. Mireille, ma tante, m'a raconté.

— Tu as su quoi ?

— Pour Emilienne et Hervé. C'est horrible, ce qui s'est passé. Je voudrais te demander pardon. Pour mon père Julien et ta maman.

— Tu ne sais pas tout.

— Ne crois-tu pas qu'est enfin venu le temps de se parler ? suggéra-t-il. Je t'invite à dîner ce soir à Nancy. Dans un lieu neutre, qui ne porte pas malheur. Le veux-tu ?

Elle ne répondait pas, rangeait une partie du matériel, fouillait son sac comme pour y chercher du secours.

— Je suis un peu rapide, pardonne-moi, tu n'es peut-être pas libre de ta soirée. Je suis resté sur l'impression que ce qui s'est passé entre nous, c'était hier ou avant-hier, pas plus.

Elle posa les yeux sur lui et risqua :

— Philippe, ce que tu me dis est étrange et déroutant pour moi. Je me trouve dans la même situation. Nous nous sommes rencontrés quasiment ici, au cours d'un reportage, il y a presque trente ans, et nous nous retrouvons en plein reportage dans ces mêmes lieux où nos familles se sont connues.

— Et aimées, c'est cela qu'il faut retenir, Louise. Ce soir, à L'Aiglon, rue Stanislas, tu veux bien ?

Oui, elle le voulait, pour dissiper tout malentendu et tourner la page, sereinement cette fois, et non dans la contrainte ou la douleur. Trente ans de luttes ! Dieu que cela fut difficile pour elle et pour... Violaine, sa fille, leur fille. Mais auparavant, Louise irait parler à Charlotte, qui n'avait jamais rien dit. Ce que savait Louise, c'était Adèle qui le lui avait confié. Mais Adèle ne savait pas tout. Louise s'était juré d'extorquer la vérité à sa mère. Violaine aussi devait connaître son histoire.

Manger lorrain. Un délicieux pâté lorrain avec une croûte dorée à souhait, croustillante sur l'extérieur, moelleuse à l'intérieur, et parfumée à cœur, aurait dit Baptiste, l'arrière-grand-père.

— Le pâté est merveilleux, n'est-ce pas ? murmura Philippe.

Louise fit signe avec les yeux.

Il posa une main sur la sienne.

— Pourquoi as-tu fui ?

— Je me l'explique encore difficilement aujourd'hui. Mais dès le début de notre rencontre à Paris, une force incompréhensible m'a poussée. Etonnant car, jusque-là, je n'avais pas envisagé ma vie sans toi. Il me semble que le déclic s'est produit quand j'ai lu la plaque sur la porte d'entrée de l'appartement que tu occupais. Mireille d'Auzécourt.

— Hélas ! On ne choisit pas sa famille. Tu as voulu me punir, c'est cela ?

— J'ai déjà voulu me punir, moi. J'étais l'héritière d'un fardeau trop lourd pour ma mère et ma grand-mère. J'ai compris cela en cherchant à me connaître, en faisant un peu de psychologie et de psychogénéalogie.

Philippe restait sans voix, les yeux rivés à une peinture de la campagne lorraine, le Xaintois sans doute, accrochée au-dessus d'une belle cheminée rustique.

— Mireille, ma tante, a pu retracer les amours de nos familles, étranges destinées qui se sont frôlées. Elle disait quand elle me trouvait trop sombre : « C'est un peu l'histoire des trois valses, ce sera à toi de danser la troisième. »

— Ta tante n'est plus ?

— Depuis l'an passé. Elle est morte des suites d'un cancer.

— Et Julien, son frère jumeau, je crois ? Sais-tu que pendant longtemps j'ai cru qu'il était ton oncle ? D'où ma question autrefois : « De qui es-tu le fils ? »

— Julien est mon père. C'est un homme qui ne s'est pas vraiment remis de la guerre. Nous nous rencontrons assez souvent depuis quelque temps.

— Ma mère a cru à sa mort. C'est la raison pour laquelle elle a accepté d'épouser Robert. Robert avait, semble-t-il, promis à Julien de veiller sur Charlotte s'il lui arrivait malheur.

— Alors cet épisode-là, je le connais. J'ai vu mon père juste avant le repas. Il sait que je dîne avec toi. Il m'a tout dit. Robert aussi avait cru à la mort de Julien et, voyant l'immense détresse de Charlotte, l'a épousée. Quand il a revu mon père, quelques années après la guerre, Robert s'est en quelque sorte confessé à Julien, devenu père par accident et par faiblesse, et ce dernier a dit : à quoi bon, on ne va pas briser ton ménage. J'ai déjà raté le mien.

— Sauf que Robert n'a sans doute pas tout raconté à Julien. Ton père a-t-il su que Charlotte était enceinte de jumeaux quand il est parti rejoindre l'armée de Leclerc ? Fut-il au courant de la détresse de ma mère obligée de se donner à un Allemand pour sauver Robert et les gars du réseau ? Moi aussi, j'ai rencontré ma mère avant ce repas. Julien a sans doute tout autant ignoré la mort d'un des jumeaux. Robert fut brave, mais il a préféré le silence pour être certain de garder Charlotte pour lui. Ma mère a trouvé quelques lettres et son carnet de vie après sa mort. Robert aimait ma mère qui, elle, n'aimait que Julien.

— Toi, tu es la fille de Robert.

— Oui, je suis née en 1950.

— Attends, répète-moi l'histoire des jumeaux. L'un est mort, mais l'autre ? Tu veux dire que… j'ai un frère, ton frère ? Jean-Baptiste, que tu m'as présenté cet après-midi, est mon frère ?

Louise acquiesça. Philippe se tenait la tête dans les mains.

— Mais pourquoi ce gâchis ? Ils s'aimaient tant, tous les deux ! Jamais mon père n'a pu oublier Charlotte.

— Qui s'appelle ainsi en souvenir de l'amoureux qu'eut Adèle, ma grand-mère. Un certain Charles d'Auzécourt, ton grand-père.

— Lui, c'était un coureur de jupons.

— Mais Adèle a beaucoup rêvé de lui. Ils ont dansé la première valse…

— Charlotte et Julien la deuxième… Et nous ?

— Aucune, Philippe, à notre époque on dansait le rock, le twist. Et tu sais bien qu'on danse le twist seul.

— Ce soir, nous valserons.

— Le veux-tu et le pouvons-nous encore ?

— Maintenant que je t'ai retrouvée, je ne te lâche plus.

— Mais que va dire ta femme ?

— Et ton mari ?

Ils éclatèrent de rire.

— T'ai-je dit que Julien viendra à la brasserie demain ?

— Ma famille aussi y sera.

— Réservons une immense table, mais surtout préparons nos parents à ces retrouvailles.

Louise s'était tue soudain. Elle n'avait pas su ou pas pu parler de Violaine.

— Tu me caches quelque chose.

Elle sourit. Il lui prit le menton, puis posa les mains sur son visage.

— As-tu quelqu'un dans ta vie ?

— Bien sûr, dit-elle.

— Est-ce quelqu'un qui pourrait faire obstacle à un possible avenir partagé, pour toi et moi ? Je m'exprime très mal, mais je suis certain que tu me comprends.

— Demain, tu sauras... Peut-être.

— Voilà, dit Philippe en élevant un verre empli de la bière du centenaire. Nos familles sont enfin réunies autour de cette table. Nous avons deux reines, Charlotte et Louise ; la première, Adèle, a dû œuvrer d'où elle est pour nous rassembler, sans doute aidée par Charles, Baptiste et saint Arnould. Ces festivités ne verront pas le couronnement d'une autre reine au sein de cette famille. Le futur centenaire sera sans doute bien différent.

Philippe fut interrompu par l'arrivée de Violaine.

— Maman, connais-tu la nouvelle ? L'échographie a montré que j'attends des jumelles ! Edouard est fou de joie.

— Mariée ! Tu es donc mariée... murmura Philippe, visiblement dépité.

— Philippe, voici ta fille. Julien, voici votre petite-fille. Bientôt vous serez arrière-grand-père, comme Charlotte sera arrière-grand-mère.

— Tu me dois des explications ! s'écria Philippe, plutôt furieux.

Pour toute réponse, Louise se pendit à son cou et l'embrassa.

— Tu as raison. C'est devant qu'il faut regarder. Il est vraiment temps de danser cette troisième valse, glissa Philippe à l'oreille de Louise.

Il fit signe à l'orchestre. Et tandis que tous deux valsaient, Philippe chantait en même temps :

Parlez-moi d'amour,
Redites-moi des choses tendres,
Votre beau discours,
Mon cœur n'est pas las de l'entendre,
Je vous aime.

— Pardon pour cette valse un peu désuète, mais elle me permet de te dire ce que je ressens. Je t'aime toujours, Louise, mais je t'en veux de m'avoir privé de Violaine.

— Tu te rattraperas avec tes petites-filles. Regarde nos parents. Se font-ils des reproches ? Ils savent que le temps leur est compté.

Julien ne quittait pas des yeux Charlotte.

— Nous avons donc trois reines à notre table ! s'écria Julien. Et deux petites princesses en gestation.

— On peut même chanter, proposa Jean-Baptiste.

— Ce n'est pas difficile, lança Christine.

En passant par la Lorraine
Que savourons-nous ?
Champigneulles car c'est la reine
Des bières de chez nous,
Une bière que l'on aime.
Ah, ah, ah ! Champigneulles partout !

— On peut faire mieux, corrigea Jean-Baptiste :

En passant par la Lorraine
Qui rencontrons-nous ?
Une famille de souveraines
Qui font les yeux doux

En versant le doux breuvage
Pour les cœurs de tous les âges
Ah, ah, ah ! Champigneulles, c'est nous...

Ce deuxième couplet fut repris par toute la tablée, puis par les autres convives.

La bière coulait, belle et généreuse. Louise se souvenait d'une publicité. « En faisant mousser la bière, on fait aussi mousser la mémoire de la terre et des hommes. » Elle sourit. Des mains s'étaient jointes pour ne plus se quitter. Des anneaux se glisseraient à des doigts qui avaient attendu bien longtemps pour porter leur couronne.

Ecquevilly, le 21 avril 2001

Histoire de saint Arnould

En ce temps-là, dans les environs de Nancy, au château de Lay-Saint-Christophe, vivait une noble famille franque attachée à la cour d'Austrasie (Metz).

En 580, Arnould, un charmant bambin, vient de naître, et la famille entière se mobilise pour lui prédire un bel avenir. Il convient donc de lui donner toutes ses chances et, pour ce faire, on décide que l'enfant sera élevé à la cour.

Fort intelligent, juste aussi, il devient un brillant guerrier, puis un gouverneur réputé.

Quand vient le temps de fonder une famille, il épouse Doda, d'une grande lignée comme lui. Doda est belle comme le jour et très pieuse. De nombreux enfants naissent au foyer.

Deux d'entre eux vont devenir célèbres : Clodulphe, ou saint Cloud, sera évêque de Metz vers 658 ; Anchise, l'aîné, épousera Begga, la fille de Pépin de Landen, et sera ainsi l'ancêtre de la dynastie carolingienne de Charlemagne. Anchise est le père de Pépin d'Héristal.

La mort du roi Thierry II, en 613, fait d'Arnould un conseiller influent pour appeler le roi neustrien Clotaire II. Mais c'est la vacance de l'évêché de Metz, en 614, qui change le cours de la vie du gouverneur de la cour. Le peuple messin, qui a besoin d'un évêque, l'acclame et le réclame. Malgré ses supplications et ses larmes, il ne peut refuser cette charge. Doda, son épouse, l'aide. Elle se réfugie à Trèves et prend le voile.

La vie d'Arnould change. C'est un évêque attentif qui n'oublie pas le peuple. Il visite les malades, est attentif aux uns et aux autres. Il est d'une grande sévérité, porte le cilice et se mortifie. Il se nourrit peu, de pain et d'eau, et fait souvent pénitence. Il n'hésite pas à traverser la Moselle, même lorsque les eaux sont froides, pour que Dieu ait pitié de ses fautes. Un jour, alors qu'il traverse la Moselle, Arnould met Dieu au défi. Il enlève son anneau et, du haut du pont, il le jette dans les flots en demandant à Dieu un signe lui prouvant qu'il l'a entendu et absous. Des années plus tard, au cours d'un repas, on apporte à l'évêque un poisson péché dans la Moselle et cuisiné pour lui. Et soudain, Arnould n'en croit pas ses yeux, il reconnaît dans la chair du poisson l'anneau jeté dans la Moselle. Dieu l'a donc entendu.

Pendant plusieurs années, Arnould reste à Metz. En 627, on le voit au concile de Clichy, où il rencontre deux hommes remarquables : Amé, le prédicateur des grands et du peuple d'Austrasie, et Romaric, fils de Romulphe et de Romulinde, vénérés à l'abbaye de Remiremont dans les Vosges — un lieu qui allait accueillir pendant deux siècles l'élite de la noblesse lorraine qui viendrait s'y ressourcer et vénérer la Sainte Croix.

Arnould a de plus en plus le désir de se démettre de ses fonctions d'évêque de Metz pour se consacrer entièrement à Dieu. Une vie d'ermite lui plairait. Il en parle parfois à Romaric, qui assure qu'en son monastère se trouve une cellule où il pourra vivre selon ses vœux. Mais auparavant, il doit demander à Dagobert la permission de se retirer.

En l'an 628, Dagobert accorde à Arnould cette permission. Enfin libre, Arnould se consacre aux malades, aux exclus, aux lépreux tout en chantant les merveilles de Dieu. Il meurt le 16 août 641 et une foule de pauvres gens se presse à ses funérailles. Il est à peine mis en terre que les miracles commencent et que sa renommée s'étend bien au-delà des Vosges. A Metz, on a appris la mort de l'ancien évêque. On a connaissance de sa sainteté et, l'année suivante, dès les beaux jours, on décide la translation des reliques de celui que tous considèrent déjà comme un grand saint.

Le cortège a quitté les Vosges et avance lentement, au rythme des prières et des chants. Miracles et guérisons se multiplient. Bientôt on arrive sur les terres de Champigneulles, une petite ville située non loin de Nancy. La foule campe dans les prairies qui bordent la Meurthe à proximité de Bouxières-aux-Dames et de Lay-Saint-Christophe, le lieu de naissance d'Arnould. La rivière est presque à sec. Il fait une chaleur torride, comme c'est le cas parfois en Lorraine. Le 18 juillet est la journée la plus chaude de cet été et les pèlerins gémissent, implorent Arnould d'intercéder pour eux auprès de Dieu.

Un pèlerin parcourt la petite ville de Champigneulles pour trouver de quoi boire et partager avec ses compagnons de voyage. Mais il ne rapporte au campement qu'une pauvre cruche avec un fond de cervoise. Que faire avec si peu ? Bien que la foule des pèlerins soit fatiguée, assoiffée et au bord de l'épuisement, la foi ne faiblit pas, on chante et on prie.

La nuit est tombée doucement sur le campement et l'on se dit qu'au matin les morts se compteront par dizaines. Mais voici qu'au cours de la nuit chacun sent son bras s'alourdir d'une cruche de cervoise fraîche. Arnould n'est pas resté insensible aux pauvres gens. Non seulement la foule peut se désaltérer, mais il reste beaucoup de cervoise pour terminer le voyage jusqu'à Metz, où Arnould sera inhumé comme il se doit. En attendant, les habitants de Metz, alertés par ce qui s'est déroulé à Champigneulles, accourent au-devant du cortège.

Le culte de saint Arnould commence. L'Eglise sanctifiera son serviteur. Et les brasseurs feront d'Arnould leur saint patron.

Chaque année, le 18 juillet, ils honoreront leur saint en fabriquant la meilleure bière qui soit.

La petite église de Lay-Saint-Christophe possède un reliquaire de l'enfant du pays.

D'après *La Belle Légende de saint Arnould, patron des brasseurs*, par G. Clanché, curé de Dieulouard, Imprimerie BSN, Villeurbanne, 1980.

A propos de la bière

L'histoire de la bière est ancienne. On en trouve la trace en Palestine et en Mésopotamie entre 6000 et 4000 ans avant Jésus-Christ. Les Egyptiens en avaient fait leur boisson nationale. En Gaule, cette boisson s'appelle cervoise. Il en sera ainsi jusqu'au Moyen-Age. Cette cervoise sera le domaine des femmes, puis les moines prendront le relais. Vers le quinzième siècle, le houblon entre dans la composition de la cervoise, et le terme de bière commence à se répandre dès 1435.

La bière est faite à partir d'orge, que l'on va transformer en malt.

Les grains d'orge sont mis à germer, plongés plusieurs fois dans l'eau (jusqu'à 12 fois en 90 heures) et conservés dans une atmosphère humide pour que pointent les germes et radicelles.

On stoppe ensuite la germination (c'est le touraillage, ou dessiccation) en séchant les grains à une température plus ou moins élevée, ce qui donnera la couleur de la bière.

Le dégermage permet la transformation des sucres. Il fixe le goût de la bière en supprimant l'âpreté du tanin contenu dans les germes. L'orge est à l'état de malt.

On concasse ce qui reste des grains. Le malt devient de la farine.

On passe ensuite au brassage. On verse cette farine grossière dans des cuves dites « à trempe ». On obtient le moût, qu'il faut rincer et filtrer pour séparer les déchets (ce sont les drêches). Le houblon (200 grammes par hectolitres) est ajouté progressivement et le moût est porté à ébullition.

On élimine le trouble dû à l'ébullition.

On chauffe encore, on refroidit le liquide, à 6 degrés pour les bières à basse fermentation, et à 15 degrés pour les bières à haute fermentation.

On injecte les levures. C'est alors qu'a lieu la fermentation principale. La levure transforme le moût sucré en alcool. Elle produit du gaz carbonique et de la chaleur. Cette fermentation peut durer huit à dix jours. La levure qui s'est multipliée est ensuite récupérée.

La bière est finalement refroidie et conservée dans des cuves de garde.

Elle devra s'affiner pendant quatre à huit semaines au moins.

Un dernier filtrage sera encore nécessaire pour donner toute sa brillance à la bière avant de la stocker dans de grands tanks et de procéder au soutirage et à l'embouteillage.

La bière doit être dégustée fraîche, versée dans des verres inclinés passés à l'eau froide et sans aucune trace de graisse pour la bonne tenue de la mousse.

Bibliographie

A la découverte de Ville-sur-Illon, revue de l'Association pour la protection et la restauration du patrimoine de Ville-sur-Illon (88), par Jean-Aimé Morizot et Colette Thivet, 1997.

Au temps de la soupe au lard, par Daniel Bontemps (Editions Serpenoise Metz, 1993).

Bière et Malt par E. Urion et H. Rouleau (Presses de la maison A. Humblotet cie, Nancy, février 1948).

Bières de Meuse et de Lorraine, par Philippe Voluer (Editions de l'Est, 1991).

Brasseries nancéiennes, par Benoît Taveneaux (Ed. MJC Bazin, 1995).

Cent Chansons pour les enfants d'Alsace, par Marcel Fenninger, illustrations Muriel Zappaterra (Editions La Nuée bleue, 1996).

Champigneulles et le val Saint-Barthélémy, par Lucien Geindre (Imprimerie Hilt, Champigneulles -54-).

Frouard et ses moulins, par Lucien Geindre (Imprimerie Hilt, Champigneulles -54-, 1983).

La Belle Légende de saint Arnould, patron des brasseurs, par G. Clanché, curé de Dieulouard (Imprimerie BSN, Villeurbanne, 1980).

La Bière, une tradition d'avenir, par Michel Rachline (collection « Encyclopédie 3000 », Brasseries Kronenbourg/Editions Atlas, 1996).

La Bière en Lorraine, par Jean-Claude Colin (Editions Coprur, 1992).

La Bière en Alsace, par Jean-Claude Colin et Jean-Dany Potel-Jehl, (Editions Coprur, 1989).

La Brasserie de la Gerbe d'Or (Val d'Ajol), par Henry Beck (Imprimerie Mares, 169, Grand'rue à Alès, 1994).
La Route lorraine de la bière, par Philippe Voluer (Editions Serpenoise, 1991).
La Vie de ma grand-tante Octavie, par Jean Morette (Editions Serpenoise, 1993).
Les Maîtres de l'orge, par Van Hamme et Vallès (Glénat), tome I à VIII, 1999-2001.
Les Peintres et la Bière, par Serge Lemoine et Bernard Marchand (Somogy, éditions d'art, 1999).
Mémoires d'Alsace et de Lorraine, par Jacques Gimard et Michel Volden (Le Pré aux Clercs, Paris, 2001).
Encyclopédie Bordas. Mémoires du XXe siècle (Editions Bordas, 1989-1991).
Notes et archives de Jean Moreau, brasseur, Musée français de la brasserie de Saint-Nicolas-de-Port [54] (Imprimerie Jean Lamour, groupe Berger-Levrault, 54 Maxéville).

Remerciements

Qu'il me soit permis de remercier Jacques Mignard, longtemps directeur des Brasseries Kronenbourg à Champigneulles ; Patrick Decker, qui m'a ouvert quelques portes ; Muriel Salsa ; monsieur Riquet, collectionneur ; monsieur Fochesato, pour ses souvenirs de tonnelier et de brasseur ; Jacques Schmitt, l'homme au camion du Tour de France ; ma cousine Christiane Dorchain et Zouquet, son mari ; Marie-Claire Dorchain, sa belle-sœur ; Renée Petit ; Lucienne Sœur ; Antonia Parra ; Joselyne et François Chollez ; la brasserie de Ville-sur-Illon dans les Vosges ; le Musée de la brasserie de Saint-Nicolas-de-Port en Meurthe-et-Moselle ; et toutes celles et tous ceux qui préfèrent rester anonymes et qui ont raconté cette brasserie.

DANS LA MÊME COLLECTION

Jean Anglade
Un parrain de cendre
Le Jardin de Mercure
Y a pas d'bon Dieu
La Soupe à la fourchette
Un lit d'aubépine
La Bête et le Bon Dieu (essai)
La Maîtresse au piquet
Le Saintier
Le Grillon vert
La Fille aux orages
Un souper de neige
Les Puysatiers
Sylvie Anne
Mélie de Sept-Vents
Le Secret des chênes
La Couze
Jean-Jacques Antier
Autant en apporte la mer
La Croisade des Innocents
Le Rendez-Vous de Marie-Galante
Marie-Paul Armand
La Poussière des corons
La Courée
tome I La Courée
tome II Louise
tome III Benoît
La Maîtresse d'école
La Cense aux alouettes
Nouvelles du Nord
L'Enfance perdue
Un bouquet de dentelle
Edouard Axelrad
Au fil du fleuve
Erwan Bergot
Les Marches vers la gloire
Sud lointain
tome I Le Courrier de Saigon
tome II La Rivière des parfums
tome III Le Maître de Bao-Tan
Jean du Casteloun
Rendez-vous à Vera-Cruz
Mourir au Laos
Françoise Bourdon
La Forge au Loup
Annie Bruel
La Colline des contrebandiers
Le Mas des oliviers
Les Géants de pierre
Marie-Marseille
Jean du Casteloun
Michel Caffier
Le Hameau des mirabelliers
La Péniche Saint-Nicolas
Les Enfants du Flot
Jean-Pierre Chabrol
La Banquise
Didier Cornaille
Les Labours d'hiver
Les Terres abandonnées
La Croix de Fourche
Etrangers à la terre
L'Héritage de Ludovic Grollier
L'Alambic
Georges Coulonges
Les Terres gelées
La Fête des écoles
La Madelon de l'an 40
L'Enfant sous les étoiles
Les Flammes de la Liberté
Ma communale avait raison
Les blés deviennent paille
L'Eté du grand bonheur
Des amants de porcelaine
Yves Courrière
Les Aubarède
Anne Courtillé
Les Dames de Clermont

Florine
Dieu le veult
Les Messieurs de Clermont
L'Arbre des dames
Le Secret du chat-huant
Annie Degroote
La Kermesse du diable
Le Cœur en Flandre
L'Oubliée de Salperwick
Les Filles du Houtland
Le Moulin de la Dérobade
Alain Dubos
Les Seigneurs de la haute lande
La Palombe noire
La Sève et la Cendre
Le Secret du docteur Lescat
Alain Gandy
Adieu capitaine
Quand la Légion écrivait sa légende
Un sombre été à Chaluzac
L'Enigme de Ravejouls
Les Frères Delgayroux
Les Corneilles de Toulonjac
L'Affaire Combes
Michel Hérubel
La Maison Gelder
La Falaise bleue
Tempête sur Ouessant
Hubert Huertas
Nous jouerons quand même ensemble
Denis Humbert
La Malvialle
Un si joli village
La Rouvraie
La Dent du loup
L'Arbre à poules
Les Demi-Frères
Hervé Jaouen
Que ma terre demeure
Michel Jeury
Au cabaret des oiseaux
Jean-Pierre Leclerc
Les Années de pierre
Louis-Jacques Liandier
Les Gens de Bois-sur-Lyre
Jean-Paul Malaval
Le Domaine de Rocheveyre
Les Vignerons de Chantegrêle
Jours de colère à Malpertuis
Jean Markale
Notre-Dame de la Nuit
Dominique Marny
A l'ombre des amandiers
Du côté de Pondichéry
La Rose des Vents
Les Nuits du Caire
Juliette Morillot
Les Orchidées rouges de Shanghai
Henry Noullet
Sur la piste de Samrang
La Falourde
La Destalounade
Bonencontre
Le Destin de Bérengère Fayol
Michel Peyramaure
Les Tambours sauvages
Pacifique Sud
Louisiana
Le Roman de Catherine de Médicis
Frédéric Pons
Les Troupeaux du diable
Claude Riffaud
Mékong Palace
La Crique de l'or
Rêve de Siam
Jean Rosset
Vir'vent
Les Derniers Porteurs de terre
Jean Siccardi
Le Bois des Malines
Les Roses rouges de décembre
Le Bâtisseur de chapelles
Jean-Claude Sordelli
La Dernière Saison
Jean-Michel Thibaux
La Bastide blanche

Le Secret de Magali
La Fille de la garrigue
Le Roman de Cléopâtre
La Colère du mistral
L'Homme qui habillait les mariées
La Gasparine
L'Or des collines
Jean-Max Tixier
Le Crime des Hautes Terres
Violaine Vanoyeke
Les Schuller
Le Serment des 4 rivières
Brigitte Varel
Un village pourtant si tranquille
Les Yeux de Manon
Emma
L'Enfant traqué
Le Chemin de Jean
Colette Vlérick
La Fille du goémonier
Le Brodeur de Pont-l'Abbé
La Marée du soir

Impression réalisée sur CAMERON par

BUSSIÈRE CAMEDAN IMPRIMERIES

GROUPE CPI

à Saint-Amand-Montrond (Cher)
en décembre 2001

N° d'édition : 6950. — N° d'impression : 015614/1.
Dépôt légal : décembre 2001.

Imprimé en France